Der Wachsame Wald
Der Baum der Lieder
Nördlicher
Mineneingang
Die Bogenbrücke
Das östliche Rietland
Die Zwergeneiche
Das Graue Gebirge
Südlicher
Mineneingang
Die Karte des Landes
Andor
Cavern
der Schildzwerge

Stefanie Schmitt

Die Legenden von Andor

Das Lied des Königs

Illustrationen und Umschlaggestaltung: Michael Menzel

Unser gesamtes lieferbares Programm und viele weitere Informationen zu unseren Büchern, Spielen, Experimentierkästen, Autoren und Aktivitäten findest du unter **kosmos.de**

MIX
Papier aus verantwortungsvollen Quellen
FSC® C014496

Gedruckt auf chlorfrei gebleichtem Papier

ISBN 978-3-440-14558-6
Redaktion: Annemarie Chiappetta
Lektorat: Dirk Blechschmidt
Produktion: Verena Schmynec
Grundlayout und Satz: DOPPELPUNKT, Stuttgart
Printed in Germany / Imprimé en Allemagne

Stefanie Schmitt

Die Legenden von Andor

Das Lied des Königs

KOSMOS

Dieses Buch ist meinen Eltern Maria und Friedhelm gewidmet, die mich immer unterstützt haben.

In den Tiefen des Grauen Gebirges, dort, wo niemals ein Lichtstrahl hingelangt, öffnete sich ein glutrotes Auge.

»Zeit hat dein Volk, doch Ruhe mitnichten,
denn wenn du stirbst, werde ich sie richten!«

PROLOG

Die Kammer war kreisrund und hatte nur ein einziges Fenster. Staub flirrte in der Luft. Als Melkart eintrat, fiel ein goldener Lichtstrahl auf Pergamente und Bücher, die sich in den Regalen an den Wänden stapelten. Hier, hoch oben im Baum der Lieder, lagen sie: die Legenden von Andor – unzählige Lieder, Chroniken und Berichte, die er, der Oberste Priester, zu ordnen und zu bewahren hatte.

Doch dieser besondere Raum, den er soeben betrat, das Schwarze Archiv, barg die anderen Schriften. Jene, die sorgsam gehütet werden mussten und die nur für seine Augen bestimmt waren. Zu groß war die Macht, die von ihnen ausging. Und die Gefahr. War es das, was er heute noch stärker als sonst spürte? Wäre es nicht sogar besser, wenn manche dieser Schriften ganz in Vergessenheit gerieten? Für immer? Seine schmale Hand zitterte und brachte die Öllampe, die er trug, zum Flackern.

Er stellte die Lampe auf das Schreibpult vor dem Fenster. Fast wie von selbst griff seine Hand nach einer der jüngeren Rollen im Regal, die in seiner eigenen, zierlichen Handschrift beschrieben war. Eine merkwürdige Erregung überkam ihn, als er das knisternde Pergament entrollte.

In diesem Moment fiel ein Schatten auf die Kammer. Melkart zuckte zusammen, und als er aufblickte, sah er die

Umrisse einer Gestalt vor dem Fenster. Im nächsten Moment war sie auch schon verschwunden. Doch er hatte keinen Zweifel, wer zu so später Stunde noch im Baum der Lieder herumkletterte.

Erst jetzt bemerkte er, dass er der Öllampe zu nahe gekommen war. Eine kleine Flamme leckte an einer Ecke der Rolle und fraß sich ins Pergament. Da er nichts anderes fand, nahm er hastig sein bodenlanges weißes Gewand zu Hilfe, um sie zu ersticken. Seufzend blies Melkart die Lampe aus, vergewisserte sich, dass die Flamme keinen größeren Schaden angerichtet hatte, und verließ ärgerlich und mit schnellen Schritten das Schwarze Archiv.

DER WACHSAME WALD

Als Chada die Baumkrone erreicht hatte, konnte sie sehen, wie die Sonne an diesem Herbstabend langsam hinter dem Horizont verschwand und den Wachsamen Wald in Gold tauchte. Sie trug wie die meisten Bewahrer ein grünes Leinenhemd, darüber einen langen Umhang, und ihr kurzes schwarzes Haar hatte der Wind zerzaust. Ihren Bogen Audax, den sie immer bei sich trug, hatte sie über die Schulter gelegt.

Hier oben im Baum der Lieder war ihr Lieblingsplatz. Von hier aus konnte sie im Süden die Gipfel des Grauen Gebirges sehen, an dessen Fuß das Reich der Schildzwerge lag. Im Westen ließ sich der Fluss Narne erkennen, die Lebensader von Andor. Dahinter begann das Rietland, in dem die Burg von König Brandur stand.

»Chada, was machst du denn noch da oben? Du solltest längst an deinem Pult sitzen!«

Auf Chadas fein geschnittenem Gesicht mit den dunklen grünen Augen zeigte sich Unwillen und die friedvolle Stimmung verflog, als sie Melkarts Stimme hörte. Der Oberste Priester der Bewahrer hatte ihr die Aufgabe zugeteilt, einen Bericht über die letzten Erntetage im Wachsamen Wald zu schreiben. Eine langweilige und, wie Chada fand, völlig unnütze Aufgabe. Es war nicht das erste Mal, dass er sie ermahnte, sie zu Ende zu bringen.

»Ich weiß, dass du mich gehört hast, Chada!« Melkart klang ungehalten.

Chada fiel es schwer, ihrer Aufgabe als Bewahrerin nachzukommen und Berichte niederzuschreiben, und schon der Gedanke daran machte sie ungeduldig. Viel lieber wollte sie durch den Wachsamen Wald streifen oder – und das wäre wirklich das Beste! – das Land Andor erkunden. Doch das war unmöglich, denn die Bewahrer durften die Grenzen ihres Waldes nicht überschreiten. Gab es bedeutende Geschehnisse im Land, kamen die Menschen hierher und berichteten davon. Die Aufgabe der Bewahrer war es, sie in das Archiv, den Baum der Lieder, aufzunehmen, um sie so vor dem Vergessen zu schützen.

Chada erhob sich und kletterte geschickt auf allen vieren den dicken Ast entlang, auf dem sie gesessen hatte. Zwar hatte sie eine diebische Freude daran, Melkart zur Weißglut zu bringen, doch durfte sie auch nicht zu weit gehen. Melkart war, ganz abgesehen davon, dass er der höchste Würdenträger der Bewahrer war, auch das, was einem Vater für Chada am nächsten kam. Aber vor allem hatte er wenig Verständnis, wenn man seinen Anweisungen nicht folgte. Als sie den mächtigen Stamm erreichte, lief sie so schnell wie möglich die hölzerne Treppe zur Schreibstube des Obersten Priesters hinunter.

Melkart empfing sie mit einem missbilligenden Blick. Sein braunes Haar lag offen über den Schultern, feine Linien durchzogen sein schmales Gesicht und verliehen ihm etwas Ehrwürdiges. Ordnung und Gewissenhaftigkeit waren seine obersten Prinzipien. Umso erstaunter war Chada über den schwarzen Rußfleck auf seinem ansonsten makellosen Gewand. Doch Melkart beachtete ihren fragenden Blick nicht.

»So geht das nicht weiter, Chada. Du musst lernen, deine Aufgaben zu erfüllen. Zeit ist ein kostbares Geschenk und wir sollten sie nicht mit Tagträumen vergeuden!« Sie wollte etwas erwidern, doch Melkart ließ sie nicht zu Wort kommen. »Du wirst diesen Bericht jetzt zu Ende bringen! Andernfalls werde ich mir überlegen, ob du an der nächsten Jagd teilnehmen darfst.«

»Was?! Aber ich übe seit Wochen dafür!« Die Jagd im Wald war für die Bewahrer ein besonderes Ereignis. Die Bogenschützen stellten ihr Können unter Beweis und am

Ende des Tages wurde der Beste von ihnen vom Obersten Priester geehrt. Nicht daran teilnehmen zu dürfen, war für Chada die härteste Strafe, die sie sich vorstellen konnte.

»Dann solltest du vielleicht deine Aufgaben genauso gewissenhaft erfüllen wie dein Bogenschießen! Du wirst so lange hierbleiben, bis der Bericht fertig ist.«

Ergeben setzte sich Chada an den Tisch. Während sie überlegte, wie sie anfangen sollte, glitt ihr Blick über die Regale in dem halbrunden Raum, die bis oben hin mit Pergamenten gefüllt waren. Immer wieder wunderte sie sich, wie Melkart es schaffte, den Überblick zu behalten. Nie musste er nach etwas suchen, denn allem hatte er eine Nummer oder einen Buchstaben gegeben. Diese Ordnung erschien Chada fast schon unheimlich, sie selbst suchte eigentlich ständig irgendetwas.

Melkart hatte sich ebenfalls an sein Pult gesetzt und zu arbeiten begonnen. Chada tauchte die Feder ins Tintenfass und fing an:

Wir schreiben das Jahr 59 nach andorischer Zeit. Ein langer Sommer liegt hinter uns. Die Alten sagen, es sei der heißeste, den es jemals gegeben habe, aber ich glaube, das sagen sie fast jedes Jahr …

Selbst im Wald war die Hitze an manchen Tagen kaum zu ertragen gewesen, erinnerte sich Chada. Doch es gab Waldpilze und Apfelnüsse im Überfluss und alle hatten sich über die reiche Ernte gefreut. Und wenn dann später im Jahr die fahrenden Händler mit ihren Waren kommen würden, hätten die Waldbewohner sicher noch genug zum Tauschen übrig.

Ein Stoß gegen ihren Ellbogen ließ Chada zusammenzucken. »Du musst es nicht nur denken, sondern auch zu Pergament bringen.« Melkart sah sie tadelnd an. »Unsere Aufgabe ist es, die Geschehnisse im Land festzuhalten. Diese Verantwortung trägst auch du! Aber wie ich sehe –«

Weiter kam er nicht, denn Chada war aufgesprungen und zum Fenster geeilt. »Hast du diesen Schrei gehört, Melkart?«

Der Oberste Priester sah Chada irritiert an und für einen Augenblick lauschten beide angestrengt, dann polterte er los: »Jetzt ist es aber genug! Meine Geduld ist am Ende! Die nächste Jagd ist für dich gestrichen. Du wirst sofort hinausgehen und die Löschfässer kontrollieren. Vielleicht kommt dir ja dabei die Einsicht, wie wichtig unsere Berichte und Legenden sind!«

Chada wusste zwar, dass die Löschfässer noch gut gefüllt waren, aber ihr war klar, dass jedes Widerwort alles nur noch schlimmer machen würde. Wütend verließ sie das Archiv. Sie war sich ganz sicher, etwas gehört zu haben. Seltsam hatte der Schrei geklungen, nicht wie der eines Menschen. Sie eilte die Treppe hinunter, die spiralförmig in den gigantischen Stamm gehauen war. Am Ende der Treppe verließ Chada den Stamm durch eine große Pforte. Sie blieb stehen und lauschte, doch es war nichts zu hören.

Sie blickte nach oben auf die schweren Löschfässer, die mit Tauen an den Ästen befestigt waren, und seufzte tief. Die Fässer mussten immer gefüllt sein, damit die Bewahrer bei einem Brand schnellstmöglich eingreifen konnten.

Der Baum der Lieder stand auf einer Lichtung und war umgeben von großen Mammutbäumen. Jetzt am Abend lag der Platz verlassen und still da. Chada lief den schmalen Weg entlang, der zum Brunnen führte, und wollte gerade den ersten Eimer mit Wasser füllen, als sie plötzlich ein Jaulen hörte. Sie stellte den Eimer ab und lauschte.

Das Geräusch kam aus dem Wald. Chada schlich leise durch das Gehölz. Immer wieder blieb sie stehen und horchte. Da! Das Jaulen kam aus einer Tanne, deren dichte Zweige bis auf den Boden reichten. Leise näherte sie sich, schob vorsichtig einen großen Ast zur Seite – und blickte in die leuchtend grünen Augen eines großen grauen Wolfs. Chada hielt erschrocken inne. Auch der Wolf starrte sie unverwandt an. Und dann, ehe sie sich versah, schnappte er zu, grub seine bleichen Zähne in ihren Umhang und zerrte sie unter die Tanne. Chada wimmerte, doch der Wolf hatte sie schon wieder losgelassen. Er stand über ihr und seine Schnauze berührte beinahe ihre Nase. Chada roch Blut und Fleisch in seinem Atem. Mit rasendem Herzen blieb sie liegen. Unfähig, klar zu denken oder sich zu bewegen. Alles, was sie sah, waren diese zwei smaragdgrünen Augen. Und plötzlich erkannte Chada, dass sie schon einmal in diese Augen geblickt hatte. Bevor sie wusste, wie ihr geschah, schleckte ihr der Wolf mit seiner rauen Zunge über das Gesicht. Chada blinzelte ungläubig.

In diesem Moment hörte sie Schritte. Chada erstarrte. Zu dieser späten Stunde ging kein Bewahrer mehr in den Wald! Der merkwürdige Schrei kam ihr wieder in den Sinn und erst jetzt wurde ihr bewusst, wie weit sie sich von der Lichtung am Baum der Lieder entfernt hatte. Sie machte sich klein und rutschte näher an den Wolf heran, dabei bemerkte sie eine Wunde an seinem Hinterlauf. Die Schritte kamen näher und ein Schnauben war zu hören.

Als Chada durch die Äste spähte, konnte sie zuerst kaum etwas erkennen, aber plötzlich tauchte nur wenige Schritte vor ihr eine Gestalt auf, gewaltig und Furcht einflößend. Die Kreatur war größer als ein Mensch, der Kopf hatte etwas Raubtierhaftes und ihr stachelbewehrter Schwanz peitschte über den Waldboden. Ein ekelerregender Gestank nach Blut und faulem Fleisch ging von ihr aus. Chada hatte solch ein Wesen noch nie gesehen, aber aus den Büchern im Baum der Lieder wusste sie, dass dies ein Skral sein musste. Eine Dunkle Kreatur, ungeheuer stark, die Siedlungen überfiel und Menschen fraß. Doch wie war das möglich? Wie konnte ein Skral den Wachsamen Wald betreten, ohne von den Wächtern am Waldrand entdeckt zu werden? Die Kreatur hob den Kopf und jäh gellte ein Schrei durch die Nacht.

Das war es also, was sie gehört hatte! Einen Augenblick später antwortete aus der Ferne ein ähnlicher Schrei. Dann war es still. Chada drückte sich tiefer in die Zweige. Der Wolf neben ihr hatte die Ohren aufgestellt und lauschte angespannt. Nach einem schier endlosen bangen Moment setzte sich die Gestalt wieder in Bewegung. Immer noch starr vor Schreck blieb Chada sitzen.

Als sie sich endlich wieder rühren konnte, war es bereits stockdunkel. Chada wollte nur eins, und zwar so schnell wie möglich zurück zur Lichtung. »Komm!«, flüsterte sie dem Wolf zu. Vorsichtig rappelte sie sich auf, doch der Wolf hatte sich zusammengerollt und begann, sein verletztes Bein zu lecken. Unschlüssig blieb Chada stehen, dann kniete sie sich neben ihn.

»Du bist brav und wirst mich nicht beißen, oder?« Sanft legte sie ihm eine Hand auf den Kopf. Der Wolf blieb ruhig und so kraulte sie ihn am Hals. »Ich habe dich schon einmal gesehen, da bin ich mir fast sicher«, sagte Chada leise und betrachtete grübelnd das Tier. Da richtete der Wolf seine grünen Augen auf sie und auf einmal erinnerte sie sich.

Es war im letzten Frühjahr auf der Jagd gewesen. Ein großer Wolf hatte in einiger Entfernung zwischen den Bäumen gestanden und die Bogenschützen beobachtet. Sie hatte sich nichts dabei gedacht, denn Wölfe kamen häufig in den Wachsamen Wald. Jetzt aber ging ihr auf, dass er damals nicht die anderen Bogenschützen, sondern sie angesehen hatte.

»Dann kennen wir uns ja bereits«, flüsterte sie dem Wolf zu. »Ich finde, wenn du noch eine Weile bei mir bleibst, dann brauchst du auch einen Namen.« Sie kraulte ihm die Ohren. »Wie wäre es mit Lonas? Das heißt ›der Gezähmte‹. Was hältst du davon?« Der Wolf wedelte leicht mit dem Schwanz. »Gut, dann ist es abgemacht«, sagte Chada und schob die Zweige der Tanne zur Seite.

Im spärlichen Mondlicht war niemand zu sehen. »Komm«, flüsterte sie, »wir haben Heiler im Dorf. Die werden sich um deine Verletzung kümmern. Außerdem müssen wir so schnell wie möglich Melkart von dem Skral berichten.« Schwerfällig kam der Wolf auf die Beine und folgte ihr. Hier und da war ein Rascheln zu hören, aber sie begegneten weder Wächter noch Kreatur auf ihrem Weg zur Lichtung. Als Chada den orangenen Schein der Feuerstellen sah, atmete sie erleichtert auf.

»Wir sind gleich da, Lonas«, sagte sie, als plötzlich ein Schrei durch die Dunkelheit hallte, ganz ähnlich dem, den sie im Wald gehört hatte. Alarmiert blickte Chada sich um. Am Baum der Lieder waren die Wachen in Bewegung und schlichen vorsichtig auf die Lichtung.

In diesem Moment brachen die Dunklen Kreaturen durch das Unterholz. Von allen Seiten kamen sie auf die

Lichtung gestürmt: Skrale, mit Schwertern und Schilden bewehrt, die kraftstrotzenden Körper mit Rüstungen bedeckt, und die kleineren, aber nicht weniger gefährlichen Gors, deren Hände in zwei unterarmlangen, scharfen Hornklauen endeten.

Die wenigen Bewahrer auf der Lichtung formierten sich Rücken an Rücken. Chada sprang über einen kleinen Fels am Saum der Lichtung, zog ihren Bogen hervor und legte den ersten Pfeil auf die Sehne. Auf der Jagd hatte sie gelernt, ein Tier mit nur einem einzigen Schuss zu erlegen, damit es nicht unnötige Qualen litt. Diese Fähigkeit kam ihr jetzt zugute, denn der erste Gor, den sie ins Visier nahm, war nur einen Augenblick später tot.

Doch es waren zu viele! Schon stürmten zwei weitere Gors auf sie zu. Kurz überlegte sie, welchen der beiden sie töten sollte, ehe der andere wiederum sie umbrächte. Doch Lonas nahm ihr die Entscheidung ab. Trotz seiner Verletzung sprang er einem der beiden Gors an die Kehle und riss ihn zu Boden. Chadas Pfeil schnellte von der Sehne und durchbohrte die schuppenbedeckte Brust des zweiten Gors, der augenblicklich zu Boden sank.

Lonas jaulte auf, als er wieder auf die Beine kam, und Chada kauerte sich zu ihm. Um sie herum tauchten mehr und mehr Kreaturen auf. Chada suchte mit dem Wolf hinter dem Felsen Deckung. Die Alarmglocke ertönte, bald würde Verstärkung aus dem Dorf kommen. Die gepanzerten Skrale setzten ihren Weg unbeirrt fort. Bald würden sie den Baum erreicht haben. Was um alles in der Welt wollten sie dort? Dort gab es nichts! Kein Vieh, keine Vorräte! Nur alte Pergamente und staubige Bücher.

Ein mächtiger Skral stand etwas abseits. Er überragte die anderen um zwei Haupteslängen und brüllte Befehle in einer Sprache, die Chada nicht verstand. Wo blieben nur die anderen Bewahrer? Die Skrale drangen immer weiter vor und hatten bereits das Portal am Baum erreicht. Verzweifelt suchte Chada die Lichtung nach Verstärkung ab.

Da blieb ihr Blick an einem der Löschfässer hängen. Ein verirrter Pfeil steckte darin und ein dünner Wasserstrahl rann herab. Ein weiteres großes Eichenfass hing an einem Ast genau über dem Portal. Chada spannte Audax und zielte. Der Pfeil zischte durch die Luft. Für einen Moment dachte sie, dass er sein Ziel verfehlt hätte, aber dann sah sie, dass einige Stränge des Taus zerfetzt herunterbaumelten. Sie zog einen weiteren Pfeil hervor und ließ ihn von der Sehne schnellen. Fast im selben Augenblick sah sie, wie das Seil riss und das Löschfass vor den Eingang zum Archiv krachte. Holz barst und Wasser ergoss sich nach allen Seiten. Diejenigen Skrale, die nicht von dem riesigen Fass erschlagen wurden, riss der Schwall von den Füßen. Von überallher erschollen jetzt die Hörner der Bewahrer und immer mehr Bogenschützen strömten auf die Lichtung.

Ein markerschütternder Schrei des großen Skrals durchdrang den Lärm. Als die Bestien das Signal zum Rückzug vernahmen, wandten sie sich vom Baum ab und flohen.

Eine Welle der Erschöpfung durchfuhr Chada. Audax glitt ihr aus der Hand. Sie ließ sich ins Gras sinken und starrte lange auf die Verwüstung um sie herum, auf die vielen Verwundeten und Toten. Dorfbewohner und Bewahrer, die sie von klein auf gekannt hatte. Erst als sie Lonas' Atem neben sich spürte, kam ihr der Wolf wieder in den Sinn. Sie umarmte ihn und vergrub ihr Gesicht in seinem grauen Fell.

DER AUFBRUCH

Das Laub raschelte unter Chadas Füßen, als sie zwischen den hohen Bäumen des Wachsamen Waldes durch die kühle Herbstnacht schritt, mit Lonas dicht an ihrer Seite. Sie trug ihren Bogen Audax über der Schulter, das Bündel mit Proviant auf ihrem Rücken. Hatte sie wirklich die richtige Entscheidung getroffen? Sie wusste, dass das, was sie tat, für eine Bewahrerin ungeheuerlich war. Und doch fühlte es sich richtig an. Denn seit letzter Nacht hatte sich alles verändert.

Alles hatte mit der großen Versammlung begonnen. Vier Tage nach dem nächtlichen Angriff der Kreaturen am Baum der Lieder hatte Melkart nicht nur die Dorfbewohner, sondern auch einen Großteil der Wachen auf dem Dorfplatz versammelt. Fahl und kalt schien das Licht an diesem Abend durch die hohen, schlanken Bäume und ein ungekannter Schrecken lag über dem von Lehmhütten gesäumten Platz.

Nachdem alle eingetroffen waren, hatte Melkart das Wort ergriffen: »Es sind schwere Zeiten für die Bewahrer angebrochen. Wir werden von Kreaturen attackiert, die furchtbarer nicht sein könnten. Viele Bewahrer sind bei dem Versuch, das Archiv zu schützen, ums Leben gekommen. Die meisten von euch haben Freunde oder Verwandte in dieser schrecklichen Nacht verloren und uns alle plagt die Angst vor weiteren Überfällen.« Als wolle er die bitteren Erinnerungen bannen, hob er beschwichtigend die Arme. »Und doch – haben wir nicht auch schon früher Angriffe erlebt und ihnen Widerstand geleistet? Seit hunderten von Jahren haben wir unseren Wald und unser aller Leben erfolgreich verteidigt!«

Die Bewahrer lauschten Melkarts Rede. Manche flüsterten miteinander, andere schwiegen bedrückt. Chada hatte einen Platz unweit einer der vielen kleineren Feuerstellen gefunden. Sie beobachtete Melkart genau. Während einige Bewahrer nach dem Angriff Chada für ihren Einfall mit dem Löschfass gedankt und ihr Geschick mit dem Bogen gelobt hatten, hatte Melkart bisher ihr gegenüber kein Wort verloren. Es hieß, er habe viel Zeit in seiner Kammer und im Schwarzen Archiv verbracht, wo jene Schriften, die nicht allen zugänglich waren, unter Verschluss gehalten wurden.

Die Heilung der Verletzten und die Bestattung der Gefallenen hatte Melkart anderen Priestern überlassen. Das war ungewöhnlich und Chada vermutete, dass ihn etwas beschäftigte. »Ich veranlasse hiermit«, fuhr Melkart fort, »die Arbeit im Archiv auszusetzen. Die Archivare werden die Wachen am Waldrand verstärken. Die Alarmhörner werden aus allen vier Himmelsrichtungen zu jeder Viertelstunde geblasen. Sollte auch nur eines ausbleiben, sind wir alarmiert und können den Dunklen Kreaturen im Kampf begegnen und sie in die Flucht schlagen, wie wir es seit hunderten von Jahren tun und auch weiterhin tun werden.«

Da meldete sich plötzlich Larissa, die Heilerin, zu Wort. »Hoher Priester, ich glaube, ich spreche für alle hier, wenn ich sage: Selbstverständlich wollen wir helfen, den Baum der Lieder und sein Archiv zu schützen. Aber was, frage ich dich, sollen die Wachen gegen gepanzerte Skrale ausrichten?« Seit dem Angriff wirkte Larissa um Jahre gealtert. Im Feuerschein sah ihr Gesicht grau und eingefallen aus und die Kleidung zeigte hier und da Blutflecken. »Gewarnt zu sein, dass die Kreaturen kommen, ist das eine, aber sie aufzuhalten, ist etwas anderes! Wir haben keine Rüstungen!«, fuhr sie fort. »Melkart, ich habe in den letzten Tagen mehr Wunden und mehr Blut gesehen als in meinem ganzen Leben zuvor. Wohin soll das führen? Unsere Chancen stehen schlecht gegen Kreaturen, die bis an die Zähne bewaffnet sind!«

»Und woher haben sie überhaupt ihre Waffen?«, warf einer der Dorfbewohner ein. »Nie zuvor hat man gesehen, dass Skrale Waffen führen oder Schilde tragen. Sie sind, soweit man weiß, nicht einmal in der Lage, Eisen zu schmieden!« Zustimmendes Gemurmel war zu hören.

Chada aber hatte sich gefragt, warum niemand die entscheidende Frage stellte: Warum griffen die Kreaturen überhaupt den Baum der Lieder an? Was wollten sie dort erbeuten? Was genau führten sie im Schilde?

»Meine Nachforschungen haben ergeben«, ergriff Melkart erneut das Wort, »dass die Waffen der Skrale eindeutig von Zwergenhand gefertigt wurden.« Abermals wurde ein Tuscheln und Raunen in den Reihen der Bewahrer laut. »Wir haben die Zusammenhänge noch nicht ergründen können, doch es ist durchaus möglich, dass die Schildzwerge aus Cavern die Kreaturen bewaffnet und gegen uns ausgesandt haben. Fürst Hallgard ist ein finsterer Despot und nie ein Freund der Menschen gewesen. Darum müssen wir die Grenzen unseres Waldes sichern, und ich bin überzeugt, dass dies zu gegebener Zeit zum Erfolg führen wird …«

Wieder gelang es Melkart, es so aussehen zu lassen, als käme es allein auf bessere Schutzmaßnahmen an. Chada konnte es nicht fassen. Warum verharmloste er die Lebensgefahr, in der sie alle schwebten, und tat so, als sei dies eine der üblichen Bedrohungen, deren sie schon häufig Herr geworden waren? War es denn nicht offensichtlich, was die Bewahrer jetzt zu tun hatten?

Und dann platzte es aus ihr heraus: »Melkart! Wir können doch nicht hier sitzen und uns wie die Schafe immer wieder überfallen lassen. Wir brauchen Hilfe. Andor hat einen König, Andor hat Krieger. Wir müssen den König um Hilfe bitten. Wir müssen zur Rietburg!«

Alle waren verstummt. Es war schon unüblich, dass die jungen Bewahrer an Zusammenkünften wie diesen teilnahmen, doch wenn, so hielten sie sich zurück und ergriffen vor allem niemals das Wort. Chada war im ganzen Dorf wohlbekannt als die Waise, die unter Melkarts Fittichen groß geworden war. Ihr Eigensinn war ebenfalls kein Geheimnis. Aber nun schien sie eindeutig zu weit gegangen zu sein. Chada fühlte die missbilligenden Blicke der Bewahrer auf sich, trotzdem fuhr sie mit fester Stimme fort: »Seht ihr denn nicht das Offensichtliche? Sie werden uns, einen nach dem anderen, umbringen. Deshalb müssen wir den Wachsamen Wald verlassen und den König ...« Als sie Melkarts Blick begegnete, fühlte sie seinen glühenden Zorn und brach ab.

»Den Wachsamen Wald verlassen, Chada?«, presste er hervor und es war unübersehbar, dass es ihn alle Mühe kostete, seine Wut im Zaum zu halten. »Unsere alten Bücher und Pergamente sind voll von Bedrohungen. Und von den Taten, mit denen wir sie abgewehrt haben! Gäbest du nur ein Mal dem Gehorsam den Vorzug vor dem Eigensinn und würdest ebenjene alten Bücher lesen, so wüsstest du das.« Melkart hielt einen Moment inne und alle Blicke richteten sich auf Chada. »Aber du weißt nichts! Und nun geh. Verlasse diese Versammlung auf der Stelle und geh!«

In Chada kochte es, und als sie den Dorfplatz verließ, wusste sie bereits, dass sie dieses eine Mal gehorchen würde: ›Geh!‹, hatte Melkart ihr befohlen. Gut, sie würde gehen – nur eben sehr viel weiter, als er es verlangt hatte.

Noch in derselben Nacht hatte sie ihr Bündel mit etwas Brot und Äpfeln gepackt. Den Trinkschlauch hatte sie am Brunnen aufgefüllt, aber das Wichtigste war, das silberne Amulett mitzunehmen. Es hatte die Form einer Raute und war über und über mit einem ungewöhnlichen Ornament verziert. Das Amulett war das einzige Erinnerungsstück, das sie von ihrer Mutter besaß, die kurz nach ihrer Geburt gestorben war. Ihren Vater hatte sie nie kennengelernt. Vor einigen Jahren hatte Melkart ihr das Schmuckstück gegeben und seither hütete sie es wie ihren Augapfel.

Als alles gepackt war, schlich sie leise mit Lonas durch das Dorf. Vor Melkarts Hütte machte sie halt und legte eine

Nachricht vor seiner Tür ab. Er sollte möglichst bald wissen, was sie vorhatte, und sich, wenn es nach ihr ginge, schwarzärgern. Sie lächelte grimmig und verließ kurz darauf das Dorf.

Seither waren einige Stunden vergangen. Chada war froh, Lonas an ihrer Seite zu haben. Seine Verletzung heilte schnell, er humpelte zwar noch ein wenig, konnte aber erstaunlich gut mithalten. Ihre Unternehmung war ungeheuerlich, aber sie spürte auch eine tiefe Freude darüber, endlich fortzugehen und etwas von der Welt zu sehen. Die Baumstämme um sie herum kamen ihr plötzlich wie die Stäbe eines Käfigs vor, dessen Tür sich endlich geöffnet hatte. Das Wichtigste aber war, dass sie noch immer zu ihrem Entschluss stand. Sie handelte aus reinem Gewissen, denn sie hatte wirklich Angst um die Bewahrer, ihre Freunde und das ganze Dorf, und sie glaubte daran, dass nur Brandur, der König von Andor, ihnen helfen konnte. Wenn die Geschichten über ihn stimmten, würde er sie nicht im Stich lassen.

Um sich ein wenig zu beruhigen, sagte sie zu Lonas: »Wir müssen uns westlich halten, dann kommt die Taubrücke. Die Wachen dort werden uns vielleicht nicht vorbeilassen wollen, doch da lassen wir uns etwas einfallen.« Sie streichelte dem Wolf über den Kopf. »Wie es auf der anderen Seite des Flusses weitergeht, weiß ich leider nicht, aber die Burg des Königs werden wir schon finden, mein Grauer.«

Die ersten Sonnenstrahlen brachen durch die Zweige, als die Bogenschützin und der Wolf endlich die Taubrücke erreichten. Vorsichtig näherten sie sich und verbargen sich dann hinter einem wuchtigen Baumstamm. Irritiert stellte Chada fest, dass an der Brücke keine Wachen standen. Das war ungewöhnlich, denn auch schon vor den Angriffen der letzten Zeit waren die Taubrücke im Westen und die Bogenbrücke am südlichen Waldrand Tag und Nacht mit Wachen besetzt gewesen. Vielleicht waren sie aber auch nur eingenickt und schliefen nicht weit von hier unter einem Baum. Chada konnte nichts erkennen, und als Lonas neben ihr immer unruhiger wurde, entschloss sie sich, es einfach zu riskieren. Sie gab sich einen Ruck, sah sich noch einmal um und betrat mit klopfendem Herzen die schwankende Brücke.

Zum ersten Mal in ihrem Leben verließ sie den Wachsamen Wald. Sie blickte auf die Narne, die reißend unter ihr hinwegströmte. Hunderte Male hatte sie den Fluss vom höchsten Ast im Baum der Lieder aus gesehen, als silbernes Band in der Ferne. Jetzt endlich überquerte sie ihn.

NOCH IMMER EIN KRIEGER

Als Thorn dem Floß einen Stoß gab, überkam ihn tiefe Traurigkeit. Vor zwei Tagen war seine Mutter gestorben, und heute hatte er sie, wie es bei den Andori üblich war, auf ein Floß gebunden, um sie die Narne hinunterzuschicken, in der Hoffnung, sie werde das offene Meer erreichen. Dort, so glaubten die Andori, würde das ewige Glück auf sie warten. Jetzt stand er in der Morgendämmerung am

Ufer und sah zu, wie die Strömung das Floß ergriff. Groß und breitschultrig stand er da, das blonde Haar vom Wind zerzaust, und seine blauen Augen sahen traurig dem Floß hinterher, das seine Mutter forttrug. Sie war seine letzte Verwandte gewesen.

Wie sollte es jetzt weitergehen? Er war fünfundzwanzig Jahre alt und musste eine Entscheidung treffen, jetzt, da seine Mutter tot war. Im Dorf hielt ihn nun nichts mehr. Schon als Kind hatte er gewusst, dass er sein Leben nicht als Bauer verbringen wollte.

Thorn dachte an den Tag, als Harthalt, der Schwertmeister der Rietburg, in sein Leben getreten war. Damals hatte sich für Thorn alles geändert. Er war zwölf Jahre alt gewesen und hatte auf dem Acker mit einem langen Holzstock auf die stehen gebliebenen Halme eingehauen, auch wenn sein Vater das überhaupt nicht mochte. Aber Thorn träumte davon, eines Tages ein Krieger des Königs zu werden, und wenn er sich unbeobachtet fühlte, nahm er seinen Stock und kämpfte gegen unsichtbare Gegner. Harthalt hatte ihn dabei beobachtet. Er war zu seinen Eltern gegangen und hatte sie darum gebeten, den Jungen an der Rietburg von König Brandur als Schwertkämpfer ausbilden zu dürfen. Schweren Herzens stimmten sie zu und so hatte Thorn kurz darauf das Dorf und sein Zuhause verlassen.

Er erinnerte sich genau, wie er zum ersten Mal die Burg betreten hatte, die große Feste, die König Brandur zum

Schutze seiner Untertanen eigenhändig erbaut hatte, und es kam ihm vor, als sei das der glücklichste Tag in seinem Leben gewesen. Harthalt brachte ihm die Grundlagen des Schwertkampfes bei und Thorn lernte schnell. Auch die Männer des Königs schätzten die Begabung des Jungen und nahmen ihn gern in ihre Mitte auf. Es waren glückliche Jahre auf der Rietburg, doch die Erinnerung an den letzten Tag dort war schmerzlich. Obwohl seitdem einige Jahre ins Land gegangen waren, fühlte es sich an, als wäre es erst gestern gewesen ...

Alles hatte in der Waffenkammer der Rietburg begonnen. »Hör zu, Thorn«, hatte Harthalt zu ihm gesagt, »Prinz Thorald wünscht die Waffenübungen nur mit dir und keinem anderen zu machen, und es gibt keinen Grund, dies abzulehnen.« Als Thorn nicht antwortete, fügte Harthalt freundlich, aber bestimmt hinzu: »Er ist der Sohn des Königs. Du hast keine Wahl.«

Thorn fuhr mit dem Finger langsam über die Schneide seines Schwertes und sagte schließlich seufzend: »Ich weiß es ja.« Er mochte Thorald nicht sonderlich, und die Waffen mit ihm zu kreuzen, behagte ihm ganz und gar nicht.

»Tja, mein Freund«, sagte Harthalt, »so hat jeder sein Bündel zu tragen, und dies ist nun einmal deins. Er hat das Recht, sich seinen Gegner auszusuchen. Es sollte eine Ehre für dich sein, vom Thronfolger auserwählt zu werden.« Harthalt hatte Thorn belustigt angegrinst, ihm auf den Rücken geklopft und gemeinsam hatten sie die Waffenkammer in Richtung Übungsplatz verlassen.

Dort waren sie schon vom Prinzen und einigen anderen Kriegern des Königs erwartet worden. Thorald hatte wie üblich einen feinen Zwirn an, der zwar gut aussah, aber kaum für den Kampf geeignet war. Der Prinz war ebenso groß wie Thorn, hatte im Gegensatz zu diesem jedoch eher schmale Schultern. Das braune Haar trug er zu einem Zopf geflochten und seine hellblauen Augen hatten stets etwas Fragendes.

Nun standen sich die Männer gegenüber, die Stiefel tief in den Schlamm versenkt. Harthalt stellte sich breitbeinig vor die Gruppe und verschränkte die Arme. »So, ihr beiden, und jetzt zeigt ihr mir, wie man gegen einen Gor kämpft. Stellt euch einfach vor, der andere wäre eine dieser hinterhältigen Bestien.« Die Freude auf den bevorstehenden Kampf war Harthalt anzusehen.

Thorn und der Prinz nahmen ebenfalls ihre Positionen ein. »Na, was ist? Angst?«, fragte Prinz Thorald angriffslustig. »Brauchst du nicht zu haben. Ich werd dir schon nicht wehtun.«

»Wenn das nur meine einzige Sorge wäre …« Thorn eröffnete den Kampf mit mehreren langsamen Hieben. Eine Weile parierte der Prinz, doch plötzlich drehte er sich übermütig zur Seite, sodass ihn Thorns Klinge am rechten Arm traf und einen hässlichen Schnitt hinterließ. Prinz Thorald heulte auf, starrte verwundert auf seinen Arm und sackte mit schmerzverzerrtem Gesicht in den Schlamm. Harthalt war sofort zur Stelle.

Thorn sah erschrocken auf die Wunde des Prinzen, aber gleichzeitig packte ihn die Wut über so viel Ungeschick. Als er die Blicke der anderen Kämpfer spürte, steckte er zornig sein Schwert in die Scheide und verließ mit schnellen Schritten den Übungsplatz. ›Dieser Idiot‹, dachte Thorn. ›Der König wird mich aufhängen lassen, wenn das so weitergeht.‹

Er lief in seine Kammer, warf das Schwert zur Seite und grübelte den ganzen Nachmittag darüber, was er nun tun sollte, bis Harthalt am Abend an seine Tür klopfte. Sein Gesicht war voller Mitgefühl und Thorn befürchtete schon, dass es den Prinzen schlimmer getroffen hatte als gedacht.

Aber dann sagte der Schwertmeister: »Soeben ist ein Brief für dich eingetroffen. Fälschlicherweise hat der Falkner die Nachricht geöffnet, weil er glaubte, sie sei für jemand anderen. Hier.« Thorn erinnerte sich noch, wie Harthalt gezögert hatte, als er ihm den Brief gab: »Dein Vater ist tot. Er starb an einem seltenen Fieber und deine Mutter bittet dich, nach Hause zu kommen.«

Daraufhin hatte Thorn ohne Abschied die Rietburg verlassen und war in sein Dorf zurückgekehrt, um seine Pflicht zu erfüllen. Er stand seiner Mutter bei und übernahm die Feldarbeit. In der ersten Zeit, so erinnerte sich Thorn, war ihm nicht klar gewesen, was er aufgegeben hatte. Aber mit den Jahren kam die Einsicht. Der Schwertkampf war immer noch seine Leidenschaft, er vermisste seine Waffenbrüder und besonders den Schwertmeister Harthalt. Aber ob er nach all den Jahren auf die Burg zurückkehren konnte? Würde der König ihn wieder aufnehmen? Oder war er damals in Ungnade gefallen?

In diesem Moment, in der Morgendämmerung am Ufer der Narne, wurde es ihm klar: Er musste es herausfinden und darauf ankommen lassen.

Als die Entscheidung gefallen war, gab es keinen Grund mehr zu zögern. Er ging zurück ins Dorf, schnürte sein Bündel und verabschiedete sich von den Nachbarn. Dann umarmte er seinen Freund Betram und dessen Familie. Mit einer Träne im Auge gab ihm die kleine Jutte zum Abschied einen Kuss. Als er aufbrach, wurde es gerade hell.

Leichter Nebel lag zwischen den Bäumen. Thorn trug die dunkelblaue Kampfkleidung, die er damals von König Brandur bekommen hatte. Er war zwar älter geworden, aber seine Statur hatte sich kaum verändert. Das Schwert an seiner Seite war ein Geschenk von Harthalt und für Thorn das Symbol seiner Bestimmung. Auf dem Rücken trug er sein Bündel mit Proviant. Auch die andorische Flöte durfte nicht fehlen, ein etwa zwei Handbreit langes Holzröhrchen mit fünf Löchern auf der Vorderseite und einem auf der Rückseite. Ihr Klang war einzigartig. Die Rietländer waren ein fröhliches Volk: Sie liebten es, zu singen und zur Melodie des Instrumentes zu tanzen.

Es war nicht schwer, den Trampelpfad zu finden, der zur Taverne »Zum Trunkenen Troll« führte. Denn obwohl die Taverne ein gutes Stück entfernt lag, besuchten die Männer des Dorfes sie recht häufig. Sie war ein beliebter Ort, um Neuigkeiten auszutauschen und den herb-süßen Met zu trinken. Thorn kannte die Wirtin Gilda, eine unerschrockene, freundliche Person mit einer sehr schönen Singstimme. Jetzt, so früh am Morgen, war die Taverne allerdings noch geschlossen und so setzte er seinen Marsch fort, immer tiefer ins Rietland hinein.

Als Thorn kurz darauf eine Anhöhe erreichte, fühlte er sich auf unerklärliche Weise erleichtert. Er hatte einen guten Teil des Weges hinter sich gebracht. Die Sonne stand schon hoch am Himmel und er fand einen Felsen, der zur Rast einlud. Er legte seinen Schwertgurt und sein Bündel ab, aß etwas Pökelfleisch und trank Wasser aus dem Lederschlauch. Er gönnte sich noch einige Minuten der Ruhe und genoss die Wärme der Sonnenstrahlen. Dann erhob er sich und ließ seinen Blick über das golden wogende Rietgras nach Norden wandern. Da war sie, die Rietburg. Wie gut es tun würde, seine alten Kameraden wiederzusehen!

Plötzlich schreckte ihn ein seltsames Geräusch auf. Es war eine Art Scharren, das aus dem hohen Gras direkt hinter ihm kam. Als Thorn sich umdrehte, tauchte wie aus dem Nichts ein Gor auf. Zischend schwang die Bestie die riesigen Hornklauen. Doch niemals, das wusste Thorn, kamen diese unsäglichen Kreaturen allein. Harthalt hatte ihm eingebläut: ›Wenn der erste Gor in Sichtweite ist, steht der zweite schon hinter dir.‹ Thorn zog den Kopf ein und drehte sich blitzschnell zur Seite. Tatsächlich hatte sich ein zweiter Gor hinter seinem Rücken verborgen und seine Klaue verfehlte nur knapp Thorns Kopf. Nun standen die beiden Kreaturen Thorn gegenüber. Instinktiv griff er nach seinem Schwert – und bemerkte erschrocken, dass es noch am Felsen lag. Mit einem höhnischen Grinsen folgten die Gors seinem Blick. Ein unbewaffneter Mensch war ihnen am liebsten. Schon sprang einer der beiden auf Thorn zu.

Mit den Reflexen eines Kriegers packte er den Gor bei der Hornklaue und schleuderte ihn über die Schulter. Doch Thorn hatte die Wucht der Bewegung unterschätzt. Er strauchelte und fiel ins Gras.

Da brüllte der zweite Gor los. Er hatte erkannt, dass dieser Gegner nicht leicht zu besiegen war. Am Boden liegend ertastete Thorn einen faustgroßen Stein und griff danach. Es war Thorns Glück, dass die Angreifer im hüfthohen Rietgras nicht sehen konnten, was er vorhatte. Noch ehe sich der erste Gor aufgerappelt hatte und der zweite ihn erreichte, richtete Thorn sich auf und schleuderte der Kreatur den Stein entgegen. Blitzschnell nutzte er die Ablenkung und rannte auf den Felsen zu. Doch der Gor ließ sich nicht täuschen und schlug nach ihm. Er erwischte ihn am linken Oberarm. Taumelnd stürzte Thorn vor den Felsen. Als er die beiden Kreaturen auf sich zukommen sah, umklammerte er mit letzter Kraft sein Schwert wie ein Ertrinkender eine vorbeitreibende Planke. Er schöpfte Hoffnung und kam wieder auf die Beine. Jetzt waren die beiden dicht vor ihm. Der erste Gor setzte zum Sprung an und holte in der Luft zum todbringenden Schlag aus. Aber Thorn drehte sich zur Seite weg und das Biest schlug ins Leere. In der Drehung hob er abermals das Schwert und brachte dem zweiten Gor einen tödlichen Schnitt bei. Geschickt drehte sich Thorn ein weiteres Mal um die eigene Achse und wandte sich dem anderen Gor zu. Doch dieser hatte die ausweglose Situation erkannt und flüchtete nun den Hügel hinunter.

Thorn wollte die Verfolgung aufnehmen, aber er wusste um die Schnelligkeit seines Gegners, außerdem spürte er jäh den Schmerz im linken Oberarm. »Verschwinde bloß, du stinkendes Mistvieh!«, rief er dem Gor hinterher. Er setzte sich ins Gras und lehnte sich mit rasendem Herzen an den Felsen. Dann lachte er laut auf.

Als er nach einer Weile aufstand, seine Sachen nahm und die Anhöhe in Richtung Rietburg verließ, war er recht zufrieden. Er hatte in all den Jahren der Feldarbeit nichts von seinen Fähigkeiten mit dem Schwert eingebüßt. Er war noch immer ein Krieger.

DAS RIETLAND

In den ersten Morgenstunden hatten Chada und Lonas schon einen guten Teil des Weges zurückgelegt. Das Gras wehte leicht im Wind und die Weite des Landes war schier atemberaubend. Doch dass sie die ganze Nacht hindurch gelaufen waren, ohne auszuruhen, machte sich nun bemerkbar. Als Chada und der Wolf schließlich mit müden Schritten an den ersten Bauernhöfen vorbeikamen, wurden sie neugierig beäugt. Aus den Erzählungen der fahrenden Händler wussten die Bauern des Rietlandes, dass die Bewahrer sich in den Farben des Sommerlaubes kleideten, um sich im Wachsamen Wald ungesehen bewegen zu können. Und auch der besondere Bogen mit dem ledernen Köcher verriet ihnen, woher die junge Frau kam. Aber eine Bewahrerin mit eigenen Augen gesehen hatten sie noch nie.

In der Nähe eines kleinen Bauernhofes legten Chada und Lonas endlich eine Rast ein. Ein kleiner Junge, hinter dem eine Ziege hertrottete, kam auf sie zu. »Bist du wirklich aus dem Wachsamen Wald? Was tust du hier bei uns?«, fragte er. »Ich dachte immer, ihr verlasst den Wald niemals. Wie heißt dein Bogen? Ihr gebt ihnen doch Namen, oder?«

Chada lachte. »Ganz schön viel auf einmal, was du da wissen willst. Wie heißt du denn?«

»Peta. Ich wohne hier mit meinen Eltern und meiner kleinen Schwester«, erwiderte der Junge mit wichtiger Miene und wies auf den Hof. Chada stellte sich nun ihrerseits vor, beantwortete ihm geduldig all seine Fragen, und Lonas, der sich für die Ziege nicht zu interessieren schien, ließ sich sogar von Peta streicheln. Plötzlich verschwand der Junge ohne ein Wort und kam nach kurzer Zeit mit einem Becher Milch zurück. Er reichte ihn Chada und sagte: »Wohin willst du eigentlich?«

Dankbar nahm Chada den Becher und trank einen großen Schluck. »Ich muss in einer dringenden Angelegenheit zu König Brandur«, sagte sie dann ernst und der Junge bekam große Augen.

»Wirklich? Zum König?«

»Kannst du mir denn sagen, wie man am besten zu ihm kommt?«, fragte Chada.

»Natürlich! Siehst du das Gebirge dort?« Peta wies mit dem Finger auf die Berge in der Ferne. »Das ist das Fahle Gebirge. Du musst nur immer darauf zulaufen, dann siehst du die Burg irgendwann schon. Und weißt du was? Eines Tages gehe ich selbst zu ihm und werde sein bester Krieger!«

»Gut, dass ich dich getroffen habe. Jetzt kenne ich nicht nur den Weg zum König, sondern auch schon einen seiner zukünftigen Männer.«

»Der König ist ein richtiger Held! In den Trollkriegen hat er das ganze Land gerettet, sagt mein Vater, und er ist ungeheuer mutig und tapfer.« Chada konnte die Begeisterung des Jungen gut verstehen, denn auch sie hatte in den Legenden von Andor viele wunderbare Geschichten über den König gelesen. Doch sie wusste auch, dass die Geschichten manchmal größer waren als die Wirklichkeit.

»Mein Vater wird mir niemals glauben, dass ich dich getroffen habe«, sagte Peta traurig, als Chada sich von ihm verabschiedete. Sie sah den Jungen an und zog einen Pfeil aus ihrem Köcher.

»Hier, zeig ihm den Pfeil. Ich bin mir ziemlich sicher, dass er dir Glauben schenken wird.« Voller Ehrfurcht nahm Peta das Geschenk entgegen, und Chada und Lonas setzten ihren Weg in Richtung Rietburg fort.

DAS PERGAMENT

Etwa zur gleichen Zeit öffnete der Oberste Priester im Wachsamen Wald die Tür seiner Hütte und trat nach draußen. Die Sonne ging gerade auf und tauchte das Dorf in goldenes Licht. Nichts deutete auf die Schrecken der vergangenen Tage hin. Als Melkart die Tür hinter sich zuzog, stutzte er. Vor ihm lag ein zusammengefaltetes Stück Stoff, offenbar eine Botschaft. Er hob es auf.

Auf dem Weg zum Baum der Lieder begegnete Melkart niemandem. Alles war ruhig und friedlich. Im Gehen faltete er das Stück Stoff auseinander und las. Eine steile Falte bildete sich auf seiner Stirn.

Oberster Priester! Ich weiß, dass dieser Brief dir keine Freude bereiten wird. Aber ich kann und will nicht länger am Baum der Lieder sitzen und einfach auf den nächsten Angriff der Dunklen Kreaturen warten. Sie haben Waffen, gegen die wir machtlos sind, und sie werden sich nehmen, was sie wollen, was auch immer das sein mag. Aber es gibt einen, der uns helfen kann, und ihn werde ich um Hilfe bitten. Ich hoffe, du kannst mir verzeihen.
Chada

Auf dem Dorfplatz angekommen, war Melkart rot vor Zorn. Es gab nur einen Menschen, der ihn in wenigen Sekunden in diesen Gefühlszustand versetzen konnte. Chada!

Meist versuchte er zu ergründen und zu verstehen, warum Menschen dieses oder jenes taten. Es half ihm, Wut gegen Verständnis einzutauschen, aber bei diesem Mädchen gelang ihm dies nur selten, und heute war es schier unmöglich. ›Wie kann es sein‹, dachte Melkart wütend, ›dass dieses Kind so stur ist? Wie kann sie es wagen, den Wachsamen Wald zu verlassen und gegen den Willen der Versammlung König Brandur um Hilfe zu bitten? Dieser Eigensinn muss unbedingt ein Ende nehmen!‹

Aber plötzlich und unverhofft regte sich ein anderes Gefühl in Melkart. Er dachte an Chadas Vater, der kein Bewahrer und ebenso eigensinnig wie seine Tochter war. Und an ihre Mutter. Es war tiefster Winter gewesen vor siebzehn Jahren, als das Mädchen geboren wurde. Das Volk hatte seit Wochen gehungert. Ihre Mutter hatte versucht, den Säugling zu schützen, aber ihre Energie schwand mit jedem Tag. Nach kurzer Zeit hatte sie nicht mehr die Kraft gehabt, das Kind zu stillen, und starb. Viele hatten in diesem harten Winter ihr Leben gelassen, der Hunger und die Kälte hatten die Menschen dahingerafft. Chada aber war gesegnet, sagten die Alten, denn sie überlebte. In den folgenden Jahren hatte sich Melkart des Mädchens angenommen. War er selbst, so fragte er sich nun, schuld an der Sturheit dieses Mädchens? War er vielleicht zu nachsichtig mit ihr gewesen und sie glaubte wirklich, das Richtige zu tun?

Melkart verließ den Dorfplatz und bog in einen von Steinen gesäumten Weg ab, der zum Baum der Lieder führte. Die ersten Sonnenstrahlen berührten die Äste und ließen sie gegen das Blau des Himmels glühen.

Als er den Baum durch das große Eingangstor betrat, wurde er, wie jeden Morgen, von zwei Wachen begrüßt. Doch nachdem er die lange Treppe zu seinem Arbeitszimmer emporgestiegen war, sah er sofort, dass etwas nicht stimmte. Die Türen standen offen und Blätter lagen verstreut umher. Erschrocken erkannte Melkart, was passiert war: Jemand war durch das Fenster eingedrungen und hatte die Pergamente aus den Regalen gerissen, ohne dass die Wachen unten etwas davon bemerkt hatten. Wie war das möglich?

In diesem Augenblick fiel sein Blick auf die Tür zum Schwarzen Archiv. Sie stand ebenfalls offen. Entsetzt rannte er hinüber und sah es sofort: Auch das Schwarze Archiv mit den geheimen Pergamenten Andors war verwüstet. Papiere lagen über den Boden verstreut, Tintenfässer waren umgeworfen und das Schreibpult zerbrochen. Melkart durchwühlte die Regale, warf einiges zur Seite und grub sich durch die am Boden liegenden Rollen, aber er fand nicht, was er suchte. Er sprang zum Fenster in der Hoffnung, die Diebe noch zu erspähen. Doch die Eindringlinge waren fort – und hatten eines der wichtigsten Pergamente gestohlen, das es im Baum der Lieder zu beschützen galt.

Einige Meilen östlich schoben sich Nebelschwaden zwischen die großen Stämme der Bäume. Die Ausläufer des Grauen Gebirges tauchten diesen Teil des Waldes noch bis in die Mittagsstunden in blaue Schatten. Der Nordwind schickte ein unsichtbares Flüstern durch den Wald, als sich schwere Schritte dem nördlichen Mineneingang näherten. Ein aufgeschreckter Kauz floh, als er die Meute näher kommen sah. Skrale und Gors bewegten sich schnaubend durch den Wald, an ihrer Spitze ein Skral. Es war Hark, ihr Häuptling. Ohnehin waren Skrale wesentlich größer als Menschen, aber Hark überragte seine Artgenossen noch um einen halben Meter. Harks Haut war wie die aller Skrale mit kleinen Schuppen bedeckt. Die Augen der Skrale, die denen von Echsen glichen, besaßen die Fähigkeit, auch in tiefster Finsternis zu sehen.

Vor langer Zeit war Hark erwählt worden. Dunkle Mächte hatten von ihm Besitz ergriffen und er kannte nur ein Gebot, Gehorsam. Hark war ein mächtiges Werkzeug in der Hand seines Meisters. Nun hatte er es eilig und trieb seinen Trupp mit rauen Kommandos voran. Denn die Beute, die er bei sich trug, war seinem Herrn überaus wichtig.

Der nördliche Mineneingang war verdeckt durch eine große Tanne, die die Schildzwerge einst gepflanzt hatten, als sie sich durch das Graue Gebirge gruben. Die tief hängenden Äste der Tanne hatten die unscheinbare steinerne Pforte verbergen sollen – und das auch getan, bis der Eingang vor noch nicht allzu langer Zeit doch entdeckt worden war. Seither wurde er von allerlei Kreaturen genutzt. Als der Trupp nun den Eingang betrat, waren die engen Gänge verlassen.

Hier, im Innern des Berges, konnten die Gors aufrecht hintereinander herlaufen, die Skrale dagegen mussten an manchen Stellen die Köpfe einziehen. Die Gänge waren von Zwergen geschlagen worden und nicht für größere Geschöpfe gemacht, und hier und da war zu hören, wie Rüstungsteile über Fels schabten. Nachdem sein Trupp die Mine betreten hatte, konnte Hark die dunkle Macht bereits spüren. Sein Meister war mächtig, sehr mächtig, und nun würde er Hark belohnen. Der erste Angriff auf den Baum der Lieder war erfolglos gewesen und Hark erinnerte sich noch genau an die grausamen Schläge des Meisters. Heute aber würde er zufrieden sein mit ihm. Hark schloss seine Hand fester um das Pergament.

Die verborgene Felsenhalle hatten sie nun fast erreicht. Der Gang davor war mit Geröll übersät, denn die Zwerge waren schon seit vielen Jahren nicht mehr in diesem Teil unter dem Grauen Gebirge gewesen. Der Meister hatte die verlassene Halle gefunden und nun diente sie ihm als Versteck. Die große Tür der Halle wurde von zwei Gors bewacht, die sofort zur Seite sprangen, als Hark vor sie trat. In der Halle herrschte eine seltsame Dunkelheit. Etwa zwanzig Schritte entfernt waberte grauer Nebel um die Silhouette einer offenbar menschlichen Gestalt. Sie hielt einen langen Stab in der Hand, dessen Spitze matt leuchtete. Nun wandte sich die Gestalt Hark zu. Der graue Nebel löste sich von ihr, glitt auf Hark zu und schlängelte sich an ihm empor. Schmerz erfüllte Hark und er sank auf die Knie.

»Meister, hier habe ich, wonach Ihr verlangt habt.« Langsam schritt die Gestalt auf Hark zu. Sie streckte die Hand aus, und kaum hatte sie das Pergament berührt, spürte Hark eine Welle der Zerstörung durch sich hindurchfließen. Schmerz wallte schier übermächtig in ihm auf, aber er hielt sich aufrecht.

Erst als der Meister erkannte, um welches Pergament es sich handelte, hob er den Kopf, sodass sein Gesicht zu erkennen war. Ein böses Lächeln erschien darauf.

DER KÖNIG VON ANDOR

Nachdem Chada Petas Bauernhof hinter sich gelassen hatte, brauchte sie noch zwei volle Tage, bis endlich die Rietburg in der Ferne aufragte. Die Burgmauer lag wie ein schützender Ring um das Burginnere, und die Abendsonne verlieh dem Sitz des Königs einen goldenen Glanz. Von Weitem erblickte sie das Feuer, das vor dem großen Burgtor brannte. Den Legenden nach war dies ein ewiges Feuer, das die Zauberer aus dem fernen Land Hadria dem König geschenkt hatten. War Gefahr im Verzug, färbten sich die Flammen violett. Chada spürte, wie sich neben der Erleichterung, dass sie angekommen war, Aufregung in ihr breitmachte: Bald würde sie den König treffen!

Als sie schließlich das Burgtor erreicht hatte, begrüßte sie die Wachen freundlich, und nachdem sie erklärt hatte, warum sie gekommen war, durfte sie passieren.

Das Erstaunen über Chadas Ankunft auf der Burg war außerordentlich. Nicht weniger Aufmerksamkeit erregte Lonas. Seine Größe machte Eindruck, aber er lief friedvoll an Chadas Seite. Im Innenhof wurde sie von einem jungen Mann begrüßt, der in prächtigen Kleidern vor ihr stand.

»Guten Abend. Zu so später Stunde sollte ein Mädchen wie du nicht allein im Rietland unterwegs sein.« Er machte eine gewichtige Miene, aber Chada lächelte unbekümmert.

»Nun, glücklicherweise bin ich nicht allein, sondern habe einen starken Beschützer an meiner Seite. Er heißt Lonas.« Sie wies auf den Wolf und der junge Mann schien beeindruckt.

»Mein Name ist Thorald«, stellte er sich vor. »Ich bin der Sohn des Königs. Was führt dich zu uns?«

»Gerne würde ich dem König eine Bitte vortragen. Ich heiße Chada.«

Der Prinz betrachtete sie noch einen Moment, bis sich auf seinem Gesicht ein breites Lächeln abzeichnete. »Dann folge mir bitte. Ich begleite dich zum König.« Auf dem Weg dorthin kamen Chada einige Menschen entgegen, die ihr alle mit einer Ehrfurcht begegneten, die sie nicht ganz verstand.

Als sie und der Prinz die große Halle betraten, saß der König an einem imposanten Tisch und speiste mit einigen Männern. Im Kamin prasselte ein Feuer. Der König blickte auf. »Mein Vater, ich bringe dir Chada, eine Bewahrerin aus dem Wachsamen Wald.«

Chada verbeugte sich, dann sah sie auf die Männer der Tafel. Sie erkannte den König sofort. Er saß auf einem einfachen Stuhl, wie auch seine Männer. Er war alt. Das lange graue Haar lag auf seinen Schultern und seine grauen Augen musterten sie aufmerksam.

Ein Mann, der neben dem König saß, richtete das Wort an sie: »Seit vielen Jahren hat kein Bewahrer den Wachsamen Wald verlassen. Was tust du hier allein mit diesem riesigen Wolf?«

»Ich bin gekommen, um den König um Hilfe zu bitten.«

»Wir hören!«, sagte der Mann, und Chada berichtete von den Angriffen auf den Baum der Lieder. Der König beobachtete sie, aber Chada konnte seine Blicke nicht deuten und konzentrierte sich auf ihren Bericht. Als sie geendet hatte, schwiegen die Anwesenden. Unsicher blickte Chada in die Runde. Sie streichelte Lonas nervös und wartete.

Da erhob der König seine Stimme: »Das sind in der Tat furchtbare Neuigkeiten. Im Archiv im Baum der Lieder befinden sich Pergamente von größter Wichtigkeit, ihre Geheimnisse dürfen niemals preisgegeben werden. Wenn die Bewahrer Hilfe benötigen, werden sie diese bekommen. Allerdings möchte ich zuvor erfahren, warum du, Chada, allein zur Rietburg aufgebrochen bist. Sicher hat Melkart, der Oberste Priester, erfahrene Bogenschützen, die diese Aufgabe besser erfüllen können als ein junges Mädchen.«

Chada richtete sich auf und sah den König an. »Nun, da wäre ich mir nicht so sicher.« Die Anwesenden lachten auf und auch der König lächelte.

Der Prinz ließ ein »Das glaube ich gern« hören, verstummte aber sogleich wieder, als der König fragte: »Was also ist der Grund, dass du alleine hierhergekommen bist?« Chada erklärte, dass sie ohne die Erlaubnis des Obersten Priesters den Wachsamen Wald verlassen hatte, und fürchtete sogleich seine Antwort, denn Ungehorsam gehörte sicher nicht zu den Eigenschaften, die ein König schätzte.

König Brandur sah sie ernst an. »Manchmal ist es nötig ungehorsam zu sein. Wer wüsste das besser als ich.« Erleichtert sah sie auf. Der König war ein weiser Mann, da war Chada sich nun ganz sicher, und endlich, so schien es, hatte sie jemanden gefunden, der ihre Natur verstand. König Brandur erhob sich und ging auf Chada zu, nahm ihre Hände in seine und sagte: »Wir werden gemeinsam zum Wachsamen Wald reiten und diesen Kreaturen Einhalt gebieten.«

AUF HOHER SEE

Das Handelsschiff, die Aldebaran, glitt ruhig durchs Wasser. Ein mäßiger Wind blähte das Großsegel und trug die Kogge Richtung Süden. Auf dem Segel prangte stolz das andorische Wappen, die Sternblume. Das Schiff hatte Honig, Seidenstoffe und Fässer mit Wein geladen. Die Stoffe waren im Laderaum verstaut, einige Fässer jedoch lagerten an Deck, da der Platz knapp bemessen war.

Eine Frau stand auf dem Achterkastell und beobachtete die Arbeit der Matrosen, die die Haltetaue des Großsegels und die Takelage am Fockmast kontrollierten. Nun wandte sie ihr Gesicht ab und blickte in die Ferne. Der Name der Frau war Eara. Ihr hellblondes Haar wehte im Wind und ihre blauen Augen leuchteten. Voller Freude sah sie zu, wie die Wellen sich am Bug brachen und die Gischt in der Sonne funkelte. Die Aldebaran war von Hadria, ihrer Heimat, in See gestochen. Sie hatten Werftheim bereits passiert und die Mannschaft hatte aufgeatmet. Die Windrichtung änderte sich bei den Nebelinseln ständig und nie konnte man vorhersehen, ob das Wetter halten würde. Nun lag das offene Meer vor ihnen und ihr Ziel, die Küste Andors, war nur noch eine Tagesreise entfernt.

Eara freute sich auf Andor, das Land der Drachen, wo die Schildzwerge lebten und die Bewahrer des Wachsamen Waldes Schriftstücke von großer Bedeutung hüteten. Besonders aber freute sie sich auf die Rietburg und den König, in dessen Dienste sie treten wollte. Über ihn gab es viele wundersame Erzählungen und sie konnte es kaum erwarten, ihm zu begegnen.

Eara war eine Zauberin und hatte den ersten Teil ihrer Ausbildung in ihrer Heimat abgeschlossen. Danach war es üblich, das Land zu verlassen und auf Wanderschaft zu gehen. In der Ferne sollten die Zauberer ihre Kräfte erproben und ihre Bestimmung finden.

Eine heftige Windböe riss Eara aus ihren Gedanken. Am Horizont waren dunkle Wolken aufgezogen, die schnell näher kamen, unverkennbar braute sich ein Sturm zusammen. Die Seeleute wurden unruhig und der Kapitän ließ das Rahsegel reffen. Unter Deck wurden eilig alle Fässer und losen Gegenstände festgezurrt. Eara umklammerte die Reling und war fasziniert von der Kraft des Windes. Das Schiff hatte Fahrt aufgenommen, es hob und senkte sich unaufhörlich.

Ein paar Schritte weiter reckte gerade eine kleine Gestalt ihren Kopf über die Reling. Eara erkannte, dass es sich um einen Zwerg handelte. Dieser übergab sich gerade höchst geräuschvoll und schien sie nicht zu bemerken. Erst als er sich aufrichtete und seinen Mund am Ärmel abwischte, sah er zu ihr hinüber und schnauzte: »Was ist? Noch nie einen kotzenden Zwerg gesehen?«

Eara betrachtete den Zwerg verwundert. Seine Nase war riesig und sein Mund entblößte gelbe Zähne. Ein Bart umrahmte sein faltiges Gesicht, und das schmutzige Haar hing ihm in Strähnen vom Kopf. Auf krummen Beinen stand er vor Eara und musterte sie grimmig mit seinen kleinen Äuglein.

Eara ließ sich nicht beirren. »Kann ich dir vielleicht helfen?«, fragte sie freundlich. Doch bevor er antworten konnte, ertönte plötzlich die Stimme des Kapitäns: »Holt die Segel ein, schnell! Dieser Sturm kommt geradewegs aus Arkterons Schlund. Beeilt euch!« Der Wind hatte in der Tat bedrohlich zugenommen und der Himmel verfinsterte sich in kürzester Zeit. Augenblicklich setzten sich die Seeleute in Bewegung, rannten kreuz und quer übers Deck und gaben sich alle Mühe, dem Unwetter zu trotzen. Doch das Schiff hob und senkte sich und die Wellen warfen es hin und her, als wollten sie es in der Mitte entzweibrechen.

Eara hielt sich an der Reling fest, so gut es ging. Ein Matrose kam auf sie und den Zwerg zu: »Schnell, unter Deck mit euch!« Eara sah den Zwerg in einer Luke verschwinden, aber sie blieb an Deck und band sich nur ein Tau um die Hüften.

In diesem Moment bemerkte die Zauberin die riesige Welle, die auf sie zurollte. Und als hätte eine riesige Hand unter den Kiel gegriffen, wurde das Schiff bis zum Scheitel der Welle gehoben, schien kurz zu schweben, dann kippte es und krachte wie im freien Fall ins Wellental. Regen und Gischt peitschten ihr ins Gesicht und machten jeden Schritt an Deck unberechenbar. Das Haar klebte Eara im Gesicht und ihre Kleider waren völlig durchnässt.

Da schloss Eara die Augen und konzentrierte sich. Sie bündelte ihre gesamte Energie und ließ sie durch ihren Körper fließen. Das Heulen des Windes und das Geschrei der Männer waren für sie bald kaum noch zu hören. Die Hände auf die Reling gestützt, stand sie da. In leichten Wellen breitete sich ihre Energie aus. Sie kam aus ihrem tiefsten Inneren, drang durch ihre Gliedmaßen in Hände und Füße und übertrug sich auf das Schiff. Eara öffnete die Augen. Es stürmte weiter mit unverminderter Kraft, aber etwas hatte sich verändert.

Das Schiff, das zuvor zu bersten gedroht hatte, schlug nicht länger mit Wucht in die Täler der Wellen, sondern hob und senkte sich mit ihnen. Wie ein großer Korken schmiegte es sich in die Wellen und wurde von ihnen fortgetragen. Die Matrosen hielten inne und sahen sich verwundert um. Sie waren zwar noch nicht außer Gefahr und mussten nach wie vor zusehen, dass sie nicht über Bord gingen, aber das Schiff, so viel war klar, würde nicht untergehen.

»Haltet euch fest«, brüllte der Kapitän über den Wind hinweg, »wir haben es noch nicht geschafft! Keiner weiß, wie viele Stunden dieser Sturm noch weitertobt!« Und er sollte recht behalten. Zwei weitere lange Stunden vergingen, bevor der Sturm nachließ. Die Männer waren entkräftet und viele hatte schließlich doch die Seekrankheit gepackt. Alle aber waren froh, dem Untergang entronnen zu sein.

Als die Aldebaran wieder ruhig im Wasser lag, löste Eara das Seil um ihre Hüften und massierte ihre Hände. Sie war, ebenso wie die Matrosen, völlig erschöpft. Es hatte sie viel Kraft gekostet, den Energiefluss über Stunden zu halten, damit das Schiff sich nicht gegen die Wellen, sondern mit ihnen bewegte. Als sie ermattet auf einer Seilwinde saß, trat eine kleine Gestalt zu ihr.

»Ein gutes Stück Arbeit hast du da geleistet, alle Achtung. Wie geht es dir?« Eara hob den Kopf und sah in das Gesicht des Zwerges. »Ich habe dich beobachtet«, fuhr der Zwerg fort. »Was du da gemacht hast, können nicht viele.«

»Danke«, sagte Eara, erstaunt über die unerwarteten Worte. »Ich bin Eara und komme aus Hadria. Und wer bist du?«

»Garz, Handelszwerg von Überall und Nirgendwo.« Er wandte seinen Kopf Richtung Süden. »Der Sturm hat uns ein gutes Stück vorangetrieben, vermutlich erreichen wir die Küste von Andor früher als geplant. Ich habe geschäftlich dort zu tun.«

»Wohin wirst du gehen, wenn das Schiff angelegt hat?«, wollte Eara wissen. »Ich muss zur Burg des Königs, aber ich kenne den Weg nicht.«

»Nun, meine Angelegenheiten führen mich nach Cavern, ins Reich der Schildzwerge im Süden, aber ich kann dich ein Stück begleiten und dir den Weg zur Rietburg zeigen«, bot Garz an.

»Das ist freundlich«, entgegnete Eara, »und es wäre eine sehr willkommene Hilfe.«

Am nächsten Tag erreichte die Aldebaran die Küste von Andor und der Zwerg und die Zauberin verließen gemeinsam das Schiff.

DER HINTERHALT

Chada wandte den Kopf und sah am Horizont die Rietburg kleiner werden. Sie konnte es immer noch kaum glauben: Gestern erst hatte sie den König um Unterstützung im Kampf gegen die Dunklen Kreaturen im Wachsamen Wald gebeten und heute in aller Frühe waren sie bereits aufgebrochen. Es war alles so schnell gegangen, und zu ihrer eigenen Überraschung stellte sie nun fest, schon wieder auf dem Rückweg zum Wachsamen Wald zu sein. Allerdings nicht mehr zu Fuß, sondern auf dem Rücken einer sanften Stute. Reiten war für Chada etwas Neues und sie musste sich erst an diese Art der Fortbewegung gewöhnen. Lonas allerdings bereitete das Tempo Freude. Von seiner Verletzung war nichts mehr zu merken.

König Brandur hatte am Abend zehn Krieger bestimmt, die ihn auf seinem Weg begleiten sollten. Er war nach dem Nachtmahl noch zu Chada gekommen und hatte sich auch Lonas angeschaut. Sie hatte ihm erzählt, wie sie den Wolf gefunden hatte, und der König hatte ihr aufmerksam zugehört. Fast schien es, als würde der König Lonas kennen. Doch er sagte nichts weiter dazu, sondern wünschte ihr nach einer Weile eine gute Nacht und ging.

Jetzt saßen der König und die Krieger mit Schwertern und Schilden bewaffnet auf ihren prachtvollen Pferden. Es waren große und muskulöse Tiere, mit Zaumzeug aus geschmeidigem, dunklem Leder und in die Stirnriemen waren ihre Namen eingearbeitet.

Chada beobachtete den König. Er ritt auf einem prächtigen Schimmel, einem stolzen Tier, das wohl schon einige Schlachten erlebt hatte. Trotz seines hohen Alters wirkte Brandur gesund und war außerdem ein guter Reiter. Auf seinem grauen Haar saß die Krone von Andor. Sie war aus matt schimmerndem Metall und stellte einen Kranz aus Rietgras dar. Mit wachsamen Augen beobachtete der König das Umland.

Es war ein kühler Morgen und der Nebel löste sich nur langsam auf. Chada zog ihren Umhang fester um die Schultern und war froh über die Wärme der Stute. Sie kamen gut voran und nach einigen Stunden – der Mittag war bereits angebrochen – ritten sie eine leichte Anhöhe hinauf und machten dort Rast. Der König hatte sich etwas abseits gesetzt und aß und trank von den Vorräten, die sie mitgenommen hatten. Auch die Krieger waren hungrig. Chada dagegen trank nur einen Schluck Wasser und nahm dann das Amulett ihrer Mutter in die Hand. Es fühlte sich warm und beruhigend an. Chada dachte an die Überfälle im Wachsamen Wald und hoffte inständig, dass Melkart die Ankunft des Königs gutheißen würde.

Plötzlich hallte ein Schrei über die Ebene. Chada schreckte auf. Sie kannte diesen viehischen Laut. In der Nacht, als sie Lonas gefunden hatte, hatte sie ihn schon einmal gehört. Sie sah sich beunruhigt um.

Der Wolf sprang knurrend auf und verschwand pfeilschnell in einem kleinen Wäldchen. Chada rannte hinter ihm her. »Lonas«, rief sie, »komm hierher!«, aber Lonas reagierte nicht. Je näher Chada dem Wäldchen kam, desto lauter hörte sie das Knurren des Wolfs. Als sie die Baumgruppe erreichte, wurde sie jäh von den Füßen gerissen.

Verwirrt sah sie auf und erkannte einen Zwerg, der mit heruntergelassener Hose laut fluchend auf die Männer des Königs zulief. Verzweifelt versuchte er im Laufen seine Hose hochzuziehen, stolperte aber immer wieder und fiel ins Gras. Endlich schaffte er es und kam zu seiner eigenen Überraschung direkt vor dem König zum Stehen. Brandur lachte laut auf und auch seine Männer konnten sich das Lachen nicht verkneifen.

»Darf ich fragen, wer du bist?«, sagte der König schmunzelnd. »Lonas scheint dich bei einem wichtigen Geschäft unterbrochen zu haben.«

»Eure Majestät …«, presste der Zwerg völlig außer Atem hervor. Innerlich kochte er vor Wut. Wie peinlich, halb nackt vor dem König zu stehen. »Bitte verzeiht!«, sagte er mit hochrotem Kopf.

Auch Chada hatte die Männer inzwischen erreicht. »Entschuldige bitte das Verhalten meines Wolfes«, wandte sie sich an den Zwerg. »Er ist noch nicht sehr lange bei mir und braucht wohl noch etwas Belehrung im Umgang mit Fremden.«

»›Etwas‹ ist gut … Zu dir gehört dieses Ungetüm also?«

»Oh ja«, antwortete Chada, »und ich liebe ihn von Herzen.«

»Erstaunlich, an wen die Menschen manchmal ihre Liebe verschenken … Aber ich will nicht unhöflich sein. Mein Name ist Garz, Handelszwerg von Überall und Nirgendwo.« Garz verbeugte sich vor dem König. »Ich reise nicht allein. Meine Begleiterin befindet sich etwas abseits, unsere Wege haben sich kurz getrennt …«, er räusperte sich und grinste, »aus geschäftlichen Gründen.«

Jetzt näherte sich eine junge Frau der Gruppe. Sie hatte hellblonde Haare und trug einen einfachen braunen Umhang. Ihre Hand hatte sie um einen Stab aus dunklem Holz geschlossen. »Ich grüße Euch«, sagte sie, als sie die Gruppe erreichte. »Mein Name ist Eara und ich stamme aus dem Land Hadria.«

Chada hatte noch niemals eine so schöne Stimme gehört, ernst und leise und gleichzeitig klar und rein. Der König und auch die Krieger hatten ihren Blick auf die Frau gerichtet und betrachteten sie gebannt. »Du bist weit fort von zu Hause«, beendete der König schließlich den kurzen Moment des Schweigens. »Was führt dich nach Andor?«

»Ich bin eine Zauberin. Meine Ausbildung ist beinahe abgeschlossen und ich hatte den Wunsch, an Euren Hof zu gehen, um das Land und die Menschen kennenzulernen. Andor ist weit über seine Grenzen hinaus bekannt.«

Der König lächelte bei diesen Worten, doch in Chada machte sich Unruhe breit. »Bitte verzeih die Unterbrechung«, sagte sie zu Eara und wandte sich dann Brandur zu, »aber die Zeit drängt, mein König, und wir müssen weiter, denn die Umstände im Wachsamen Wald drängen zur Eile.«

»Ja, du hast recht«, erwiderte der König. »Wir müssen diese Unterhaltung zu einem späteren Zeitpunkt fortführen. Eine wichtige Aufgabe liegt vor uns und wir dürfen tatsächlich keine Zeit verlieren.«

Eara blickte die Bogenschützin an, und Chada hatte den Eindruck, sie würde direkt in ihr Herz sehen, als die Zauberin sagte: »Natürlich, meine Geschichte kann warten. Es gibt in der Tat Wichtigeres. Eure Majestät, gerne würde ich Euch auf diesem Weg begleiten und meine Hilfe anbieten.

Möglicherweise hat mich das Schicksal schneller als gedacht an mein Ziel geführt, Euch und Euren Hof kennenzulernen.« Eara sah den König an und auch Chada wartete gespannt.

Der König dachte kurz nach und nickte dann. »Ich danke dir, Eara. Jede Hilfe ist uns sehr willkommen.«

Die Zauberin lächelte und Chada bot ihr sogleich an, mit ihr zu reiten. Eara nahm dieses Angebot dankend an.

Da richtete der König das Wort an Garz: »Wir sind auf dem Weg zur Taubrücke, um von dort in den Wachsamen Wald zu gelangen. Wie sieht es mit dir aus, Handelszwerg? Möchtest du uns ebenfalls begleiten oder lieber deinen Weg ohne uns fortsetzen?«

Der Zwerg überlegte kurz. »Ich würde Euch selbstverständlich gern begleiten, denn mein Weg führt mich in Eure Richtung. Aber leider bin ich zu Fuß unterwegs und würde Euch nur aufhalten.« Wie Garz vermutlich geahnt hatte, erwies sich diese Sorge als unbegründet, denn einer der Krieger bot ihm einen Platz auf seinem Pferd an und so setzten sie ihren Weg zur Taubrücke fort.

Die Krieger ließen die Umgebung nicht aus den Augen und auch der Wolf hatte immer wieder die Ohren gespitzt, denn ein ums andere Mal zerrissen die seltsamen viehischen Schreie die Stille.

Als sie nach einigen Stunden die Taubrücke erreichten, war es bereits Abend und die Sonne ging langsam unter. »Wenn wir die Taubrücke überquert haben, ist es nicht mehr weit bis zum Baum der Lieder«, sagte Chada hoffnungsvoll.

»Ich weiß.« Der König, der schon eine Weile an ihrer Seite ritt, nickte in Gedanken versunken. »Ich war vor vielen Jahren selbst dort zu Gast.«

Sie saßen ab und betrachteten die Brücke, die sich über einen tiefen Abgrund spannte, in dem der Fluss Narne reißend dahinrauschte. Von dicken Seilen wurden die Holzplanken getragen, die im Wind leicht hin- und herschaukelten. Zum besseren Halt gab es Taue in Hüfthöhe. Die Pferde konnten die Brücke allerdings nicht überqueren, und so bestimmte der König zwei seiner Männer, die als Wachposten bei den Tieren bleiben sollte, bis sie zurückkämen.

Nachdem die Pferde versorgt waren und die Gruppe ihr Gepäck geschultert hatte, bemerkte einer der Krieger: »Hast du nicht berichtet, Chada, dass der Oberste Priester die Wachen verstärken wollte nach dem Angriff? Warum stehen dann hier keine?«

»Ich weiß es nicht«, antwortete Chada. »Aber schon auf meinem Weg zur Rietburg war dort niemand.«

Wenn der König beunruhigt war, so ließ er es sich nicht anmerken und erklärte mit bestimmter Miene: »Lasst uns gehen.«

Zwei der Krieger gingen voran, dahinter folgten der König, Eara und Chada mit Lonas und schließlich die übrigen Krieger mit Garz in ihrer Mitte. Vorsichtig setzten sie einen Fuß vor den anderen. Die Brücke geriet unter ihrem Gewicht ins Schaukeln, und je weiter sie vorankamen, umso heftiger strich der Wind über sie hinweg.

Kaum hatte die Gruppe die Mitte der schwankenden Brücke erreicht, als plötzlich ein Kreischen zu hören war. Blitzschnell sprangen Gors und Skrale auf beiden Seiten der Brücke zwischen den Bäumen und dem hohen Rietgras hervor und postierten sich an beiden Flussufern. Sie waren in einen Hinterhalt geraten! Hilflos mussten die Menschen und der Zwerg auf der Brücke mit ansehen, wie zwei Gors die Wachposten bei den Pferden erschlugen. Die Tiere rissen sich los und stoben in Panik davon.

Schwankend und mit einer Hand am Tau, zogen der König und seine Männer ihre Schwerter. Doch da löste sich ein Skral aus der Gruppe der Kreaturen am gegenüberliegenden Ufer, zog eine fein gearbeitete Klinge und durchtrennte mit einem einzigen Schlag eines der Taue, die die Brücke hielten. Das Tau peitschte über den Abgrund und die Brücke kippte zur Seite. Die zwei Krieger, die vorangegangen waren, mussten ihre Schwerter fallen lassen, um sich auf der Brücke zu halten. Ein Schrei erscholl und jemand stürzte in die Tiefe, der Körper schlug gegen die Felsen, klatschte in die reißende Narne und wurde von der Strömung fortgespült. Chada und Eara hielten sich verzweifelt an den verbliebenen Tauen fest. Garz wurde im letzten Moment von einem Gefolgsmann des Königs gepackt, baumelte gefährlich über dem Abgrund und schrie aus Leibeskräften. Chada sah sich nach dem König um. Erst jetzt merkte sie, wie sie Lonas an sich gezerrt hatte, eine Hand in sein Fell gekrallt. Mit der anderen versuchte sie, sich auf der Brücke zu halten. Eara glitt näher an Chada heran und griff ebenfalls nach Lonas. Die Brücke schaukelte immer heftiger und es war nur noch eine Frage der Zeit, bis sie alle in die Tiefe stürzen würden. Brandur erbleichte, als er bemerkte, dass der Skral zu einem weiteren Schlag ausholte. Dies durfte nicht sein Ende sein! Zu viel stand auf dem Spiel – und sein Tod würde weit mehr bedeuten als nur den Verlust eines Königs.

DAS WIEDERSEHEN

Es wurde bereits dunkel, als Thorn auf einem Hügel in der Ferne die Rietburg entdeckte. Mit ihrer starken Ringmauer und den Wehrtürmen, die den Wachen einen weiten Blick ins Land boten, war sie stets uneinnehmbar gewesen. Noch nie hatten Feinde ihre Mauern überwinden können.

Als Thorn nun das Burgtor mit dem Ewigen Feuer erreichte, war er durchgefroren und sehnte sich nach einer warmen Mahlzeit. Er stellte sich nah ans Feuer, genoss die Hitze, die durch die Kleider bis auf seine Haut drang, und rief den beiden Wachen auf dem Wehrgang zu: »Mein Name ist Thorn und ich bitte um Einlass!« Das Herz klopfte ihm bis zum Hals. Sein Ziel hatte er erreicht. Aber wie würde er empfangen werden?

Die Wachleute musterten ihn kurz. »Warte einen Moment«, sagte der eine und verschwand.

Nach kurzer Zeit erschien eine dritte Person auf dem Wehrgang und brüllte: »Das nenne ich eine Überraschung!« Kurz darauf wurde der schwere Balken des Tores zur Seite geschoben und ein großer Mann trat durch den Torbogen. Es war Harthalt, der Schwertmeister. Mit ausgebreiteten Armen ging er auf Thorn zu.

»Junge, wie schön, dich zu sehen. Komm herein, du siehst ziemlich durchgefroren aus.« Doch als er Thorn umarmte und dieser dabei vor Schmerz aufstöhnte, trat er einen Schritt zurück, bemerkte die Wunde an seinem Arm und sah ihn ernst an. »Was ist passiert?«

»Das erzähle ich dir später«, versprach Thorn. »Es ist nicht so schlimm, wie es aussieht.« Er trat mit Harthalt in den Burghof und sah sich um. Die Fackeln waren bereits entzündet und die Menschen der Burg hatten sich in ihre Häuser zurückgezogen. Große Freude breitete sich in ihm aus. Es fühlte sich fast so an, als wäre er nach Hause gekommen.

Harthalt schaute ihn fragend an. »Was führt dich zu uns, mein Freund?«

»Das ist eine längere Geschichte. Aber zunächst möchte ich den König aufsuchen. Ich muss ihn sprechen.«

»Da hast du leider kein Glück. Der König ist heute früh mit einigen Männern zum Wachsamen Wald aufgebrochen.« Als er Thorns enttäuschten Blick sah, sagte Harthalt: »Weißt du was? Komm mit in meine Kate. Du bekommst etwas zu essen und erzählst mir, wie es dir in den letzten Jahren ergangen ist. In der Zwischenzeit werde ich deine Wunde versorgen und morgen kannst du dann Prinz Thorald begrüßen, denn er vertritt den König während seiner Abwesenheit.«

Dankbar nahm Thorn die Einladung an. Mittlerweile war es dunkel geworden und der Wind hatte merklich zugenommen, was Harthalts Kate nur umso behaglicher machte. Im Ofen brannte ein Feuer und der Schwertmeister bereitete eine kleine Mahlzeit zu. Dazu gab es Met, und Thorn begann von den Jahren in seinem Heimatdorf zu berichten. Harthalt hörte aufmerksam zu. »Und, hast du es jemals bereut, dass du damals fortgegangen bist?«

»Oft sogar«, erwiderte Thorn, »aber meine Mutter brauchte Hilfe. Sie hätte das Land nicht allein bestellen können und außer mir hatte sie niemanden. Nun ist sie tot und ich möchte wieder in die Dienste des Königs treten. Wenn er mich denn noch haben will.«

»Das wirst du ihn schon selbst fragen müssen. Aber wenn du meine Meinung hören willst: Er wird froh darüber sein, dass du wieder hier bist. Ich glaube, er hat dich nie ganz vergessen.« Harthalt lächelte, als er die Erleichterung auf Thorns Gesicht sah. Sie tranken noch reichlich Met in dieser Nacht und Thorn erfuhr viel über die Geschehnisse der letzten Jahre auf der Rietburg.

Am nächsten Morgen erwachte Thorn mit schmerzendem Kopf und einem merkwürdigen Geschmack im Mund. Harthalt hatte die Kate bereits verlassen und so machte sich der junge Mann, nachdem er sich angekleidet hatte, bald auf, den Prinzen zu begrüßen.

Als er vor die Tür der Kate trat, um zur großen Halle hinaufzusteigen, herrschte auf dem Burghof geschäftiges Treiben. Mägde liefen mit großen Körben unter dem Arm an ihm vorbei und einige Kinder rannten hinter einem zotteligen Hund her. Der Schmied legte gerade einem prachtvollen Pferd neue Eisen an die Hufe. Trotz Müdigkeit und Hunger fühlte sich Thorn großartig, als er die Halle erreichte. Nachdem die beiden Wachen sich versichert hatten, dass er keine Waffen bei sich trug, öffneten sie die schwere Tür und ließen ihn ein.

Die Halle wirkte ebenso freundlich, wie er sie in Erinnerung hatte. Im großen Kamin loderte ein behagliches Feuer, und die Wandteppiche, die Thorn schon damals bewundert hatte, waren noch dieselben. Auf der großen Tafel standen allerlei Speisen und Getränke, die für mindestens acht

Männer gereicht hätten. Doch an der Tafel saß, völlig vertieft in ein Schriftstück, nur eine einzige Person: Prinz Thorald. Er schien den Ankömmling nicht zu bemerken.

Thorn räusperte sich. »Guten Morgen, Prinz Thorald.«

Der Prinz zuckte zusammen und erschrak über die Störung so sehr, dass er seinen Becher vom Tisch stieß. Er fluchte und rief, ohne aufzublicken: »Was fällt Euch ein, mich derart zu stören? Macht, dass Ihr fortkommt!«

Thorn verbeugte sich leicht und sagte: »Ich bin es. Thorn.«

»Thorn?« Der Prinz schaute erstaunt auf und hob eine Augenbraue. »Du bist lange fort gewesen.«

»Das ist richtig, ich war lange fort. Aber es ist schön, dich nach all den Jahren wiederzusehen.«

Der Prinz schien sehr erfreut über Thorns Worte und bot ihm sogleich einen Platz an der Tafel an. »Setz dich und iss mit mir. Es ist genug da«, rief er nun ausgesprochen herzlich.

Thorn nahm an der großen Tafel Platz und bediente sich an dem reich gedeckten Tisch. Lange schon hatte er nicht mehr so köstliche Dinge gegessen. In seinem Dorf war das Leben einfach gewesen. Süßspeisen gab es nur zu besonderen Anlässen. Hier aber gab es frisch gebackenes, süßes Brot, mit Rosinen gespickt. Ein dunkles Getränk, das Thorn nicht kannte, hatte es ihm besonders angetan, es schmeckte bitter und süß zugleich. Es war herrlich!

Thorn dachte an ihre gemeinsamen Jahre auf der Burg.

Zwischen den beiden jungen Männern war es oftmals schwierig gewesen. Aber es hatte auch gute Zeiten gegeben, in denen sie fast so etwas wie Freunde gewesen waren.

»Ich habe gehört«, sagte Thorn schließlich, »dass der König zum Wachsamen Wald aufgebrochen ist.«

Thorald sah ihn an und grinste. »Ja. Weißt du, vor zwei Tagen kam eine junge Bewahrerin zu uns und berichtete von Angriffen auf das Archiv im Wachsamen Wald. Vater zögerte nicht lange und ritt gestern mit zehn Männern los, um den Bewahrern Schutz zu gewähren, aber auch, um herauszufinden, was diese Kreaturen im Schilde führen. Mich hat er gebeten, in seiner Abwesenheit die Rietburg zu regieren.« Stolz richtete er sich in seinem Stuhl auf. »Eine verantwortungsvolle Aufgabe, wie du weißt.«

›Schade, er ist doch nach wie vor ein aufgeblasener Geck‹, stellte Thorn fest, doch er schob den Gedanken schnell beiseite und fragte stattdessen: »Aber warum ist der König mit so einem kleinen Gefolge losgeritten? Zehn Mann sind sehr wenig.«

Prinz Thorald gab sich unbeeindruckt: »Ach Thorn, du kennst doch den König. Sein Wille ist mit dem Alter bestimmt nicht schwächer geworden. Manchmal glaube ich, er versucht dem Tod ein Schnippchen zu schlagen.«

»Das gefällt mir nicht. Auf dem Weg hierher bin ich von Gors angegriffen worden. Glücklicherweise waren es nur zwei. Wären es mehr gewesen, säße ich jetzt nicht hier.«

»Ach, jetzt lass doch diese düsteren Geschichten. Wollen wir uns nicht lieber schöneren Dingen zuwenden?« Als Thorn nickte, fuhr Thorald mit einem unschuldigen Lächeln fort: »Diese junge Frau, die vor einigen Tagen hier war, die Bewahrerin ... sie ist wunderschön! Und mutig. Das Mädchen hatte überhaupt keine Angst, mit meinem Vater zu reden, obwohl sie erst siebzehn ist.« Er hielt kurz inne und schien zu überlegen. »Nun, ihre Haare sind vielleicht etwas kurz. Die sollte sie länger tragen, wenn sie erst meine Braut ist. Dann muss sie auch nicht mehr mit dem Bogen durch die Welt laufen, denn dann bin ja ich da und werde sie beschützen.« Prinz Thoralds Augen glänzten und er machte eine gewichtige Miene.

Thorn schaute ihn verwundert an und wusste darauf nichts zu erwidern. Erleichtert sah er, dass in diesem Moment Harthalt die Halle betrat.

»Seid gegrüßt, mein Prinz. Thorn, schön, dich hier anzutreffen. Es sind Kundschafter eingetroffen und sie warten darauf, Euch Bericht zu erstatten.«

»Schick sie herein!«, sagte Prinz Thorald sehr ernst. Harthalt lief hinaus und geleitete die Kundschafter in die Halle. Ehrerbietig begrüßten sie den Prinzen, jedoch war ihnen anzumerken, dass sie eigentlich den König in der Halle erwartet hatten. Sie nickten auch Thorn zu und einer der Männer berichtete: »Mein Prinz, wir bringen schlechte Kunde. Der Freie Markt wurde am helllichten Tag von zwei wild gewordenen Wardraks überfallen. Sie haben die Stände zertrümmert, und viele Bauern und Händler wurden verwundet.«

Thorn hatte zwar noch nie einen Wardrak mit eigenen Augen gesehen, aber er wusste, dass sie echsengleich, groß und pfeilschnell waren. Ihre Augen, hieß es, glühten wie Kohlen.

»Nachdem sie den Platz verwüstet hatten, verschwanden sie so schnell, wie sie gekommen waren«, fuhr der Kundschafter fort. »Dann stellte sich allerdings heraus, dass dies nur ein Ablenkungsmanöver war. Unterdessen wurden nämlich viele Bauernhöfe von Gors ausgeplündert, und das Vieh haben sie auch gestohlen. Die Bauern sind verzweifelt. Der Winter steht bevor und ohne die Vorräte an Weizen und Gerste werden sie ihn nicht überstehen.« Er hielt inne, doch Prinz Thorald machte keine Anstalten, das Wort zu ergreifen.

»Die Stimmung im Land ist angespannt, mein Prinz. Es geht etwas Merkwürdiges vor sich. Wir hörten auf unserem Weg einige Male diesen Schrei. Er klingt sehr beunruhigend und auf seltsame Weise bösartig.« Und als der Prinz noch immer schwieg, fügte er hinzu: »Wir vermuten, dass die Skrale sich auf diese Weise über größere Entfernungen miteinander verständigen. Wir nennen es den Ruf der Skrale.«

Da entgegnete Prinz Thorald skeptisch: »Von so etwas habe ich noch nie gehört.«

»Das sind wahrlich besorgniserregende Nachrichten, die ihr uns bringt«, bestätigte Harthalt den Kundschaftern. Er blickte Thorn und Thorald ernst an: »Wir müssen etwas unternehmen.«

»Ja, und es eilt, so wie es aussieht«, stimmte Thorn zu. »Wenn wir nur wüssten, was diese Ungeheuer vorhaben, dann könnten wir uns zur Wehr setzen. Aber so wissen wir nicht einmal, wohin wir uns wenden sollen.« Er sah Thorald fest an. »Mein Prinz, sehr gerne würde ich mich auf den Weg machen, um dem König zu berichten, was geschehen ist. Und weil ich ihn um Erlaubnis bitten möchte, wieder in seine Dienste zu treten. Derweil könntest du die Rietburg sichern und Männer zum Freien Markt entsenden.«

Thorald erhob sich und sprach: »Genau das ging mir soeben auch durch den Kopf.« Eine leichte Röte bildete sich auf seinem Gesicht, aber er fuhr unbeirrt fort: »So mach dich bereit, Thorn. Nimm ein Pferd und Proviant mit und brich so schnell wie möglich auf.«

Harthalt und Thorn sahen sich an. Der Prinz hob die Hand zum Gruß und verließ gemessenen Schrittes die Halle.

Die Vorbereitungen für Thorns Aufbruch waren schnell getroffen. Harthalt gab ihm ein Pferd und Proviant. Dann drückte er ihm noch ein Bündel in die Hand.

»Was ist das?«, wollte Thorn wissen.

»Schau es dir doch einfach an.«

Thorn faltete das Bündel auseinander, das sich als ein dicker wollener Umhang aus grobem blauem Stoff entpuppte.

»Ich fürchte, du kannst es gebrauchen«, meinte Harthalt nur. »Die Nächte sind bereits empfindlich kalt, und du wirst auch so schon genügend Widrigkeiten begegnen. Da musst du nicht auch noch frieren.« Thorn dankte Harthalt und umarmte ihn zum Abschied. Dann verließ er die Burg durch das große Tor.

Er ritt Stunde um Stunde, den restlichen Tag und die ganze Nacht hindurch. Die Stute war eine gute Wahl gewesen, folgsam und unkompliziert. Niemand begegnete ihm auf seinem nur vom Mond beschienenen Weg. Erst als der Morgen anbrach, machte er seine erste Rast. Er aß und trank und ließ die Stute grasen.

Unruhe machte sich in ihm breit. Er würde nur noch wenige Stunden zur Taubrücke brauchen. Was, wenn der König ihn nicht sehen wollte? Vielleicht schätzte Harthalt die Lage falsch ein und Brandur hatte ihm nicht verziehen, dass er damals den Prinzen mit dem Schwert verletzt und dann die Burg verlassen hatte, ohne ein Wort der Entschuldigung. Tief in Gedanken saß Thorn auf und ritt weiter.

Plötzlich blieb seine Stute so abrupt stehen, dass er fast aus dem Sattel gerutscht wäre. Nur wenige Schritte entfernt standen zwei herrenlose Pferde am Wegrand – unverkennbar Tiere des Königs, denn auf der Satteldecke war das Wappen von Andor zu sehen. Auch das Zaumzeug stammte eindeutig von der Rietburg. Thorn kannte sonst niemanden, der die Namen der Tiere in die Stirnriemen einarbeitete. Furcht ergriff ihn. Kam er vielleicht schon zu spät?

Voller Unruhe trieb er seine Stute an. Doch als er nach mehreren Stunden und einem atemlosen Ritt endlich an der Taubrücke ankam, wünschte er, er hätte mehr Zeit gehabt, um sich auf den Anblick vorzubereiten, der sich ihm nun bot. Das Erste, was er sah, waren die Leichen zweier Krieger, die schrecklich zugerichtet im blutroten Gras lagen. Es war klar, dass er nichts mehr für sie tun konnte. Als er sich vorsichtig der Brücke näherte, entdeckte er die Leichen mehrerer Gors, denen die todbringenden Pfeile noch aus der Brust ragten. Hier hatte ein blutiger Kampf stattgefunden. Immerhin, soweit er feststellen konnte, war der König nicht unter den Toten, und Thorn hoffte, dass Brandur und sein Gefolge es geschafft hatten, die Brücke zu überqueren. Doch dann erstarrte er.

Es gab keine Brücke mehr! Dort, wo sie die Narne überspannt hatte, baumelten jetzt nur noch lose Taue und zersplitterte Planken. Es war unmöglich, ans andere Ufer zu gelangen. Was war hier passiert? Hatte die Brücke den König und sein Gefolge mit sich in die Tiefe gerissen? Thorn trat der Schweiß auf die Stirn.

Was sollte er jetzt nur tun?

EIN GEHEIMER AUFTRAG

Garz, der Handelszwerg, stolperte durch den Wald. Er war schweißgebadet, seine Hose war zerrissen und an seinem Wams klebte Blut. Immer wieder fiel er über Wurzeln und Äste. Jedes Mal rappelte er sich panisch wieder hoch und hastete weiter. Als ihm endgültig die Luft ausging, warf er sich unter einen Busch und verharrte regungslos.

»Verfluchte Menschen!«, schnaufte Garz, als er langsam wieder zu Atem kam. Nichts als Ärger hatte man mit denen. Der alte Brandur hatte doch wohl nicht geglaubt, dass er, Garz, sich an diesem Gemetzel beteiligen würde? Sollten sie doch sehen, wo sie blieben. Das war nicht sein Problem.

Er horchte angestrengt in die Stille, aber es war nichts zu hören. Keine Schritte, keine Schreie, kein Waffengeklirr. Sein Herzschlag beruhigte sich allmählich und er konnte wieder klare Gedanken fassen.

Was für ein Durcheinander! Auf der Taubrücke hatte es ganz so ausgesehen, als hätte sein letztes Stündlein geschlagen, als plötzlich diese Kreaturen aufgetaucht waren. Was sie für tödliche Waffen hatten! Und dann der Skral, wie er mit einem Hieb das Tau durchtrennt hatte und sie alle fast von der schwankenden Brücke gestürzt wären. Doch in dem Moment hatte der Stab in der Hand der Zauberin angefangen zu leuchten. Mit starrem Blick hatte sie die Holzplanken berührt, und auf einmal fühlte es sich an, als wären sie nicht mehr hilflos dem Schaukeln der Brücke ausgeliefert, sondern eher so, als würde das Schwingen der Holzplanken sie halten. Eara hatte ihren Blick nicht von der Brücke abgewandt und Chada hatte ihre Chance erkannt. Ihr Pfeil fand die Lücke im Brustpanzer des großen Skrals gerade in dem Moment, als er ausholte, um das letzte Haltetau zu durchtrennen. Der Skral stürzte und war fast im selben Moment in der Tiefe verschwunden.

Da hatte der König gerufen: »Lauft! Lauft auf die andere Seite!« Sie liefen los und erreichten alle das andere Ende der

Brücke, bevor die Planken endgültig nachgaben und in die Narne stürzten. Doch auch auf der anderen Seite wurden sie von bewaffneten Gors und Skralen erwartet. Garz hatte sich sofort geduckt, bis plötzlich ein Gor vor ihm aufragte und mit seiner Klaue nach ihm schlug. Er konnte sich gerade noch zur Seite drehen, doch die Kreatur hatte ihn an der Schulter getroffen und sein Wams aufgeschlitzt.

Garz stöhnte. Die Wunde schmerzte immer noch. Wäre Eara nicht gewesen, läge er jetzt nicht hier im Wald, sondern mit durchtrennter Kehle am Ufer der Narne. Die Zauberin war plötzlich aufgetaucht und zwischen Garz und den Gor gesprungen. Ihr Zauberstab wirbelte leuchtend durch die Luft, als sie den Gor mit voller Wucht am Kopf traf. Auch einen zweiten Gor hatte Eara niederstrecken können. Erleichtert wollte der Zwerg gerade fliehen, als er den König sah. Dieser schwang sein Schwert und lieferte sich einen Schlagabtausch mit einem Skral. Die Waffen krachten aufeinander und trotz seines hohen Alters schien der König die Oberhand zu gewinnen. Dann aber geschah das Unfassbare. Plötzlich ragte eine Klinge aus der Schulter des Königs. Ein anderer Skral hatte den König von hinten angegriffen und ihm das Schwert in den Körper gerammt. Die Klinge verfehlte das Herz nur, weil sich der Wolf auf den Skral stürzte und seine Zähne tief in den Arm der Kreatur schlug.

Garz hatte wie gelähmt dagestanden, als die Gors erneut zu kreischen begannen. Wilde, angsterfüllte Schreie, denn der Wald schien sich plötzlich zu bewegen und aus dem Blätterdickicht ging ein Regen aus Pfeilen auf die Dunklen Kreaturen nieder. Die Bewahrer waren gekommen! Alles geschah rasend schnell, aber er, Garz, hatte nur ein Ziel – weg von diesem Ort, weg von diesem Gemetzel. Was hier geschah, ging ihn nichts an und er würde sich ganz bestimmt nicht umbringen lassen. Also war er losgespurtet und in den Wald geflüchtet. Er war gerannt und gerannt, bis seine Beine ihn nicht mehr tragen wollten.

Jetzt lag er erschöpft unter einem Strauch. Die Dunkelheit brach langsam herein und Garz fror. Er hatte die Orientierung verloren. Was sollte er jetzt tun? Er überlegte fieberhaft. Der Angriff auf den König konnte kein Zufall gewesen sein und es gab nur einen, der die Kreaturen in seinen Bann ziehen konnte: der Dunkle Meister! Er hielt die Fäden in der Hand und wirkte im Verborgenen. Der Handelszwerg kannte ihn, auch er war seinem Einfluss erlegen.

Bis heute hatte es Garz nicht weiter gestört, denn schließlich war er ein Handelszwerg und Profit war sein Begehr. Nun aber regte sich etwas in seinem Herzen, das ihn über die Maßen überraschte. Eara, die Zauberin aus Hadria, hatte ihm das Leben gerettet, ohne auch nur einen Moment zu zögern, und für den König war es trotz seines hohen Alters selbstverständlich, den Bewahrern des Wachsamen Waldes beizustehen. Dem gegenüber stand der Dunkle Meister. Dieser hatte Pläne, die Garz zwar nicht durchschaute, aber seine Gewissheit wuchs, dass sie nichts Gutes bedeuteten. Seine Macht war sehr groß. Und war es nicht von jeher sinnvoller, sich der mächtigeren Seite anzuschließen? Jener Seite, die am Ende den Sieg davontragen würde? Natürlich war das sinnvoller! Seine Zweifel waren verflogen.

Sogleich fühlte sich der Zwerg besser. Sein Ziel war Cavern. Dort, so wusste er, verbarg sich der Dunkle Meister. Von ihm hatte Garz den Auftrag erhalten, Hadria auszukundschaften und einen mächtigen Gegenstand zu besorgen. Viel Raffinesse war dazu nötig gewesen. Garz öffnete seinen Beutel und vergewisserte sich, dass das Hadrische Stundenglas unversehrt war. Vorsichtig zog er es hervor und betrachtete die zwei Glaskolben, die in ein reich verziertes Holzgestell eingelassen waren. Der Sand im Inneren rieselte auch dann nicht, wenn man das Stundenglas umdrehte. Garz wusste nicht, was es mit diesem Glas auf sich hatte, aber er war sich sicher, dass es in den Händen des Dunklen Meisters nur Unheil anrichten würde. Doch dies war einerlei, solange er, Garz, vom Dunklen Meister reich belohnt werden würde.

Er erhob sich und machte sich auf den Weg, seinen Auftrag auszuführen.

DIE SPUR DER SKRALE

Chada, Eara, Garz und der König mit seinen Männern erreichten gerade noch rechtzeitig die gegenüberliegende Seite, als die Brücke in die Tiefe stürzte. Dem Abgrund waren sie somit zwar entkommen, doch auch hier hieben und stachen die Kreaturen auf sie ein. Gors und Skrale waren in der Überzahl und es bestand kaum Hoffnung für die Menschen, sich diesem Angriff noch länger widersetzen zu können. Da sank der König plötzlich in die Knie, eine Klinge ragte aus seiner Schulter. Siegesgewiss kamen die Kreaturen näher.

In diesem Augenblick schien der Wachsame Wald zum Leben zu erwachen. Pfeile schossen zwischen den Blättern hervor, zischten durch die Luft und fanden ihr Ziel. Tödlich getroffen, sank einer nach dem anderen der ungepanzerten Gors ins Gras.

Chada erkannte die Pfeile. Grünlich glänzten ihr Schäfte in der Sonne. Die Bewahrer waren zu Hilfe gekommen! Jetzt stürmten sie aus dem Wald hervor. Als die Skrale begriffen, was geschah, brüllten sie auf, wendeten sich hierhin und dorthin und stoben, gefolgt von den überlebenden Gors, in heller Panik davon. Doch die Pfeile der Bewahrer prasselten auf sie nieder und nur wenige schafften es, dem tödlichen Hagel zu entkommen.

Doch als Eara und Chada sich umwandten, sahen sie den König reglos am Boden liegen. Hastig lief die Zauberin zu ihm, kniete sich neben ihn und untersuchte seine Wunde. Er hatte das Bewusstsein verloren und unter seiner Schulter bildete sich eine Blutlache. Vorsichtig legte Eara ihre Hand auf die Wunde, schloss die Augen und konzentrierte sich. Der König rührte sich nicht, und voller Sorge beobachteten Bewahrer und Krieger das Geschehen. Da hob Brandur kurz die Lider und sah Eara an.

»Danke«, flüsterte er unter großer Anstrengung, dann fiel er zurück in die Ohnmacht.

Langsam erhob sich die Zauberin. »Eine Weile hält er durch«, sagte sie, »aber er braucht dringend Medizin.«

»Wir bringen ihn zu Larissa, unserer Heilerin«, erwiderte einer der Bewahrer. »Sie weiß, was zu tun ist.«

In Windeseile wurde aus groben Ästen und einer Decke eine notdürftige Trage gefertigt. Sie legten den König vorsichtig darauf. Sein Gesicht war bleich und hinter seinen geschlossenen Lidern zuckte es. Schweiß stand auf seiner Stirn.

»Ihr müsst euch beeilen«, sagte Eara ernst.

Die Krieger nahmen den König vorsichtig auf und die Bewahrer eskortierten sie mit erhobenen Bögen. Mit dem König in der Mitte begab sich der stille Zug zum Dorf der Bewahrer.

Gerade wollte Eara sich den Männern anschließen, als sie Chada und Lonas etwas abseits stehen sah. Chada war bleich und zitterte am ganzen Körper.

»Was ist mit dir?«, fragte Eara besorgt. »Bist du verletzt?«

»Nein.« Chada schüttelte den Kopf. »Im Gegensatz zu König Brandur ...«

Eara bemerkte den Selbstvorwurf in der Stimme der Bewahrerin. Sie verstand nur zu gut, dass die Angst um den König und das Wohlergehen ihres Volkes Chada beherrschte. Eara nahm ihre Hand und drückte sie leicht.

»Chada, das alles ist nicht deine Schuld. Manchmal geschehen Dinge, die wir nicht vorhersehen können.«

Ein angenehmes Kribbeln breitete sich in Chadas Händen aus. Sie wehrte sich dagegen, hatte sie doch das Gefühl, den Schmerz, der in ihr war, verdient zu haben. Ihre Schuld war einfach zu groß. Niemand würde ihr verzeihen, wenn der König sein Leben ließe.

Plötzlich aber löste sich etwas in ihrem Inneren und es erklang eine sanfte Stimme in ihrem Herzen: ›Ich sehe, dass du mutig und tapfer bist. Der Glaube an dich selbst ist deine größte Gabe. Verliere ihn nicht.‹ Die Hände der Frauen lösten sich voneinander.

»Ich danke dir.« Chada blickte Eara fest an, dann kniete sie sich neben Lonas, der schwanzwedelnd vor ihr stand, und drückte ihn fest an sich. »Und ich bin froh, dass du da bist, mein Grauer.«

Eara sah die beiden an. »Was willst du jetzt tun?«

»Ich werde die Verfolgung dieser Bestien aufnehmen«, antwortete Chada entschieden. »Nur so kann ich in Erfahrung bringen, was vor sich geht. Diese Skrale hatten es auf den König abgesehen!«

»Ja, du hast recht«, stimmte Eara zu, »aber solltest du nicht zunächst mit deinen Leuten sprechen?« Doch Chada blieb dabei: »Nein, das ist zwecklos. Sie werden nichts unternehmen. Die Bewahrer verlassen den Wachsamen Wald niemals. Und du? Was wirst du tun?«

Eara brauchte nicht lange nachzudenken. Sie mochte die junge Bogenschützin und es wäre ihr falsch vorgekommen, sie jetzt allein zu lassen. Außerdem hatte sie sich in den Dienst des Königs stellen wollen, und es schien ihr offensichtlich, dass sie ihm derzeit am besten dienen konnte, wenn sie die Schuldigen für diesen Anschlag auf sein Leben aufspürte.

»Ich werde dich natürlich begleiten«, sagte Eara.

»Sehr gut. Dann los!«, erwiderte Chada.

Die beiden Frauen nahmen ihre Sachen auf, Chada legte sich den Bogen um die Schulter und schnürte ihren Umhang fest. Der König und seine Männer waren nicht mehr zu sehen. Niemand hatte bemerkt, dass Chada und Eara ihnen nicht gefolgt waren. Eara griff nach ihrem Stab und blickte sich noch einmal um.

»Wo ist eigentlich Garz, der Handelszwerg?« Ihn hatte sie völlig aus den Augen verloren und auch jetzt konnte sie ihn nicht zwischen den getöteten Gors und Skralen entdecken.

»Ich weiß nur, dass er es auch auf diese Seite geschafft hat.« Chada überlegte. »Danach war er plötzlich wie vom Erdboden verschwunden.«

»Nun, manchmal ist es gar nicht schlecht, klein zu sein und übersehen zu werden. Und ich glaube, Garz kann sich ganz gut alleine durchschlagen.« Eara hielt kurz inne. Sie hatte nicht erwartet, so kurz nach ihrer Ankunft in Andor schon in die Geschicke des Landes verwickelt zu werden. Aber sie war froh darüber, helfen zu können.

Und so verließen Chada und Eara mit dem Wolf den Waldrand in südlicher Richtung. Sie folgten dem Lauf der Narne, der sie geradewegs zur Bogenbrücke bringen würde. Chada vermutete, dass die Kreaturen diese Richtung einschlagen würden, um ins Rietland zu gelangen. Und sie sollte recht behalten, wie sich kurz darauf zeigte. Die Spuren der Gors und Skrale waren deutlich zu erkennen. Ein unangenehmer Geruch lag in der Luft, nach Fäulnis und Blut, so als wären sie vor nicht allzu langer Zeit hier entlanggekommen. Im Laufen erzählte Chada der Zauberin, dass die Kreaturen mit Waffen der Schildzwerge ausgerüstet waren und dass sie Cavern, dem Reich jener Zwerge, mit jedem Schritt näher kamen.

Mit der Dämmerung, die nun hereinbrach, schien sich auf einmal auch das Wetter zu ändern. Es wurde windig und merklich kühler. Schwere, dunkle Wolken zogen auf.

»Das sieht nach einem Gewitter aus.« Kaum hatte Chada die Worte ausgesprochen, fielen auch schon die ersten Tropfen. »Komm schnell«, rief sie Eara zu, »dort drüben gibt es einen umgestürzten Mammutbaum, der wird uns vor dem Regen schützen.«

Da brach das Unwetter richtig los. Die Blitze blieben für Sekunden wie gezeichnet am Himmel stehen, gefolgt von einem ohrenbetäubenden Donner. Es regnete in Strömen, und als sie den Unterschlupf erreichten, waren alle drei bis auf die Haut durchnässt. Lonas schüttelte sich.

Die Äste des umgestürzten Mammutbaums bildeten ein Dach, das mit altem Laub und Ranken bedeckt war und den Regen fernhielt. Auf dem Boden wuchs Moos und es roch nach feuchter Erde und nassem Wolf. Es war eng, aber trocken, und so setzten sich die Frauen und lauschten dem Donner. Sie rückten eng aneinander, denn die Kälte kroch ihnen in die Glieder, und auch Lonas hatte sich zusammengerollt und lag nah bei ihnen.

Nach einiger Zeit sagte Chada: »Was auf der Taubrücke geschehen ist, war seltsam.« Sie konnte ein Schaudern nicht unterdrücken, als sie an den Kampf zurückdachte. Beinahe wären sie alle in die Tiefe gestürzt, doch wie durch ein Wunder hatten sie im letzten Augenblick die andere Seite erreicht. »Wie hast du das gemacht?«, fragte sie.

Eara überlegte kurz. Wie sollte sie jemandem, der noch nie mit Zauberei in Berührung gekommen war, erklären, was geschehen war? Dann sagte sie: »Jedes Ding hat eine ihm eigene innere Kraft. Auf der Brücke, als der Skral das erste Seil durchtrennte, war die Kraft der Brücke zwar geschwächt, aber dennoch vorhanden. Ich habe diese Kraft aufgenommen und verstärkt. Dadurch konnte sich die Brücke stabilisieren und du konntest handeln.«

»Und das alles machst du mit deinem Stab?«

»Er ist so etwas wie das Verbindungsstück zwischen mir und der Zauberei. Der Stab ist wie ein Überbringer von Energie und hilft mir dabei, meine Kräfte zu leiten.«

»Aber warum hast du dann nicht einfach die Bäume umkippen lassen und die Kreaturen darunter begraben?«

Eara musste lächeln. »Genau das, Chada, ist das Wichtigste an der Zauberei. Nur die Kraft, die dem Baum eigen ist, darf ich verstärken. Zwinge ich ihm meinen Willen auf, damit er einknickt, breche ich seine ureigene Gabe. Das nennen wir in Hadria die Dunkle Magie.« Eara sah, dass ihre junge Zuhörerin noch nicht recht verstand.

»Manchmal«, fuhr sie daher fort, »ist es schwierig zu erkennen, wann sich Zauberei in Magie wandelt. Jeder Zauberer kennt diese Verlockung, doch man darf ihr nicht erliegen.« Sie blickte in die dunklen Wolken. Der Wind fegte durch die Äste und Eara fröstelte, als sie weitersprach: »Es gibt da diese Geschichte über einen jungen Zauberer, die uns unsere Mentoren in Hadria lehrten. Varkur war sein Name. Sein Vater, Varkmar, war streng und verlangte von seinen Kindern Disziplin und Gehorsam. Varkurs Mutter war vor Jahren in einem Schneesturm umgekommen und hatte ihn und seine kleine Schwester Nika mit dem Vater zurückgelassen.

Varkur war besonders begabt. Bereits als kleiner Junge verstand er das Wesen der Zauberei so gut, dass er, noch ehe er das siebte Lebensjahr erreichte, an der Feste von Yra unterrichtet wurde. Sein Vater setzte alles daran, seine Fähigkeiten auszubauen, und gab ihm zusätzlichen Unterricht, wenn die Schule endete. Darum hatte der Junge nur wenig Umgang mit Gleichaltrigen. Er wurde verschlossen und mürrisch. Einzig seiner Schwester Nika, die nicht die Begabung ihres Bruders hatte, brachte er Zuneigung entgegen.

Während seiner ersten Ausbildungsjahre konnten seine Mentoren ihrer Begeisterung kaum Herr werden. Sie lobten Varkur, wann immer sich seine Begabung zeigte, und er fing an, damit zu prahlen. Schnell wurde er unter seinen Klassenkameraden unbeliebt.

Eines Tages holte sich der Winter auch seinen Vater. Eine Lungenentzündung hatte den Zauberer in nur wenigen Tagen dahingerafft. Ob Varkur um seinen Vater trauerte, ist nicht bekannt. Von nun an war er seltener an der Feste von Yra, versäumte immer wieder den Unterricht und entzog sich mit der Zeit dem Einfluss seiner Lehrer. Dafür kümmerte er sich um seine Schwester Nika, denn das Mädchen verkraftete den Verlust des Vaters nicht gut.

Als sich Varkurs Schulzeit dem Ende näherte und er die Reise antreten sollte, die alle Zauberer absolvieren müssen, um ihre Ausbildung abzuschließen, widersetzte er sich. Seine Fähigkeiten habe er mehr als einmal unter Beweis gestellt, sagte er, für ihn sei diese Reise überflüssig. Vielleicht dachte er dabei auch an Nika, die er nicht allein zurücklassen wollte. Sein Mentor weigerte sich daraufhin, ihm den Zauberstab auszuhändigen. Er verwehrte dem Hochbegabten Ehre und Titel und befahl ihm, für zehn Jahre Dienst als niederer Zauberer zu tun.

Damit nahm das Schicksal seinen Lauf. Varkurs Zorn war schrecklich. Er fühlte sich betrogen und bebte vor Wut. Bis dahin ahnte niemand, welche Fähigkeiten Varkur wirklich besaß, doch nun offenbarte er sie. Längst hatte er den Pfad der guten Zauberei verlassen und sich der Dunklen Magie zugewandt und es ist anzunehmen, dass sein eigener Vater ihn darin angeleitet und bestärkt hatte.

Varkur entfesselte die Dunkle Magie. Er hatte Meerestrollen und anderen üblen Kreaturen seinen Willen aufgezwungen und sandte sie gegen die Zauberer der Feste aus. Alle flohen sie vor seiner Macht. Er wandte sich zum Eisernen Turm, dem Ort, an dem die sagenumwobenen magischen Waffen hinter Schloss und Riegel lagerten. Um sich ihrer Macht zu bedienen, sprengte er den versiegelten Eingang des Turmes. Sein Mentor trat ihm in den Weg und versuchte, ihn zur Vernunft zu bringen. Aber Varkur packte den alten Zauberer am Hals und spie ihm seinen ganzen Zorn ins Gesicht. Plötzlich trat Varkurs Schwester Nika hinzu. Sie hatte die Sanftmut ihrer Mutter geerbt und legte ihre Hand auf seinen Arm. ›Lass ihn, Bruder‹, flehte sie. ›Lass ihn gehen! Tu es für mich, tu es für deine Nika.‹ Doch Varkur stieß sie wie von Sinnen zur Seite. Sie prallte gegen eine Felskante und war augenblicklich tot.

Varkur, dem erst jetzt klar zu werden schien, was er getan hatte, verlor die Fassung. Doch die Magie, die er beschworen hatte, loderte noch immer und forderte ihren Tribut. Ihre Flammen, denen er nicht mehr Einhalt gebieten konnte, verzehrten ihn von innen heraus.« Eara sah Chada betrübt an. »Dunkle Magie führt immer zu Qual und Tod.

Das ist es wohl, was unsere Mentoren uns damit lehren wollten.«

Sie schwiegen eine ganze Weile, bis Chada schließlich fragte: »Was ist aus Varkur geworden?«

»Das weiß ich nicht. Abgesehen von dieser Geschichte habe ich nie jemanden von ihm sprechen hören.«

Es war Nacht geworden und die Erschöpfung der letzten Tage machte sich bemerkbar. Chada wickelte sich den Umhang fest um die Schultern, spürte noch, wie Lonas sich an ihren Füßen zusammenrollte, und schlief ein. Eara dachte noch eine Weile über Varkur nach, dann aber fielen auch ihr die Augen zu.

Tief in der Nacht, als der Regen nachgelassen hatte, erwachte Chada von einem leisen Geräusch. »Komm mit«, flüsterte jemand an ihrem Ohr. »Ich habe mit dir zu sprechen. Wecke aber deine Freundin nicht auf!«

Verwirrt tat Chada, worum die Stimme sie gebeten hatte, und wunderte sich über Lonas, der nur kurz den Kopf hob und dann weiterschlief. Vor Chada stand leicht vornübergebeugt eine kleine, wohl schon ältere Frau. In der Dunkelheit konnte sie Gesicht und Augen kaum erkennen, aber sie trug ein großes graues Tuch um Kopf und Körper. Auf ihren krummen Rücken hatte sie ein Bündel geschnürt, an dem ein kleiner Kessel befestigt war. Chada wusste nicht recht, was sie von der Alten mit ihrer rauen, herrischen

Stimme halten sollte, aber sie hatte merkwürdigerweise das deutliche Gefühl, dass sie ihr vertrauen konnte.

»Mein Name ist Reka«, sagte die Frau knapp. »Was macht ihr beide hier im Wald? Und was tut dieser Wolf bei euch?«

Reka! Die, die von den meisten nur »die Hexe von Andor« genannt wurde. Wieso war sie gerade mitten in der Nacht hier aufgetaucht? Aber Chada wusste auch, dass sie von der Alten nichts zu befürchten hatte. »Den Wolf habe ich im Wald gefunden«, erklärte sie. »Er war verletzt. Larissa, unsere Heilkundige, hat ihn behandelt. Und jetzt verfolgen wir die Fährte von Skralen und Gors. Sie haben König Brandur, sein Gefolge und uns an der Taubrücke angegriffen. Der König wurde schwer verwundet und wird jetzt von den Heilern des Wachsamen Waldes versorgt.«

»Von diesen Stümpern?« Reka machte eine wegwerfende Handbewegung. »Das ist gewiss sein Ende. Du kannst froh sein, dass dein Wolf noch lebt.« Chada sah die Alte verwirrt an, aber diese meinte nur: »Genug geplaudert. Ich weiß nun, was ich wissen muss. Geh wieder schlafen. Aber zuvor gebe ich dir noch dies hier.« Sie reichte Chada ein Leinensäckchen.

»Was ist das?«

»Ein Heilkraut. Es wird dir gute Dienste erweisen, wenn dich deine Kräfte verlassen.« Dann verschwand Reka in der Dunkelheit.

Chada verstaute das Säckchen in ihrer Tasche. Zurück bei Eara und Lonas legte sie sich wieder hin, und noch bevor sie darüber nachdenken konnte, wieso die alte Frau zu ihr gekommen war, übermannte sie die Müdigkeit. Sie träumte von grässlichen Kreaturen und Lonas, der knurrend auf einem Zwerg saß.

Als sie am nächsten Morgen erwachten, hatte der Regen aufgehört und in der Ferne funkelten die ersten Sonnenstrahlen. Chada streckte sich und sog den frischen Duft des feuchten Laubs ein, als ihr die nächtliche Begegnung mit Reka in den Sinn kam. Hatte sie das alles vielleicht nur geträumt? Aber nein, als sie die Hand in ihre Tasche führte, fühlte sie das Säckchen, das Reka ihr gegeben hatte.

Doch jetzt war keine Zeit, über diese Begegnung nachzudenken. Sie mussten aufbrechen und der Fährte der Kreaturen folgen. Auch Eara war bereits wach. Sie klopften sich Moos und Blätter von den Kleidern und zogen los.

Bis zur Bogenbrücke war es nicht mehr weit, und als sie sich ihr näherten, zeigte sich, dass die Kreaturen tatsächlich diesen Weg genommen hatten. Allerdings waren sie hier wohl schon vor einigen Stunden vorbeigekommen, denn der Regen hatte ihre Spuren bereits verwischt. Dennoch nahm Lonas ihre Witterung auf, und bevor Chada ihn daran hindern konnte, lief er geradewegs über die Brücke und wartete auf der anderen Seite.

Mit größter Vorsicht folgten die beiden Frauen über die feuchten Holzplanken. Anders als die Taubrücke ruhte die Bogenbrücke auf hölzernen Pfählen, die einen schmalen Übergang aus Bohlen trugen. Der nächtliche Regen hatte die Narne anschwellen lassen und die Planken rutschig gemacht. Ein Geländer gab es nicht. Trotzdem bewegten sich die beiden Frauen zügig und achtsam vorwärts. Kaum hatten sie sicher das andere Ufer erreicht, trabte Lonas auch schon weiter in Richtung Süden.

Groß stand die Sonne über dem östlichen Rietland und tauchte das Gras in ein sanftes Morgenlicht. Chada blieb kurz stehen, blickte in die Ferne und erkannte die Gipfel des Grauen Gebirges. Noch vor wenigen Tagen hatte sie nur davon geträumt, diesen Teil des Landes zu erkunden, und nun war sie hier. Es war unglaublich. Doch dann fiel ihr ein, dass der Grund für ihre Reise nicht die Erkundung neuer Länder war, sondern die Dunklen Kreaturen, die Zerstörung und Tod über Andor brachten. Tief in Gedanken lief sie weiter. Waren die Kreaturen wirklich auf dem Weg nach Cavern zu den Schildzwergen? Woher sonst hatten die Skrale ihre Schilde und Schwerter? Konnte es wirklich sein, dass die Zwerge hinter dem Angriff auf den König steckten?

Sie folgten den Spuren der Skrale, bis sie am späten Nachmittag in der Ferne eine alte, verfallene Bauernkate entdeckten. Als sie näher kamen, sahen sie, dass das Dach halb eingestürzt und die Eingangstür aus den Angeln gehoben war. Der Pfad zur Kate war zugewuchert und kaum noch zu erkennen. Offensichtlich lebte hier schon lange niemand mehr. Sie wandten sich ab, um weiterzuziehen.

»Aaaah! Verdammt noch mal, ist das heiß!« Dem Fluchen folgte ein Scheppern hinter dem Haus.

Chada griff nach Lonas: »Du bleibst hier an meiner Seite!« Eara sah sich um, konnte aber niemanden entdecken. Leise und vorsichtig bahnten sie sich einen Weg zur Rückseite des Hauses.

Dort stand neben einer Feuerstelle ein junger Mann, starrte auf einen umgekippten Kessel und rief wütend: »Soll mir doch der Arm abfallen, dann kann so etwas wenigstens nicht mehr passieren!«

Chada und Eara waren so überrascht, dass sie nur dastanden und den Fremden anstarrten. Lonas setzte sich neben Chada und schien auch nicht recht zu wissen, was zu tun war. Eine braune Stute stand etwas abseits und graste.

Als der Unbekannte die beiden Frauen bemerkte, blickte er erst an sich herunter, dann auf Chada und Eara und sagte schließlich zerknirscht: »Es ist nicht das, wonach es aussieht.« Chada lachte auf. Seine durchnässte Hose war ihm sichtlich peinlich.

Aufgebracht wies er auf den umgestürzten Kessel: »Normalerweise schaffe ich es schon, meine Suppe zu löffeln. Dass ich sie mir über den Schoß kippe, kommt eher selten vor.«

Gleichmütig meinte Eara: »Solche Unfälle passieren eben hin und wieder.«

Chada sah den Fremden interessiert an. Er war groß und breitschultrig, hatte blonde, strubbelige Haare und blitzende blaue Augen. Scheinbar ungerührt fragte sie: »Was machst du hier so allein? Und wie heißt du überhaupt?«

»Mein Name ist Thorn und ich komme geradewegs von der Taubrücke«, antwortete er ernst. »Dort hat ein Kampf stattgefunden. Die Brücke ist zerstört und ich muss in Erfahrung bringen, was dem König von Andor zugestoßen ist. Ich habe einen großen Umweg in Kauf nehmen müssen und den Fluss im Süden, über die Marktbrücke, überquert. Diese steht zum Glück noch. Doch nun musste ich eine Rast einlegen, um mein Pferd zu schonen. Aber schon bald werde ich weiterreiten.«

»Wir können dir sagen, was geschehen ist.«

»Ihr?« Thorn starrte Chada an.

»Ja. Wir haben den König zum Wachsamen Wald begleitet. An der Taubrücke wurden wir von Gors und Skralen überfallen. Wir haben es gerade noch auf die andere Seite geschafft. Der König wurde dabei schwer verletzt, aber die Bewahrer kümmern sich jetzt um ihn. Die Heiler werden ihr Bestes geben, um seine Gesundheit wiederherzustellen.«

»Der König lebt!« Erleichtert ließ sich Thorn ins Gras sinken. Brandur war stark, das wusste er, und er würde wieder auf die Beine kommen.

»Ja, er lebt«, sprach Eara weiter. »Aber wir wissen nicht, was wirklich hinter diesem Angriff steckt. Wir verfolgen die Spur der Angreifer und hoffen, dass wir es herausfinden.«

»Alles ist so sonderbar«, sagte Chada, die Lonas nun losließ und den jungen Mann beobachtete. Der Wolf ging auf Thorn zu und begrüßte ihn wie einen alten Bekannten. Thorn griff in sein Fell und kraulte ihn am Hals. Der Wolf legte sich auf den Rücken und streckte genussvoll die Pfoten in die Höhe.

»Na, so was, das hat er noch nie gemacht«, wunderte sich Chada. »Er mag dich.«

Thorn lächelte spitzbübisch. »Meine Suppe habe ich zwar verschüttet, aber etwas Proviant ist noch da. Möchtet ihr euch vielleicht zu mir setzen und mit mir essen?« Chada und Eara nahmen die Einladung dankend an, und während sie aßen, berichteten sie einander, was sie über die Vorgänge im Lande wussten.

Nachdem Thorn eine Weile nachdenklich geschwiegen hatte, sagte er: »Dem König kann ich jetzt nicht helfen, das tun andere. Nützlich kann ich mich nur machen, indem ich euch begleite und wir gemeinsam herausfinden, wohin sich die Kreaturen wenden. Was haltet ihr davon?«

Chada sah den hochgewachsenen jungen Mann mit dem unerschrockenen Blick an. Sie glaubte, ihm vertrauen zu können.

DER DUNKLE MEISTER

Die vergessene Felsenhalle war nur spärlich beleuchtet und der Feuerschein der Fackeln wanderte bedrohlich über die Wände. Auch hier waren Figuren in den Fels gehauen, aber es waren grässliche Wesen mit messerscharfen Zähnen und langen Zungen.

Am Ende der Halle, eingehüllt in grauen Nebel, stand der Dunkle Meister. Als ihm vor zwei Tagen seine Späher die Botschaft überbracht hatten, dass der König zum Wachsamen Wald aufgebrochen sei, hatte er sofort den Befehl gegeben, ihm und seinem Gefolge an der Taubrücke aufzulauern. Diese Gelegenheit war ein unerwartetes Geschenk des Schicksals. Die zehn Männer, die den König begleitet hatten, würden kaum in der Lage gewesen sein, Widerstand zu leisten. Unbeweglich wartete er in der Dunkelheit auf seinen Gast, der ihm die Kunde vom Tod des Königs bringen sollte. Hark, der Anführer der Skrale, stand zwei Schritte von seinem Meister entfernt. Er hielt ein mächtiges Schwert in den Händen, jederzeit bereit, seinen Herrn zu schützen. Als das große Tor geöffnet wurde, trat gebeugt und blutverschmiert ein Skral ein. Zögernd näherte er sich der dunklen Gestalt.

Die Stille, die sich in der Halle ausgebreitet hatte, schien von Bosheit erfüllt. Der Meister sah seinen Gast erwartungsvoll an. »Nun?«

Ein Zittern durchzuckte den Skral, als er stotternd berichtete, dass der Plan, König Brandur zu töten, fehlgeschlagen sei, weil die Bewahrer aus dem Wachsamen Wald dem König zu Hilfe gekommen seien. Der graue Nebel begann bedrohlich zu wirbeln, und als der Skral von einer Zauberin berichtete, die verhindert hatte, dass der König von der Brücke in die Tiefe stürzte, begannen die Augen des Dunklen Meisters zu glühen. Mit einer Handbewegung löste sich der graue Nebel von ihm und bewegte sich auf den

Skral zu. Kaum hatte der Nebel ihn berührt, schrie er verzweifelt auf. Gleichzeitig hob Hark sein Schwert, trennte mit einem Hieb den Kopf vom Körper der Kreatur und schleppte sie aus der Felsenhalle.

Nun war der Dunkle Meister allein. Gedanken wirbelten in seinem Kopf. Wut und Hass nahmen von ihm Besitz. Auf dem steinernen Tisch vor ihm lagen die Pergamente aus dem Baum der Lieder. Es hatte ihn Monate gekostet, sie in aller Heimlichkeit zu entwenden. Diesen Schriften verdankte er sein Wissen über das Land Andor und dessen Geschichte. Durch diese Aufzeichnungen und Karten hatte er die verborgene Felsenhalle und auch den geheimen nördlichen Mineneingang entdeckt, der direkt in den Wachsamen Wald führte. Aber die wichtigsten Schriften, jene, die im Schwarzen Archiv lagerten, hatte er lange Zeit nicht erbeuten können. Doch obwohl dies nun geglückt war, war er seinem eigentlichen Ziel immer noch nicht näher gekommen. Mit einer Handbewegung fegte er die Pergamente herunter und brüllte seinen Hass hinaus. Die Fackeln begannen zu flackern.

Da blieb sein Blick auf einer Schriftrolle haften, die halb geöffnet auf dem Boden lag. Diese Rolle hatte er schon etliche Male studiert, sie war der Ursprung seines Planes. Er nahm sie in seine kalten Hände, strich kurz über die angesengte Ecke der Schriftrolle und las, als würden die Zeilen ihm neue Erkenntnisse offenbaren.

Melkart, der Oberste Priester der Bewahrer des Wachsamen Waldes, berichtet über die Flucht der Unfreien aus dem Sklavenland Krahd südlich des Grauen Gebirges (I) und den Kampf mit dem Drachen (II), wissend durch die Erzählungen des Brandur im 4. Mond des Jahres 42 nach andorischer Zeit:
Die Flucht aus dem Sklavenland
Ich, Brandur, König von Andor, einstiger Unfreier, floh mit einigen, die mein Schicksal teilten, aus der Tyrannei …

Er überflog die Zeilen. Die Flucht der Unfreien interessierte ihn nicht. Einen Moment später hatte er den Abschnitt gefunden, der ihn so sehr fesselte.

(II) Der Kampf mit dem Drachen
… und plötzlich stand vor uns ein monströses Geschöpf. Der gigantische Leib war mit messerscharfen Schuppen bedeckt und riesenhafte Flügel ragten aus seinem Rumpf. Der Kopf saß auf einem schlangenartigen Hals und seine Augen blickten blutrot auf uns nieder. Tarok, der Drache. Wir wurden von einem ungekannten Grauen ergriffen und flohen in eine nahe gelegene Höhle. Als wir uns beruhigt hatten, fiel unser Blick auf unzählige Knochen, die überall um uns herumlagen. Nun erkannten wir unseren großen

Fehler. Wir saßen in der Falle. Der Drache lauerte vor der Höhle und wartete nur darauf, dass wir die Höhle, von Hunger und Durst gepeinigt, wieder verlassen würden. Wir durchsuchten die Höhle, und Drack, der Zwerg, fand zwischen den Gebeinen einen Schild mit sternförmigen Runen und ein Schwert. Aus meiner Verzweiflung erwuchs eine Idee. Mit Schild und Schwert machte ich mich auf, dem Drachen gegenüberzutreten. Meine Freunde würden den Moment zur Flucht nutzen. Ich musste den Drachen ablenken und ihnen Zeit verschaffen, nur so konnten sie entkommen.

Ungeduldig übersprang der Dunkle Meister einige Zeilen:

Nun stand ich Aug in Aug dem Drachen gegenüber. Da sog er die Luft ein zum todbringenden Feuerstoß. Ich hob den Schild, den Drack mir gegeben hatte. Plötzlich begann das Metall zu glühen, als ginge ein Zauber von ihm aus. Das Schwert schnellte in die Höhe und ich stürzte auf den Drachen zu. In diesem Moment geschah etwas Seltsames. Ohne mich zu versengen, durchströmte eine heiße Welle meinen Körper. Zuerst verstand ich nicht, was vor sich ging, doch dann öffnete ich die Augen und sah es. Die Welt, wie ich sie kannte, war nicht mehr da. Ich war

an dem Ort, der von Drachen erschaffen und für Menschen nicht erreichbar war. Krahal! Was ich sah, war ein Geflecht aus Düsternis, Umrisse eines Baumes, in dessen Adern rotes Blut floss.
Tarok war außer sich. Vollkommen verwirrt sah ich Grausiges. Ich spürte Schmerz und Trauer, Verzweiflung und Angst, aber es waren nicht meine Gefühle, sie drangen aus den Tiefen von Krahal auf mich ein. Tarok hob eine Pranke, holte aus und wie im Traum bewegte sich der tödliche Schlag auf mich zu.
Ich tat einen Sprung, der über menschliche Fähigkeiten hinausging, und entkam dem mächtigen Schlag. Der Drache stellte sich auf die Hinterbeine und richtete, hoch wie ein Berg vor mir aufragend, seine Flügel auf. Da nahm ich mein Schwert und trieb es der Bestie in den Leib. Das Untier fiel schwer verletzt auf die Seite. Die Luft wirbelte um uns herum, als wolle sie uns einsaugen.
Plötzlich standen wir wieder im Grauen Gebirge und Tarok lag auf dem Felsen. Da vernahm ich eine Stimme in meinem Kopf, rau und dunkel, wie eine Klage aus den Tiefen der Unterwelt: »Angst und Schmerz, Trauer und Verzweiflung sind mein Lebenselixier. Du bist in meine Welt eingedrungen, hast Krahal gesehen, den Hort und die Zuflucht aller Drachen. Mein Schmerz soll dein Schmerz sein!« Ich fiel auf die Knie

und wurde von einer ungeheuren Qual ergriffen. Ich schloss die Augen und versuchte mich zurechtzufinden, aber die Stimme in meinem Kopf sprach weiter: »Ich lasse dich ziehen, aber mein Schatten geht mit dir. Krahal und die Verzweiflung werden dich begleiten, denn wisse: Zeit hat dein Volk, doch Ruhe mitnichten, denn wenn du stirbst, werde ich sie richten!«

Es verging einige Zeit, bis der Dunkle Meister sich regte. Ein ums andere Mal wiederholte er in Gedanken den letzten Satz: ›… denn wenn du stirbst, werde ich sie richten!‹ Er rief nach Hark. Der Skral betrat die Halle und verbeugte sich ehrerbietig. »Meister, was kann ich für Euch tun? Werden wir zum Baum der Lieder gehen und Brandur töten?«

»Nein, die Bewahrer des Wachsamen Walds sind auf der Hut und würden uns einen verlustreichen Kampf bescheren. Ich habe andere Pläne. Die Rietburg ist nun ohne König. Wir marschieren ins Rietland, aber zuvor müssen wir noch etwas anderes erledigen.« Der Nebel stieg empor und begann zu wirbeln, als der Meister sagte: »Ich habe noch ein Abschiedsgeschenk für Fürst Hallgard und seine Schildzwerge. Geh und ruf die Trolle, sie sollen das Feuer schüren.« Zügig verließ Hark die Halle.

Siegesgewiss streckte der Meister beide Arme aus, spreizte die Finger und brüllte voller Hass: »Ich, Varkur, der Dunkle Magier, werde das Rietland brennen lassen!«

DAS REICH DER SCHILDZWERGE

Thorn, Chada und Eara folgten der Fährte, die Gors und Skrale im Rietland hinterlassen hatten. Sein Pferd führte Thorn an den Zügeln, denn es hatte zunächst große Angst vor dem Wolf. Aber da Lonas nichts Bedrohliches unternahm, gewöhnte es sich bald an seine Anwesenheit.

Die Landschaft bot über Stunden denselben Anblick. Rietgras beherrschte das Bild. Hier und da gab es Hügel und Baumgruppen, an denen verfallene Häuser standen. Von den Kreaturen jedoch war weit und breit nichts zu sehen.

Als sie eine knorrige Eiche erreichten, die weit ausladend auf einem kleinen Hügel stand, wurde es langsam dunkel. »Kommt, lasst uns eine Rast einlegen«, schlug Thorn vor. Eara und Chada waren einverstanden, und so setzten sie sich an den Fuß des Baumes, lehnten sich an seinen breiten Stamm und streckten die Beine aus.

»Kennt ihr die Geschichte dieser Eiche?«, fragte Thorn. Und als die beiden Frauen den Kopf schüttelten, erzählte er: »Man nennt sie die Zwergeneiche. Es geschah zu Zeiten von Fürst Brom, dem Feurigen, dem damaligen Oberhaupt der Schildzwerge. Unter seiner Herrschaft entstand das größte Waffenlager aller Zeiten. Die Schmieden in Cavern standen nie still, und immer mehr Brennholz wurde gebraucht, um die Schmiedefeuer in Gang zu halten. Also wurden die Bergwälder abgeholzt, einer nach dem anderen. Eines Tages besuchte Brala, die Frau von Fürst Brom, das Rietland und erschrak bei dem Anblick, der sich ihr bot. Kahl und grau lag das Land vor ihr. In diesem Moment näherte sich eine Horde Zwerge mit Äxten einer mächtigen Eiche. Die Fürstin jedoch stellte sich zwischen die Zwerge und den Baum und sagte: ›Holt auf der Stelle den Fürsten, diese Eiche wird nicht gefällt. Der Wahnsinn muss ein Ende haben!‹

Der Fürst kam und Brala setzte ihren Willen durch. Die Eiche blieb verschont. Und dies war ein Glück, denn im folgenden Winter, dem kältesten, den das Land je erlebt hatte, erlitten die Schildzwerge eine schwere Hungersnot. Doch die Eiche, die Brala vor den Äxten der Zwerge bewahrt hatte, trug in diesem Jahr so viele Eicheln, dass sich die Zwerge damit über den Winter retten konnten.«

Die beiden Frauen hatten gebannt gelauscht und Chada fragte: »Dieser Baum trug genug Eicheln, um ein ganzes Volk zu ernähren?« Thorn lächelte ein wenig verlegen. »Na ja, so hat es meine Mutter erzählt. Damals, als ich auf ihrem Schoß gesessen habe, habe ich es geglaubt.« Es rührte Chada, wenn sie sich vorstellte, dass Thorn, heute ein groß gewachsener Kämpfer, sich an die Zeit erinnerte, als er selbst ein kleiner Junge gewesen war.

Sie beendeten ihre Rast und brachen auf. Mittlerweile zeigten sich die ersten Sterne am Himmel und Thorn war froh über Harthalts wollenen Umhang, denn es wurde deutlich kühler. Die Gipfel des Grauen Gebirges waren in ein unwirkliches, fahles Licht getaucht. Als sie die Zwergeneiche hinter sich gelassen hatten, veränderte sich das Land. Das Rietgras wuchs spärlicher und der Boden wurde steinig. Nach einiger Zeit meinte Thorn: »Wir sind nicht mehr weit von Cavern, dem Sitz von Fürst Hallgard, entfernt.

Wir sollten vorsichtig sein, die Schildzwerge sind Menschen gegenüber nicht besonders freundlich.«

Chada dachte an die große Versammlung im Wachsamen Wald und sagte: »Unser Oberster Priester Melkart hat herausgefunden, dass die Waffen der Kreaturen von Schildzwergen gefertigt wurden. Er fürchtet, dass es einen Pakt zwischen den Zwergen und den Kreaturen gibt.«

Thorn schüttelte heftig den Kopf. »Das kann ich mir nicht vorstellen. Die Zwerge sind stolz und eigen und bleiben am liebsten unter sich. Aber auch wenn sie keine Freundschaft mit den Rietländern verbindet, so haben sie doch ebenso viel Grund, die Kreaturen zu hassen, wie wir.«

»Das mag sein, aber die Spuren führen direkt hierher«, erwiderte Chada und Eara sagte: »Sollten wir nicht zu ihnen gehen? Wenn wir mehr herausfinden wollen, ist das der schnellste Weg.«

»Der schnellste vielleicht«, räumte Thorn ein. »Aber nicht gerade ungefährlich. Wir sollten vorsichtig sein.«

Sie hatten den Fuß des Grauen Gebirges erreicht. Hohe, kahle Felsen ragten vor ihnen auf. Inzwischen war es dunkel geworden. Als sie einen großen Felsen umrundeten, fanden sie sich plötzlich vor einem riesigen Höhleneingang wieder. Im gleichen Augenblick traten zwei grimmige Zwerge mit erhobenen Äxten auf sie zu.

»Lasst eure Waffen fallen!«, brüllte einer der Zwerge. Der Wolf hatte sein Nackenfell aufgestellt und Chada wollte gerade ihren Bogen zur Hand nehmen, als Thorn sie beruhigte: »Tut, was er sagt. Wir stehen hier vor zwei stolzen Schildzwergen.«

Chada sah sich die beiden genauer an. Überrascht stellte sie fest, dass sie nicht größer als achtjährige Kinder waren, bloß viel stämmiger. Ihre Gesichter wirkten alt und runzelig. Der eine Zwerg hatte dunkle Haare und einen pechschwarzen Bart. Der andere war rothaarig und seine Augen leuchteten auffallend hell. Beide trugen dicke Fellwesten und Hosen aus grobem Leinen. Der Zwerg mit den hellen Augen entzündete eine Fackel. Die scharfen Klingen der Zwergenäxte blitzten auf. Chada legte ihren Bogen ab.

»Was habt ihr hier zu suchen? Ihr seid nicht erwünscht«, sagte der dunkelhaarige Zwerg.

Da ergriff die Zauberin das Wort. »Mein Name ist Eara und dies an meiner Seite sind Thorn und Chada. Der Wolf hört auf den Namen Lonas. Wir ersuchen um die Erlaubnis, bei eurem hohen Fürsten vorsprechen zu dürfen.«

»Bist du verrückt, Weib?« Die Stimme des Schwarzhaarigen überschlug sich fast. »Ihr werdet so ganz sicher nicht zum Fürsten vorgelassen! Bewaffnet bis an die Zähne!«

Chada überlegte gerade, wie sie die Unfreundlichkeit erwidern sollte, als der andere Zwerg sich zu Wort meldete: »Mein Name ist Lebin und dieser unfreundliche Geselle hier ist Mart. Wir sind es nicht gewohnt, zu so später Stunde Gäste zu empfangen.«

»Gäste?« Mart pfiff geringschätzig durch die Zähne.

»Ich bin sehr neugierig, was ihr zu erzählen habt«, sagte Lebin freundlich. »Wir werden euch zum Fürsten bringen.«

»Aber die Waffen bleiben hier!«, brummte Mart.

Beunruhigt sahen sich Chada und Eara an, aber Thorn sagte leichthin: »Gewiss geben wir die Waffen ab.« Er zog seinen Zweihänder aus der Scheide und reichte ihn Lebin. Während Chada und Eara seinem Beispiel folgten, fragte Thorn: »Was wird aus meinem Pferd?«

»Mach dir keine Sorgen«, sagte Lebin. »Es wird Wasser und Hafer bekommen. Ich kümmere mich darum.«

»Los jetzt«, sagte Mart grimmig. »Auf zum Fürsten.«

Und so traten sie, begleitet von Mart, durch das Tor von Cavern, das von reich verzierten Steinen getragen wurde. Chada, Eara und Thorn sahen sich in der Mine um. In regelmäßigen Abständen hingen an den Wänden Fackeln und erleuchteten die Gänge. »Hier sind wir in Brauneisenstein«, sagte Mart, als er die erstaunten Blicke der Menschen sah. »Die Fürstenhalle befindet sich in Roteisenstein. Und jetzt bleibt stehen. Zur Sicherheit muss ich euch die Augen verbinden.«

»Großartig!«, murrte Chada, aber Eara sagte schnell: »Wenn dies nötig ist, sind wir damit einverstanden.«

Lonas fletschte die Zähne, als Mart sich Chada näherte, aber diese sprach beschwichtigend auf ihn ein und er beruhigte sich wieder. Nachdem Mart allen dreien eine Augenbinde angelegt hatte, sagte er: »Haltet euch gut aneinander fest.« Dann nahm er Earas Hand und lief los. Chada ging in der Mitte und hielt Thorn auf der einen und Eara auf der anderen Seite an der Hand. »Was machen wir, wenn sie uns töten wollen?«, flüsterte sie Eara zu. »Jetzt wäre die beste Gelegenheit dazu.«

Eara drückte leicht ihre Hand. »Wir haben keine andere Wahl!«

Sie kamen durch viele Gänge. Es war kühl, aber die Luft war frisch. An manchen Stellen hallten ihre Schritte weit durch einen unsichtbaren Raum. Chada versuchte sich den Weg irgendwie zu merken, war aber gleichzeitig so sehr damit beschäftigt, nicht zu stolpern, dass sie es nach kurzer Zeit aufgab. Kamen sie an eine Treppe, rief Mart nur knapp: »Stufen!«, und schon ging es weiter. Lonas blieb die ganze Zeit bei ihnen. Chada konnte seinen Atem neben sich hören und beruhigte sich ein wenig. Dann blieb Mart unvermittelt stehen. »Ihr könnt jetzt eure Augenbinden abnehmen.«

Den drei Menschen stockte der Atem. Vor sich erblickten sie die riesige Halle von Fürst Hallgard, dem Oberhaupt der Schildzwerge. Als sich ihre Augen an das Licht gewöhnt hatten, sahen sie prächtige, reich verzierte Säulen, die die Decke trugen. In die Wände, an denen unzählige Fackeln brannten, waren riesige Statuen geschlagen, die mit grimmigem Blick die Halle zu bewachen schienen. Eine Treppe führte am Ende der Halle auf eine erhöhte Plattform. Sie war gesäumt von einem Geländer, das reich verziert und mit Edelsteinen besetzt war. Etwas Schöneres hatte Chada noch nie gesehen.

Auf der Empore thronte der Fürst. Sein Sitz war aus prunkvollem, fein geschliffenem Marmor und glänzte wie Gold. Zwei Kampfäxte kreuzten sich im Rücken, die beiden Klingen bildeten das Kopfteil. Auf dem Sitz lag ein dickes Fell, das an den Rändern mit einer goldenen Borte gesäumt war. Als sie sich näherten, rief Mart: »Seid gegrüßt, Fürst Hallgard! Ich bringe Euch hier drei Menschen, die um eine Audienz gebeten haben.«

Chada erkannte jetzt, wer alles an der steinernen Tafel, die nicht weit vom Thron entfernt stand, Platz genommen hatte. Besonders auffällig war ein Zwerg ohne Haare auf dem Kopf, aber mit einem langen grauen Bart. Er blickte sie böse an. Daneben saßen zwei besonders elegant gekleidete Zwerge. Sie trugen wertvolle Gewänder und ihre Bärte waren gekämmt und kunstvoll geflochten. Dann war da noch ein Zwerg mit zerzaustem blondem Haar und struppigem Bart. Als Chada genauer hinsah, bemerkte sie, dass er, anders als die anderen, einen Schulterpanzer angelegt hatte mit einem schwarzen Seil darüber. Aus einem Bericht, den Melkart ihr einmal zu lesen gegeben hatte, wusste Chada, dass Zwerge, die diese Panzerung trugen, aus den Tiefminen kamen. An der Empore angelangt, verbeugten sich Chada,

Eara und Thorn vor dem Fürsten. Der Wolf hielt sich hinter Chada und beobachtete das Geschehen sehr aufmerksam.

Hallgard blickte sie aus dunklen Augen an. Sein Haar war schwarz und zu zwei Zöpfen geflochten und er trug eine schwere Fellweste, die mit einer prächtigen Klammer um die Schultern gehalten wurde. »Ich grüße euch!«, schallte seine dunkle Stimme durch die Halle, dann verengten sich seine Augen zu schmalen Schlitzen. »Doch ob ihr mir willkommen seid, muss sich noch herausstellen.«

Thorn verbeugte sich vor dem Fürsten. »Wir danken Euch, dass Ihr uns zu so später Stunde noch empfangt«, sagte er freundlich, aber der Fürst entgegnete grollend: »Was führt euch in mein Reich?«

»Wir verfolgen die Fährte einiger Skrale. Sie haben König Brandur und seine Männer an der Taubrücke überfallen und jetzt sind sie auf der Flucht, geradewegs ins Graue Gebirge. Bevor wir das große Tor von Cavern erreichten, haben wir ihre Spur verloren. Sie scheinen sich ganz in der Nähe aufzuhalten.«

Entsetzt blickten die Zwerge den Fürsten an, dieser aber fixierte Thorn: »Was willst du damit andeuten, Mensch?«

»Nun, ich bin ein Krieger König Brandurs und versuche nur …«

Da erhob sich der kahlköpfige Zwerg. Griesgrämig zeigte mit dem Finger auf Thorn und rief: »Du sprichst von König Brandur? Mit welchem Recht kommst du in diese

Halle und erwähnst diesen Landräuber?« Drohend ballte er seine Hände zu Fäusten. »Ihr Menschen seid durchtrieben und hinterhältig. Schon allein euch zuzuhören ist unerträglich. Werft sie in den Kerker, sage ich. Sie sind ungebeten in unser Reich gekommen. Und dann beschuldigen sie uns auch noch, gemeinsame Sache mit den Kreaturen zu machen!«

Chada und Eara rückten näher an Thorn. Eine ungeheure Spannung erfüllte die Halle. Das Rückenfell des Wolfes stellte sich auf. Chada konnte sich nicht mehr beherrschen: »Und wie kommt es, dass diese Kreaturen Waffen besitzen, Schilde und Schwerter, die eindeutig von Zwergenhand geschmiedet wurden?« Sie hatte dies kaum ausgesprochen, da entstand ein Tumult unter den Zwergen und einige riefen aufgebracht: »Lüge!« – »Verrat!«

In diesem Moment trat Lebin in die Halle. Erstaunt blickte er sich um, stellte sich neben Thorn und flüsterte grinsend: »Na, wie ich sehe, habt ihr schon Freunde gefunden?«

»Noch nicht ganz, aber wir sind auf einem guten Weg«, erwiderte Thorn.

Lebin wurde ernst und sagte: »Ich will sehen, was ich für euch tun kann. Seid ihr am besten einfach still.« Er wandte sich dem Fürsten zu und erhob die Stimme: »Mein Fürst, unsere Gäste haben ihre Waffen abgegeben und sind Mart mit verbundenen Augen in Eure Halle gefolgt. Wäre es nicht sonderbar, dies zu tun, wenn sie die Absicht hätten, uns zu schaden?«

Es wurde ruhiger in der Halle und Lebin fuhr fort: »Welche Aussicht auf Erfolg hätten sie denn – ohne Waffen und die leiseste Ahnung, wo sie sich überhaupt befinden? Und ist es wirklich so abwegig, dass die Kreaturen hier irgendwo sein könnten? Haben wir nicht selbst erst kürzlich Seltsames erlebt?«

Bei diesen Worten stand der blonde Zwerg mit dem struppigen Bart auf und ergriff das Wort: »Mein Fürst, seltsam sind auch die Geschehnisse in den Tiefminen, derentwegen ich hier bin. Wie Ihr wisst, verschwinden dort unten seit einiger Zeit immer wieder Zwerge. Sie gehen zur Arbeit in den Stollen und kommen am Abend nicht in ihre Hallen zurück.«

»Aber Kram«, warf der Glatzkopf ein, »wir wissen doch alle, dass die Arbeit in den Tiefminen gefährlich ist. Da verschwindet eben hin und wieder mal einer.« Chada bemerkte die Geringschätzung in seiner Stimme. Dieser Zwerg war ein Widerling.

Mit ernster Miene fuhr Kram fort: »Das ist richtig, Radan, aber es sind zu viele, die nicht zurückkehren. Überdies ist, wie ich heute Abend bereits berichtet habe, der große Querstollen auf unerklärliche Weise eingestürzt. Dabei sind viele Zwerge ums Leben gekommen. Keiner weiß, wie das passieren konnte, denn dieser Schacht gehörte zu den sichersten in Cavern. Von allein hätte er niemals einstürzen dürfen. Mein Fürst, wir fürchten, dass sich etwas Böses in der Mine ausbreitet. Deshalb wollte ich Euch um Hilfe bitten.«

Wieder fuhr Radan auf: »Woher wissen wir, dass diese Menschen nicht schuld an all dem Übel sind?«

Alle schwiegen, doch Chada bemerkte die Veränderung in den Gesichtern der Zwerge. Was sie gerade gehört hatten, wirkte wie der fehlende Hinweis in einem Rätsel und Radans Worte fanden kaum mehr Beachtung. Einige Zwerge steckten die Köpfe zusammen und flüsterten miteinander. Lebin atmete erleichtert auf.

Auch Thorn spürte den Wandel. »Mein Fürst«, sagte er. »Ich mache Euch folgenden Vorschlag: Wir werden in die Mine gehen und herausfinden, was dort unten geschieht.« Lebin schlug die Hände vor das Gesicht. Gleichzeitig sprangen die Zwerge an der Tafel wutentbrannt auf. »Sie wollen in unsere Minen und unbemerkt unsere Schätze stehlen!«, schrie ein Zwerg. – »Diebe sind sie, unverschämte!«, rief ein anderer.

Thorn sah sich verwirrt um, denn das war ganz und gar nicht seine Absicht gewesen. Das Getöse, das die Zwerge machten, war ohrenbetäubend. Aus dem Augenwinkel sah Chada Stahl aufblitzen.

»Kein Wort mehr!«, dröhnte da die Stimme des Fürsten durch die Halle und gebot den Schildzwergen zu schweigen. »Für heute habe ich genug gehört. Ihr Menschen seid für diese Nacht meine Gäste. Morgen sehen wir weiter!«

Dann wandte er sich Kram zu: »Auch über dein Anliegen werde ich morgen entscheiden. Und nun lasst mich allein. Lebin, zeige unseren Gästen ihre Kammer.«

Lebin trat auf die drei zu. »Brauchen wir die Augenbinde nun nicht mehr?«, fragte Chada.

»Nein, der Fürst hat nichts dergleichen angewiesen«, entgegnete Lebin ruhig. »Kommt!« Sie verließen die Halle und Lebin führte sie eine steile Treppe empor, Lonas trottete hinter ihnen her. Die Stufen waren schmal und an manchen Stellen musste Thorn den Kopf einziehen. Sie passierten einige hölzerne Türen mit breiten Metallbeschlägen und kamen dann in der Kammer an, die für sie vorgesehen war.

Thorn sah sich fragend um. »Sag, Lebin: Sind wir wirklich die Gäste des Fürsten oder sperrst du uns gerade ein?«

»Ehrlich gesagt glaube ich, dass der Fürst selbst noch nicht ganz sicher ist, was mit euch geschehen soll. Mit dem Vorschlag, in die Minen zu gehen, hast du dir keine Freunde gemacht. Besonders Radan macht mir Sorgen, sein Gesicht hatte eine sehr ungesunde Farbe angenommen.«

»Oh, den Verlust von Radan könnte ich nicht ertragen«, seufzte Thorn. Alle lachten und Lebin öffnete die Tür. Zum Vorschein kam eine spärlich beleuchtete Kammer. In die Wände waren Nischen gehauen, die als Schlafstätten dienten. Frisches Stroh und Decken lagen darauf. Auf dem Tisch in der Mitte standen Speisen und Getränke.

Chada machte große Augen. »Das ist ja wundervoll! Ich habe riesigen Hunger.«

»Na, das trifft sich gut«, erwiderte Lebin grinsend, und zur Überraschung aller setzte er sich zu ihnen an den Tisch, wünschte einen guten Appetit und fing an zu essen. »Na los, greift zu!« Das ließen sie sich nicht zweimal sagen. Auch für Lonas stand ein Topf mit Fleischresten auf dem Boden und er machte sich sofort darüber her.

Schweigend genossen sie das Essen. In der Kammer war es wohlig warm und die Fackeln an den Wänden knisterten leise. Die Speisen waren vorzüglich, und als Chada satt war, dachte sie an die Worte des Fürsten und an den kahlköpfigen Radan. »Kannst du mir sagen«, wandte sie sich an Lebin, »warum Radan so ein Menschenfeind ist?«

Lebin antwortete mit vollem Mund: »Mach dir keine Gedanken, Radan kann niemanden leiden. Manchmal glaube ich, nicht mal sich selbst. Aber gegen die Zwerge aus den Tiefminen hegt er eine besondere Abneigung, denn du musst wissen, sie sind von niederer Herkunft und mancher von ihnen ist nicht einmal ein richtiger Schildzwerg.«

»So wie Kram?«, fragte Chada und dachte an den blonden Zwerg mit dem Schulterpanzer.

»Ja, richtig, aber unterschätze ihn nicht. Dort unten, wo er arbeitet, herrscht eine Hitze, die wir uns hier gar nicht vorstellen können, an manchen Stellen tritt sogar kochende Lava aus dem Fels. Aber nur in dieser Tiefe können die einzigartigen Steine gefördert werden, die wir Schildzwerge so lieben. In der Halle des Fürsten hast du wahrscheinlich den einen oder anderen Edelstein gesehen, nicht wahr?« Chada erinnerte sich an die reich verzierte Empore und nickte.

»Die Arbeit da unten ist sehr gefährlich«, fuhr Lebin fort. »Aus diesem Grund werden dort nur die Zwerge mit niederem Ansehen eingesetzt. Ihr Tod ist kein großer Verlust.« In der Kammer wurde es mit einem Mal sehr still. Bestürzt sahen die Menschen den Schildzwerg an. »Ich weiß, dass es nicht richtig ist«, schloss Lebin, »aber so ist es schon immer gewesen.«

Schweigend beendeten sie die Mahlzeit, das einzige Geräusch kam von den knisternden Fackeln. Da zog Lebin eine kleine Flöte aus seinem Wams. Er begann zu spielen und eine sanfte, klare Melodie hallte von den Wänden wider und erfüllte die kleine steinerne Kammer.

»Wunderschön«, flüsterte Chada, als Lebin geendet hatte, und Thorn fragte: »Was war das für eine Melodie? Ich kenne auch einige Flötenstücke, aber dieses habe ich noch nie gehört.«

»Diese Melodie heißt Steinsang«, erklärte Lebin, »und wird uns Schildzwergen bereits in jungen Jahren beigebracht. Angeblich war es Eibert, einer der ersten Zwerge, die hier in Cavern ihren Meißel in den Fels schlugen, der sie als Erster gehört hat. Es wird erzählt, dass die Töne damals aus dem Berg drangen und den Zwergen Kraft und Mut gaben, und so spielen wir sie immer dann, wenn eine Bedrohung naht, damit wir ihr tapfer entgegentreten können. Aber nun«, sagte Lebin, nachdem er in die müden Gesichter der Menschen geblickt hatte, »schlaft euch aus. Ich glaube, es liegt ein anstrengender Tag vor euch.«

»In der Tat«, antwortete Thorn, »aber wir danken dir von ganzem Herzen für deine Hilfe, vorhin in der Halle beim Fürsten. Und für deine freundliche Aufnahme.«

»Das habe ich gern getan«, sagte Lebin. »Und ich glaube, dass ihr aus gutem Grund nach Cavern gekommen seid. Auch wenn das vielleicht nicht jeder hier so sieht.«

Sie verabschiedeten sich, und als Lebin gegangen war, legte sich Thorn erschöpft auf sein Nachtlager. Eara tat es ihm gleich und beide schliefen augenblicklich ein. Der Wolf rollte sich neben Chada zusammen und begann nach kurzer Zeit leise zu schnarchen.

Chada musste lächeln. Zwar waren es besorgniserregende Umstände, die sie an diesen Ort geführt hatten, aber so wie es aussah, hatte sie zumindest Freunde gefunden. Ihr letzter Gedanke, bevor sie einschlief, galt dem König. Hoffentlich gelang es den Bewahrern im Wachsamen Wald, ihm zur Heilung zu verhelfen. Ob Larissa schon etwas hatte ausrichten können?

DER SCHATTEN DES DRACHEN

Der Vormittag war bereits angebrochen und der Wind strich kalt um die Hütte der Genesung im Wachsamen Wald. Hierher war der verwundete König nach dem Kampf an der Taubrücke gebracht worden, und Larissa, die Heilerin, hatte sich seither vergeblich bemüht, sein Fieber zu senken. Sie hatte alle Kräuter und Tinkturen angewendet, die sie kannte, aber das Fieber verbrannte die Kräuter, ohne dass sie Wirkung zeigen konnten.

»Wie geht es ihm?«, fragte Melkart besorgt, als er in die Hütte trat und sah, dass sein Freund nicht bei Bewusstsein war. Larissa blickte ihn verzweifelt an.

»Ich habe alles getan, was in meiner Macht steht, aber jetzt bin ich mit meinem Wissen am Ende. Das Fieber steigt und ich kann nichts dagegen tun.« Sie senkte den Kopf. »Er wird von innen heraus verbrennen, Melkart. Sein Tod ist nicht mehr fern.« Voller Sorge sah Melkart auf Brandur. Dessen Gesicht war schweißbedeckt und das Haar klebte ihm in Strähnen am Kopf. Er schien in den letzten Tagen um Jahre gealtert.

Melkart setzte sich auf einen Stuhl neben die Bettstatt des Königs und sagte zu Larissa: »Geh und ruh dich eine Weile aus, ich werde ihm inzwischen die Stirn trocknen und versuchen, ihm etwas Wasser zu reichen. Ich lasse dich rufen, wenn ich meine Arbeit im Archiv wieder aufnehme.«

Als er mit dem König allein war, erinnerte sich der Oberste Priester an ihre erste Begegnung. Vor nahezu zwanzig Jahren war der König zum ersten Mal zum Baum der Lieder gekommen. Bereits damals war er eine imposante Erscheinung gewesen. Er war freundlich und offen und zeigte seine Wertschätzung für die große Aufgabe der Bewahrer, die Geschehnisse im Land festzuhalten. So hatte er sich schnell bei allen beliebt gemacht. Auch Melkart mochte ihn sehr. Doch die schreckliche Prophezeiung, die Brandur ihm damals anvertraut hatte, hatte sich unauslöschlich in sein

Gedächtnis gebrannt: ›Zeit hat dein Volk, doch Ruhe mitnichten, denn wenn du stirbst, werde ich sie richten!‹

Das war der Fluch des Drachen – und ebenjenes Pergament, in dem er selbst, Melkart, den Fluch aufgezeichnet hatte, war jetzt von den Dunklen Kreaturen gestohlen worden! Das war kein Zufall, da war sich Melkart sicher. Irgendjemand verfolgte ein schreckliches Ziel, und der Wachsame Wald war in allerhöchster Alarmbereitschaft. Hier war der König in Sicherheit – wenn die Heiler es schafften, ihm zu helfen.

Als Melkart auf den König blickte, hatte dieser die Augen geöffnet. Mit schwacher Stimme fragte er: »Was ist passiert? Wie geht es meinen Männern? Und«, die Stimme versagte ihm kurz, »den beiden Frauen?«

»Sorge dich nicht, mein Freund, sie sind alle wohlauf«, log Melkart. Es schien ihm besser, den König in seinem jetzigen Zustand nicht zu beunruhigen. »Bleib nur liegen. Du musst dich erholen und wieder zu Kräften kommen.« Melkart reichte dem König Wasser, aber dieser trank kaum etwas.

Brandur holte tief Luft, sammelte seine ganze Kraft und sagte: »Bevor ich sterbe, muss ich dir etwas sagen.« Er stockte kurz, fuhr dann aber fort: »Ohne dass jemand davon ahnte, habe ich mein ganzes Leben lang versucht, mein Volk auf den Angriff des Drachen vorzubereiten. Du bist der Einzige, der von Taroks Drohung weiß.« Er holte erneut tief Luft. »Die Bürde dieses Wissens wollte ich niemandem auferlegen. Aber sie begleitet mich schon mein ganzes Leben und hat mich nie mehr losgelassen.« Schweißperlen liefen ihm über die Stirn und Melkart tupfte mit einem feuchten Tuch sein Gesicht ab. »Ich habe die Rietburg erbaut, um mein Volk vor dem Drachen zu schützen. Die Ausbildung der Krieger diente einem einzigen Zweck: dem Drachen nach meinem Tod standhalten zu können. Ich wünschte mir, dass sie dann die Kraft hätten, ihn zu besiegen, und mein Sohn sollte sie führen. Doch der Prinz kann den Drachen nicht bezwingen.« Mittlerweile rannen Tränen über seine Wangen. »Er ist schwach, Melkart, und er braucht dringend Freunde an seiner Seite, die ihn unterstützen. Freunde wie die junge Zauberin oder die tapfere Chada, die allein zur Rietburg kam. Ich sah großen Mut in ihr und einen unzähmbaren Willen. Verurteile sie nicht wegen ihres Ungehorsams, mein Freund. In ihr steckt große Kraft. Und Thorald braucht Menschen wie sie an seiner Seite. Sie würde sich nie beugen!« Mit diesen Worten sank er in die Kissen. Das Fieber hatte ihn wieder fest in seinen Klauen.

›Wie sonderbar‹, dachte Melkart, ›dass seine Gedanken um Chada kreisen.‹ Spürte er, dass zwischen ihm und Chada eine besondere Verbindung bestand? Er sah seinen Freund an. Brandur hatte nie erfahren, dass er eine Tochter hatte. Sollte er ihm die Wahrheit sagen, was es mit ihm,

Brandur, und Chada auf sich hatte, oder wäre dies nur eine zusätzliche Bürde für ihn? Melkart konnte ihm ja nicht einmal sagen, wo sie jetzt war und ob es ihr gut ging.

Nach einer Weile rief er Larissa. Aufgewühlt und besorgt verließ er das Krankenlager. Jetzt musste als Erstes Prinz Thorald über den Zustand seines Vaters unterrichtet werden. Die anderen Wahrheiten mussten warten. Als er die Falknerei erreichte, schrieb er eine kurze Nachricht an den Prinzen. Mit dem klein zusammengerollten Pergament am Fuß wurde der Vogel sogleich losgeschickt.

Langsam brach der Abend herein. Der König war nicht mehr zu sich gekommen. Die Wunde an seiner Schulter hatte angefangen zu eitern und Larissas Versuche, ihm etwas Flüssigkeit einzuflößen, blieben ohne Erfolg. Vor der Hütte hatten sich einige Bewahrer eingefunden. Sie beteten leise zu Mutter Natur, sie möge dem Kranken Kraft schenken und ihn gesunden lassen, als plötzlich eine kleine, alte Frau den Dorfplatz betrat. Sie war in ein graues Tuch gehüllt und lief zielstrebig auf die Hütte des Königs zu.

»Geht zur Seite«, fuhr sie die Umstehenden unwirsch an. »Habt ihr denn immer noch nichts dazugelernt? Eure Heiler sind Stümper, und beten allein hilft jetzt auch nicht! Lasst mich endlich durch! Wenn er stirbt, ist es eure Schuld.«

Die Menge wich erschrocken vor der Gestalt zurück, aber Melkart rief erfreut: »Reka! Wie gut, dass du gekommen bist!« Der Oberste Priester kannte die Frau schon lange. Sie war gemeinsam mit Brandur aus Krahd geflohen. Melkart wusste, dass die beiden Freunde waren, obgleich Reka dem König kaum je den gebührenden Respekt erwies und ihre Streitereien legendär waren. Ohne etwas zu erwidern, betrat sie die Hütte. Melkart und Larissa folgten ihr.

Reka trat an das Lager und blickte in das Gesicht des Königs. »Du bist alt geworden, mein Freund«, murmelte sie. »Aber noch ist es nicht an der Zeit zu sterben …« Dann befahl sie Larissa, heißes Wasser zu holen. Diese machte große Augen und sah Melkart fragend an, doch der nickte nur.

Reka befühlte Brandurs heiße Stirn. »Ich bin keine Sekunde zu früh. Viel hätte nicht gefehlt und er wäre tot gewesen.« Nachdem Larissa ihr das heiße Wasser gebracht hatte, öffnete Reka den Lederbeutel, den sie bei sich trug, und nahm einige Kräuter heraus. Diese legte sie in eine Schale, goss das Wasser darauf und rührte mit einem Holzstab um. Der Sud nahm eine rote Färbung an und Reka wirkte zufrieden. »Melkart, hilf mir, Brandur diesen Trank einzuflößen. Er schmeckt schrecklich und er wird ihn ausspucken wollen, aber er muss ihn trinken, bis auf den letzten Tropfen.«

Melkart legte einen Arm um Brandur und hob ihn sachte an, woraufhin Reka dem König die Schale sanft an die Lippen setzte. Wie erwartet wehrte er sich dagegen, war aber zu schwach, um seinen Widerstand lange aufrechtzuerhalten. Nach einigen Minuten hatte der König das Gefäß geleert und Melkart bettete ihn wieder auf sein Lager.

»So, das war das. Ich werde jetzt wieder gehen. Sei zuversichtlich! Brandur wird in wenigen Stunden erwachen und genesen.« Reka erhob sich und verließ die Hütte.

Melkart folgte ihr und sagte: »Reka, ich danke dir von ganzem Herzen, aber warum bleibst du nicht noch, bis der König erwacht und dir selbst danken kann?«

Die alte Frau drehte sich um und sah Melkart grinsend an: »Wir wollen doch die Genesung des Königs nicht gleich wieder gefährden, oder?«

DIE ENTSCHEIDUNG DES FÜRSTEN

Früh am nächsten Morgen klopfte es an der Tür. Die Fackeln in der Kammer waren erloschen und Chada brauchte einen Moment, um zu begreifen, wo sie war. Mart, der dunkelhaarige Zwerg, öffnete die Tür und begrüßte sie mürrisch. Er entzündete eine Fackel, damit sie etwas Licht hatten, und wartete dann vor der Tür. »Kommt mit!«, meinte er knapp, als sie ihre Sachen zusammengepackt hatten.

Als sie die Halle betraten, hatten sich der Fürst und einige andere Zwerge bereits an der Tafel niedergelassen. Chada erkannte den kahlköpfigen Radan und Kram, den Zwerg aus den Tiefminen. Alle Augen waren auf die Ankömmlinge gerichtet und Chada wusste, dass sich in den nächsten Augenblicken zeigen würde, ob sie ihre Suche im Reich der Schildzwerge fortsetzen durften.

»Setzt euch«, begrüßte Fürst Hallgard sie. »Ich habe eine Entscheidung getroffen.« Thorn, Eara und Chada verbeugten sich und nahmen neben Kram Platz. Der Fürst sprach: »Nach all dem, was uns berichtet wurde, und nach allem, was wir selbst erlebt haben, steht fest: Etwas Böses geht in der Mine von Cavern vor.« Bei diesen Worten blickten sich einige der anwesenden Zwerge verstohlen um. »Vernehmt also meine Entscheidung. Chada, Eara und Thorn werden für uns in die Tiefminen gehen und herausfinden, was dort vor sich geht. Radan wird sie begleiten.«

»Was?!« Radan sprang wütend auf. »Das könnt Ihr nicht von mir verlangen!« Auch Chada verdrehte die Augen.

»Widersetzt du dich meinen Befehlen, Radan, Sohn des Eidin?«

Erschrocken sah Radan Fürst Hallgard an, die Drohung in dessen Stimme war nicht zu überhören gewesen. Unterwürfig setzte sich der Zwerg wieder auf seinen Platz. »Nein, natürlich nicht. Ich werde tun, was mein Fürst von mir verlangt.«

»Gut!«, sagte der Fürst zufrieden und fuhr fort: »Deine Aufgabe wird es nämlich sein, die Geheimnisse unseres Volkes vor den Augen der Fremden zu schützen. Und Kram, der Zwerg aus den Tiefminen, wird ebenfalls dabei sein, denn niemand kennt sich dort unten besser aus als er. Damit ist auch seinem Ansinnen Genüge getan.« Krams Gesichtsausdruck ließ nicht erkennen, was er davon hielt.

Nach einem Augenblick der Stille hob Hallgard erneut an: »Wenn die Skrale tatsächlich unsere Waffen tragen, so gibt es nur einen Ort, an dem sie diese erbeutet haben können.«

Die Zwerge sahen sich erschrocken an. »Broms Waffenkammer«, sprach Mart aus, was wohl alle dachten. Ein Raunen ging durch die Halle, denn Brom der Feurige, das wussten alle, hatte das größte Waffenarsenal aller Zeiten angelegt.

»Der eingestürzte Stollen liegt unweit dieser Waffenkammer«, gab Kram zu bedenken.

Der Blick des Fürsten wandte sich den Menschen zu. »Aus ebendiesem Grund bitte ich euch, dorthin aufzubrechen. Bringt Licht in dieses Dunkel!«

Auf einen Wink des Fürsten hin betraten einige Zwerge, mit allerlei Gegenständen beladen, die Halle, an ihrer Spitze Lebin. Er überreichte jedem einen breiten Ledergürtel, an dem eine kleine Axt und ein Trinkschlauch befestigt waren, außerdem eine zusammengerollte Decke und ein kleines Säckchen. Mit einem Lächeln händigte Lebin den Menschen ihre Waffen aus, die sie bei ihrem Einlass in den Berg abgegeben hatten. »Ich bin natürlich auch dabei«, meinte er. »Irgendjemand muss ja auf euch aufpassen.« Die drei sahen ihn erfreut an.

Für Thorn erwies sich der Gürtel als etwas zu eng, aber er behalf sich, indem er eine Schnalle dazwischensetzte. Chada und Eara konnten sie problemlos um die Taille legen. Radan, Kram und Lebin waren an diese Gürtel gewöhnt und befestigten sie ganz in Zwergenmanier. Zusätzlich bekam jeder noch einen Beutel Proviant, den er auf dem Rücken tragen konnte.

Als die drei Menschen und die drei Zwerge vollständig ausgerüstet waren, erklärte der Fürst: »Wir alle hoffen auf baldige Nachricht von euch. Beweist Tapferkeit und Mut. Ich wünsche euch eine glückliche Widerkehr.« Er nickte Radan zu und dieser übernahm die Führung. »Lasst uns gehen!«

Und so brach die kleine Gruppe auf. Kram und Lebin hatten Fackeln entzündet. Immer wieder begegneten ihnen Zwerge mit schmutzigen Gesichtern und schweren Säcken auf dem Rücken, die von der Arbeit in den Minen kamen. Es war eng in den Gängen, aber Chada, Eara und sogar Thorn konnten aufrecht gehen. Lonas wich nicht von Chadas Seite.

Es dauerte eine ganze Weile, bis sie die bewohnten Bereiche hinter sich gelassen hatten. Je weiter sie kamen, desto enger wurden die Gänge, doch die Luft, die sie atmeten, war erstaunlich frisch. »Wir sind jetzt schon sehr tief unter der Erde«, sagte Eara zu Lebin, »und ich frage mich die ganze Zeit: Wie ist es möglich, dass die Luft nicht knapp wird?«

»Och«, sagte Lebin, »das ist keine Zauberei. Das liegt an Barathrum.«

»Davon habe ich noch nie gehört.«

»Barathrum ist die Lunge von Cavern«, erklärte Lebin. »Stellt es euch wie eine hohle Säule oder wie einen Schacht vor, der die Minen mit frischer Luft versorgt. Barathrum verläuft durch den ganzen Berg bis zur Oberfläche. Die Öffnung ist von hohen Felsen umgeben und nur die Schildzwerge wissen, wo sie sich befindet.«

»Und das bleibt auch so«, zischte Radan und warf Lebin einen bösen Blick zu. »Die Menschen geht das überhaupt nichts an!«

Schweigend setzten sie ihren Weg fort. Nach einigen Stunden erreichten sie einen unterirdischen Brunnen und machten ihre erste Rast. In diesem Teil der Mine hatte sich die Umgebung merklich verändert. Die Gänge waren weiter und öffneten sich an manchen Stellen sogar zu größeren Hallen; das Felsgestein zeigte sich nicht mehr scharfkantig, sondern glatt und glänzend. Hier hatten die Zwerge den Fels nicht bearbeiten müssen, sondern konnten sich das Werk, das heiße Lava vor tausenden von Jahren vollbracht hatte, zunutze machen.

Es war kalt geworden und Chada war froh über die Decke, die der Fürst ihnen mitgegeben hatte. Sie legte sie sich um die Schultern und schmiegte sich an Lonas, der sich neben ihr zusammengerollt hatte. Auch die anderen versuchten Schlaf zu finden.

Nach wenigen Stunden erwachten sie und Kram sagte in die Runde: »Ich hoffe, ihr seid alle ein wenig ausgeruht. Von hier ist es nicht mehr weit zu Broms Waffenkammer. Der Weg durch den eingestürzten Stollen ist uns verwehrt, deshalb müssen wir leider den Pfad über die Steinerne Brücke nehmen ...«

»Warum leider?«, unterbrach ihn Chada.

»Es ist ein gefährlicher Weg, und ein einziger falscher Schritt kann uns ins Verderben stürzen. Was immer ihr auf der Brücke tut, haltet euren Blick auf die gegenüberliegende Seite gerichtet.«

»Aber wieso?« Auch Eara klang nun besorgt.

»Ich kann euch nur raten: Schaut auf keinen Fall hinunter. Was dort unten ist, weiß ich nicht. Und die, die in den Abgrund geblickt haben, konnten es nicht mehr sagen, denn –«

»Genug davon!«, fiel ihm Radan ins Wort. »Die Menschen müssen wahrlich nicht alles wissen!«

Beklommen setzte die Gruppe ihren Weg fort. Schon bald machte der Gang eine Biegung, die Wände traten zurück und im Schein der Fackeln erkannten die sechs einen steinernen Bogen, der sich über einen Abgrund spannte. Dieser spaltete die Halle in der Mitte, als sei er einst mit einer ungeheuren Axt in den Felsen geschlagen worden. Die andere Seite lag im Dunkeln und war nur zu erahnen.

»Denkt an meine Worte!«, schärfte Kram ihnen noch einmal ein. Vorsichtig betraten sie die Steinerne Brücke, den Blick fest nach vorn gerichtet. Langsam bewegten sie sich vorwärts, sorgsam einen Fuß vor den anderen setzend. Kühl umströmte sie die Luft aus der unermesslichen Tiefe.

Sie hatten gerade die andere Seite erreicht, als Chada plötzlich aufschrie. Lonas war nicht mehr da.

Als sie sich umdrehten, sahen sie den Wolf schemenhaft auf der anderen Seite der Brücke sitzen. Keiner hatte bemerkt, dass er ihnen nicht gefolgt war.

»Lonas, komm, wir sind in Eile!«, rief Chada, aber er bewegte sich nicht vom Fleck.

»Wir haben keine Zeit, uns um die Befindlichkeiten eines Wolfes zu kümmern!«, murrte Radan. »Dann bleibt er eben hier.«

Entsetzt sah Chada ihn an. »Das ist unmöglich. Ohne ihn gehe ich keinen Schritt weiter.«

»Gut, dann bleibst du eben auch hier«, erwiderte Radan ungehalten.

In dem Moment überquerte Thorn noch einmal mit sicheren Schritten die Brücke, hockte sich neben Lonas und kraulte ihm die Ohren. »Lonas, du Angsthase. Du musst doch Chada beschützen. Ohne dich fürchtet sie sich hier unten.« Bei diesen Worten grinste er zu Chada hinüber. Lonas brummte leise. Zunächst glaubte Chada, er würde einfach sitzen bleiben, aber zur Überraschung aller erhob er sich und folgte Thorn nach kurzem Zögern auf die andere Seite. Erleichtert schloss Chada den Wolf in die Arme.

Nun sahen sie sich genauer um. Kram hob seine Fackel in die Höhe und die Zwerge sogen scharf die Luft ein. Bis zu diesem Augenblick hatten sie nicht wirklich geglaubt, dass jemand es geschafft hatte, unbemerkt in Broms Waffenlager einzudringen. Doch jetzt stand Entsetzen in ihren Gesichtern, denn die große Tür zur Waffenkammer war vollkommen zerstört, nur die Eisenbeschläge hingen noch in den Angeln.

Radan trat vorsichtig in die Kammer. Seine Fackel erhellte ein heilloses Chaos. Schildständer, Regale und Schränke waren umgeworfen und größtenteils zerstört, die Überreste bedeckten den Boden. Weit und breit aber war nicht ein Schild oder Schwert zu entdecken.

»Hier wurde böse gewütet«, sagte Thorn, der sich hinter Kram durch den Eingang geschoben hatte. Auch Chada und Eara waren eingetreten. Lebin versuchte, die schweren Holzbalken aus dem Weg zu räumen.

»Aber wie ist das möglich? Warum haben die Zwerge aus den Tiefminen diesen Verrat nicht bemerkt?«, fragte Radan wütend.

»Der Einsturz des Stollens hat uns von diesem Teil der Mine abgeschnitten«, erwiderte Kram, »und niemand überquert die Steinerne Brücke ohne einen triftigen Grund. So blieb diese Schandtat unentdeckt.«

Doch diese Erklärung stellte Radan nicht zufrieden. Rot vor Zorn wiederholte ein ums andere Mal: »Das ist unmöglich! Das ist einfach unmöglich!«

Eara und Chada sahen sich unter den Regalen und Schildständern nach Spuren um, während Thorn und Kram die Höhlenwände untersuchten. »Hier hat jemand ein Loch in den Felsen geschlagen!«, rief Kram plötzlich aufgeregt und begann, Steine aus dem Weg zu räumen. »Thorn, komm und hilf mir, damit wir sehen können, was sich dahinter verbirgt.«

Thorn ging ihm zur Hand und gemeinsam stemmten sie die großen Steine zur Seite, bis auf einmal Luft in die Waffenkammer strömte, die spürbar wärmer als die kühle Höhlenluft war. Lonas reckte seine Nase in die Höhe, schnüffelte und war plötzlich mit einem Sprung durch das große Loch verschwunden. Chada rief ihn erschrocken beim Namen, aber es war schon nichts mehr von ihm zu hören. Kurz zögerte die Bogenschützin, dann stürzte sie hinter dem Wolf her.

Eara beugte sich in das Loch. »Chada, bleib hier! Wir müssen zusammenbleiben. Wir wissen nicht, was sich dort drinnen verbirgt!« Aber es kam keine Antwort.

Auch Thorn blickte durch die Öffnung. »Ich werde sie zurückbringen!«, rief er nur über die Schulter, dann sprang auch er hindurch und war in dem Loch verschwunden.

Ratlos sahen sich die drei Zwerge und die Zauberin an. Eara rief noch einmal, aber es antwortete niemand und eine unheimliche Stille legte sich über die Waffenkammer. »Was machen wir denn jetzt?«, fragte Lebin schließlich.

»Was wohl, wir werden zurückgehen und dem Fürsten Bericht erstatten«, fauchte Radan. »Er soll entscheiden, wie es weitergeht. Die Waffenkammer ist ausgeraubt! Das ist einfach eine Ungeheuerlichkeit …«

»Wir können Chada und Thorn doch nicht alleinlassen«, sagte Eara besorgt.

Kram war ihrer Meinung. »Wir sollten erst einmal herausfinden, wer hier unten sein Unwesen treibt. Wenn wir das wissen, können wir Fürst Hallgard benachrichtigen.« Lebin nickte.

»Nun gut«, sagte Radan, »aber sollte etwas passieren, dann trägst du, Kram, die Verantwortung.«

Kram zwirbelte seinen blonden Bart und blickte ernst in die Runde. »Gut, dann lasst uns gehen.«

Sie verließen die geplünderte Waffenkammer und traten in einen grob gehauenen Gang. Kram und Radan hoben ihre Fackeln, aber merkwürdigerweise wurde die Sicht kaum besser, stattdessen schien alles in ein milchig weißes Licht getaucht. Kram tastete sich voran und Eara, Radan und Lebin folgten dicht hinter ihm, doch die spitzen Felskanten machten das Vorwärtskommen mühsam. Eara versuchte, mit ihrem Stab mehr Licht in den Gang zu bringen, aber anders als sonst blieb sein Schein fahl. Die Zauberin ahnte die Ursache. Schon seit sie die Mine betreten hatte, spürte sie die Gegenwart des Bösen: Dunkle Magie war hier im Spiel.

Plötzlich blieb Kram stehen. Er lauschte und auch Eara hielt inne. Dumpfe, schwere Schritte waren zu hören, die rasch näher kamen. Ein Schnauben wie von einem großen Ochsen hallte durch den Gang. Lautlos zog Kram seine Streitaxt. Die beiden anderen Zwerge taten es ihm gleich. Regungslos starrten sie in die Dunkelheit.

Da tauchte plötzlich eine monströse Kreatur aus der Finsternis auf. Sie hatte Arme wie Baumstämme, einen ungeheuren Hals und auf dem unförmigen Kopf trug sie lange, spitze Hörner. Die Augen glotzten ausdruckslos und leer.

»Ein Troll!«, rief Radan und ließ seine Fackel fallen. Felssplitter wirbelten umher, als das Ungetüm seine massige Keule schwang. Die Zwerge wichen erschrocken zurück. Eara senkte ihren Stab und entkam gerade noch einem Schlag des Riesen. Furchtlos setzten die Zwerge zum Angriff an und hieben mit ihren Äxten auf die Beine des Trolls ein. Der brüllte auf und schwang erneut seine Keule. Der Schlag traf die drei Zwerge und schmetterte sie gegen die

Felswand. Seltsamerweise schien der Troll ohne Licht auszukommen, denn trotz der Dunkelheit traf er gezielt. Jetzt holte er zum tödlichen Hieb gegen die Zwerge aus.

Eara hatte niemals zuvor einem Troll gegenübergestanden, doch sie richtete, einer Eingebung folgend, ihren Stab auf das Gesicht des Trolls und versetzte die Mine unter großer Anstrengung in gleißendes Licht. Der Troll, der vermutlich noch nie das Tageslicht, geschweige denn ein solches Leuchten gesehen hatte, taumelte und schlug sich die Pranken vor die Augen. Die Zwerge nutzten den Moment und sprangen auf, zurück in Richtung Waffenkammer.

Das grelle Licht erlosch und in der Düsternis hörten sie den Troll bedrohlich knurren.

LEBINS SCHREI

Nachdem Chada durch das Loch in der Wand der Waffenkammer geschlüpft war, um Lonas nachzueilen, fand sie sich in einem düsteren Gang wieder. Sie rief seinen Namen, aber der Wolf kam nicht zurück. Chada tastete sich den Gang entlang, da sie aber keine Fackel bei sich trug, umgab sie schon nach kurzer Zeit tiefe Finsternis und sie musste sich an der Wand entlangtasten. Nach etwa zweihundert Schritten spürte sie, dass sich der Gang gabelte. War Lonas nach links oder nach rechts gelaufen? Zu ihrer Linken schien es heller zu werden, außerdem glaubte Chada einen Windhauch zu spüren. Sie lief tastend in diese Richtung und nach einiger Zeit konnte sie schemenhaft die Felswände um sich herum erkennen.

Doch mit einem Mal trat Chada ins Leere, stolperte und rutschte den Gang hinunter, der plötzlich steil abfiel. Verzweifelt suchte sie Halt und bekam im letzten Augenblick eine Felskante zu fassen. Als auch ihre Füße Tritt gefunden hatten, kroch sie auf allen vieren wieder hinauf. Oben angekommen blieb sie einen Moment liegen und wartete, bis ihr Atem sich beruhigte. Der Schreck saß ihr noch in den Knochen, als aus der Tiefe ein Winseln zu ihr drang. Lonas! Sie blickte hinunter. Ein kleiner Felsvorsprung hatte offenbar seinen Sturz in den sicheren Tod verhindert.

»Lonas, beweg dich nicht!«, rief Chada, als sie sah, dass der Wolf sich auf die Hinterbeine gestellt hatte und vergeblich versuchte, zu ihr zu gelangen. Verzweifelt überlegte sie, wie sie das schwere Tier ohne ein Seil heraufziehen sollte, als sie plötzlich Rufe hörte. Thorn war hier! Im nächsten Moment tauchte er verschwitzt und außer Atem vor ihr auf. Sie konnte ihn gerade noch halten, sonst wäre auch er in den Abgrund gestürzt.

»Chada!« Erleichtert sah Thorn sie an, dann entdeckte er ihre aufgeschürften Hände. »Was ist passiert? Geht es dir gut?«

»Mir schon«, erwiderte Chada, »aber Lonas ist da unten

auf diesem Vorsprung, und ich weiß nicht, wie ich ihm helfen kann!«

»Mach dir keine Sorgen. Zusammen holen wir ihn da raus.«

»Aber wie willst du das anstellen?« Chadas Stimme zitterte. »Wir haben nicht einmal ein Seil!«

»Vertrau mir einfach, ich weiß, was ich tue.« Thorn näherte sich dem Abgrund und ließ sich mit den Füßen voran langsam hinuntergleiten. Er spürte, dass seine Hände feucht wurden, als er kurz in die Tiefe blickte. Wenn er oder Lonas jetzt abstürzten, würde nicht viel von ihnen übrig bleiben. Er ertastete den Felsvorsprung und kam vorsichtig auf ihm zu stehen. Lonas sprang an ihm hoch und Thorn geriet ins Wanken.

»Seid vorsichtig!«, schrie Chada besorgt.

Thorn umklammerte Lonas. Er sprach leise mit ihm und es gelang ihm, das Tier zu beruhigen. Schließlich ließ es der Wolf sogar geschehen, dass der Krieger ihn hochhob, vielleicht weil er die Gefahr spürte, in der sie beide schwebten. Thorn schob den Wolf von unten gegen die Felswand und drückte ihn nach oben. Die junge Bewahrerin hatte noch nie einen Mann mit solchen Kräften gesehen. Mit enormer Anstrengung schob Thorn den Wolf noch ein wenig höher, bis Chada in sein Fell greifen konnte. Sie dachte nicht lange nach, packte mit beiden Händen zu und zerrte ihn nach oben. Lonas jaulte kurz auf vor Schmerz, doch dann blieb er erschöpft neben Chada liegen. Sie vergrub ihren Kopf in seinem Fell und vor Freude liefen ihr die Tränen über die Wangen. Nach einer Weile meldete sich Thorn.

»Ich freue mich, dass es euch da oben gut geht, aber wärst du so freundlich, Chada, und würdest mir die gleiche Hilfe wie deinem Wolf zuteilwerden lassen?« Chada lachte auf, streckte den Arm aus und half Thorn, über den Vorsprung nach oben zu klettern.

Als er wieder auf sicherem Boden stand, schaute er sich um. Er stutzte. »Was ist denn das? Dort unten bewegt sich etwas. Oder jemand.«

»Außerdem riecht es seltsam«, sagte Chada heiser. Als sie genau hinschauten, erkannten sie in der Tiefe Flammen, die sich langsam auszubreiten schienen, begleitet von einem ätzenden Gestank, der ihnen die Tränen in die Augen trieb. »Das ist Gift!« Sie griff nach Thorns Hand. »Das ist es, was Lonas uns zeigen wollte!«

Plötzlich drang ein markerschütternder Schrei zu ihnen. Lebin! Augenblicklich eilten Thorn und Chada zurück durch den dunklen Gang, so schnell sie konnten – wussten sie doch beide, woher der Schrei gekommen war. Als sie die Waffenkammer erreichten, bot sich ihnen ein schrecklicher Anblick.

Ein Troll stand mit erhobener Keule mitten in der großen Höhle. Radan hatte sich auf ihn gestürzt und hieb mit seiner Axt auf ihn ein. Lebin lag am Boden, die Glieder unnatürlich verrenkt und die Augen weit aufgerissen. Blut floss aus einer Wunde am Hals. Neben ihm kniete Kram, der fassungslos Radans Angriff verfolgte, während Eara ihren Stab mit beiden Händen umschloss und ihren Blick unverwandt auf den Troll richtete.

In diesem Moment stürzte sich Lonas auf den Troll und grub seine Zähne in dessen Bein, aber die Bestie schien ihn gar nicht zu bemerken. Gleichzeitig zog Kram seine Axt und schleuderte sie auf den Troll. Die Waffe traf das Ungetüm an der Schulter, aber es ließ nicht von Radan ab. Mit einer seiner riesigen Pranken hatte der Troll den Zwerg umklammert, mit der anderen hob er die Keule und holte aus. Radan schrie in Todesangst. Doch Chada hatte bereits den Bogen gespannt. Ein Pfeil schnellte von der Sehne. Er traf den Troll genau zwischen den Augen.

Die Wände der Waffenkammer schienen zu beben, als die Bestie vor Schmerz aufbrüllte. Der Troll ließ Radan fallen und versuchte, den Pfeil aus seiner Stirn zu zerren, konnte ihn aber mit seinen riesigen Händen nicht fassen. Da stürzte Thorn mit gezogener Klinge heran. Sein Schwert zischte durch die Luft und bohrte sich in den Leib des Trolls. Der Krieger holte ein zweites Mal aus und führte einen mächtigen Aufwärtshieb. Der Troll kippte nach hinten, und noch bevor er krachend in die Schildständer und Regale stürzte, hatten zwei weitere Pfeile sein Herz durchbohrt.

Plötzlich umgab sie Stille. Radan rappelte sich benommen hoch und eilte zu Lebins leblosem Körper. Er nahm Lebins Kopf in die Hände und schluchzte laut auf. Der junge Schildzwerg war tot. Chada lief zu ihm, kniete sich vor den Leichnam und Tränen rannen über ihr Gesicht. Auch Thorn und Eara waren bestürzt. Der fröhliche und hilfsbereite Lebin war ihnen in kürzester Zeit ein Freund geworden, und nun lag er hier und würde nie mehr Steinsang, die wunderbare Melodie der Hoffnung und Zuversicht, auf seiner Flöte spielen. Kram hatte sich zu Radan gebeugt und legte ihm tröstend die Hand auf die Schulter.

Plötzlich aber sprang Radan auf. »Dieses Unglück habt ihr zu verantworten, ihr ganz allein! Euch zu vertrauen war ein Fehler, ich habe es von Anfang an gewusst!« Er geriet vollkommen außer sich. »Ihr seid Landräuber und Mörder, wie alle Menschen! Keinen Schritt weiter gehe ich mit euch! Ich werde den Fürsten aufsuchen und ihm von dieser Katastrophe berichten!« Und bevor sie ihn aufhalten konnten, war Radan wie von Sinnen davongestürmt.

Getroffen von den Worten des Schildzwerges und voll Trauer um den toten Freund, schwiegen sie lange. Nur Chadas Schluchzen durchbrach die Stille. Kram beugte sich über Lebin, schloss mit einer sanften Bewegung die starren Augen seines Freundes und summte leise eine traurige Melodie. Vorsichtig nahm er Lebins Axt und legte sie ihm auf die Brust, die toten Hände darüber verschränkt. Schließlich sagte er zu Chada, die den Blick nicht von Lebin lösen konnte: »Sei nicht traurig. Er war ein tapferer Schildzwerg und er ist im Kampf gestorben. Seine Ahnen werden ihn auf seinem letzten Weg begleiten.« Lonas legte seinen Kopf auf die Schulter der Bewahrerin und Chada war dankbar für seine tröstliche Wärme.

»Auch wir brechen jetzt besser zum Fürsten auf«, fuhr Kram fort, »wenn uns Radans Bericht nicht alle in Schwierigkeiten bringen soll.«

Thorn aber schüttelte den Kopf. »Es tut mir leid, Kram, aber da ist noch etwas.« Thorn berichtete, was er und Chada an der Schlucht gesehen hatten. Krams Augen verengten sich. »Ihr wart bei Barathrum, der Lunge von Cavern. Wozu sollte jemand dort unten ein Feuer entzündet haben?«

»Das war noch nicht alles«, sagte Thorn. »Der Qualm, der aus der Tiefe aufstieg, kam nicht von einem gewöhnlichen Feuer. Ein solch entsetzlicher Gestank muss eine andere Ursache haben.«

»Wenn das stimmt«, erwiderte Kram in tiefer Sorge, »kann das nur eines bedeuten: Die Schildzwerge sollen vergiftet werden! Barathrum versorgt die ganze Mine mit frischer Luft. Und genau auf diesem Weg werden die giftigen Dämpfe jeden Gang und jede Kammer in Cavern erreichen und uns alle ausräuchern!«

Besorgt sah Kram die drei Menschen an. »Uns bleibt keine Zeit, Fürst Hallgard zu warnen. Der Marsch zurück dauert mindestens zwei Tage. Das Gift ist schneller als wir.« Er wandte sich ab. »Kommt, ich muss sehen, was dort unten geschieht. Wir müssen einen Weg finden, das Feuer zu löschen!«

Bevor sie aufbrachen, hüllte Eara den toten Zwerg in die Decke, die er bei sich getragen hatte, dann riss sie einen Stofffetzen aus ihrem Hemd, tränkte ihn mit Wasser aus ihrem Trinkschlauch und legte ihn sich vor den Mund. »Macht es ebenso, so können wir uns eine Zeit lang vor dem Gift schützen.« Nachdem sie es Eara gleichgetan hatten, machten sich die vier und der Wolf auf nach Barathrum.

THORALDS TATENDRANG

Auf der Rietburg brach ein grauer Morgen an. An der Tafel in der großen Halle saß grübelnd Prinz Thorald. Das Feuer im Kamin war erloschen und es fröstelte den Prinzen. Es war tiefe Nacht gewesen, als er von einem Diener geweckt worden war, denn einige Pferde des Königs waren reiterlos zur Burg zurückgekehrt. Was war geschehen? Wo waren die Reiter? Hatte der König, zu dessen Gefolge die Pferde zweifellos gehörten, den Wachsamen Wald unbeschadet erreicht? Prinz Thorald machte sich große Sorgen. Weder von seinem Vater noch von Thorn gab es irgendeine Nachricht.

Also musste er etwas tun. Aber was? Wichtige Entscheidungen zu treffen behagte ihm nicht, denn schließlich konnte man sich falsch entscheiden. Und dann war man verantwortlich für den Schlamassel. Da war es viel angenehmer, wenn andere die Entscheidungen trafen. So bestand kein Risiko, dass man selbst etwas Falsches tat. Thorald sann noch eine Weile ergebnislos vor sich hin, als Harthalt, der Schwertmeister, eintrat.

»Prinz Thorald, entschuldigt, dass ich Euch stören muss, aber es ist ein Falke eingetroffen mit Nachrichten von Melkart, dem Obersten Priester der Bewahrer.« Der Prinz sprang auf.

»Was ist passiert?«

»Hier, lest selbst.« Harthalt streckte Thorald die Nachricht entgegen. Der Prinz riss sie ihm aus der Hand und las:

Verehrter Prinz, Sohn von Brandur, dem König von Andor,
leider muss ich Euch mitteilen, dass Euer Vater, der König, an der Taubrücke von einem Trupp bewaffneter Kreaturen angegriffen und verletzt wurde. Er befindet sich nun in der Obhut der Bewahrer des Wachsamen Waldes. Einige seiner Krieger sind bei dem

Angriff gefallen. Ich will Euch nicht verschweigen, dass es schlecht um den König steht. Wir werden unser Möglichstes tun, um Euren Vater zu retten. Sobald sich sein Zustand verändert, werde ich Euch benachrichtigen.
Mutter Natur segne Euch!
Melkart, Oberster Priester der Bewahrer

Der Prinz war blass geworden und die Hand, die den Brief hielt, zitterte. Er musste etwas tun, das stand fest. Im Grunde war es eindeutig. Der König befand sich schwer verletzt im Wachsamen Wald und musste unter allen Umständen beschützt werden. Wer kam dafür infrage? Einige seiner Krieger hatten schon ihr Leben gelassen. Auch die Bewahrer hatten es nicht geschafft, die Kreaturen zu besiegen – schließlich war Chada, die Bogenschützin, eigens hierhergekommen, um Hilfe zu erbitten. Blieb also nur er, Thorald. Er war immerhin der Prinz von Andor und die Menschen der Rietburg würden ihn für seinen Mut feiern und bewundern. Der Retter des Königs! Prinz Thorald malte sich aus, wie man ihm zujubeln würde, und in Gedanken sah er Chada an seiner Seite, wie auch sie ihn bewundernd anblickte. Dabei schlich sich ein Lächeln auf sein Gesicht. Harthalts zweifelnden Blick bemerkte er nicht.

Für ihn war damit die Entscheidung getroffen: Er, Thorald, Prinz von Andor, würde mit den verbliebenen Kriegern zum Wachsamen Wald aufbrechen und seinen Vater in die Heimat geleiten.

Als er den Schwertmeister jetzt anblickte, hatte sein Gesicht wieder Farbe bekommen und er wirkte geradezu tatendurstig. »Harthalt, ich habe lange nachgedacht und weiß jetzt, was zu tun ist. – Hör zu! Der Plan ist folgendermaßen: Wir werden mit der gesamten Reiterei zum Wachsamen Wald aufbrechen, um meinem Vater in dieser schweren Zeit beizustehen und ihm Schutz zuzusichern. Die Bewahrer können das nicht allein bewerkstelligen.« Der Prinz reckte stolz sein Kinn und sah Harthalt erwartungsvoll an.

Das Gesicht des Schwertmeisters, eben noch sehr blass, färbte sich tiefrot, und als er die Sprache wiederfand, sagte er mühsam beherrscht: »Mein Prinz, dies ist eine schwere Entscheidung, aber bedenkt, wenn ihr alle Krieger von der Burg abzieht, wer wird dann im Falle eines Angriffs ...« Weiter kam er nicht, denn Thorald hatte gebieterisch seine Hand gehoben.

»Genug geredet, Harthalt. Die Zeit drängt. Sag den anderen Kriegern, dass wir noch heute Mittag aufbrechen.«

Damit war das Gespräch beendet. Mit großen Schritten stapfte Harthalt zum Übungsplatz, um seine Krieger von Prinz Thoralds Plänen zu unterrichten.

DIE LUNGE VON CAVERN

Krams Orientierungssinn war außerordentlich. Er führte Chada, Eara und Thorn zielstrebig die engen Gänge entlang, über steile Treppen ging es hinauf und hinunter, Lonas immer dicht bei ihnen. Als sie Barathrum endlich erreichten, blickten sie schweigend in den Abgrund. Dunkler, beißender Qualm zog aus der Tiefe herauf. Die Tücher vor ihren Gesichtern, die sie mit Wasser getränkt hatten, machten das Atmen zwar erträglich, aber ihre Augen tränten unablässig.

»Wir dürfen keine Zeit verlieren«, ermahnte sie Kram mit gedämpfter Stimme. »Es gibt nur eine Möglichkeit, dieses Feuer zu löschen. Seht ihr die beiden Tore dort unten?«

Die anderen nickten und Kram fuhr fort: »Das ist der Grund von Barathrum. Wenn ihr diesem Gang hier weiter folgt, wird er euch zum ersten Tor führen. Schließt beide Tore, aber bleibt auf keinen Fall im Innern von Barathrum. Hinter dem zweiten Tor liegt eine Felsenhalle, dort müsst ihr hin!« Kram holte einen metallisch schimmernden Gegenstand aus seiner Tasche und reichte ihn Chada. »Hier, das ist ein Casamatuc, mit dem könnt ihr die Tore verriegeln. Jetzt ist Eile gefragt. Lauft los und haltet euch in dieser Richtung.« Er wies auf einen schmalen, abwärts verlaufenden Gang. Die anderen sahen ihn ratlos an.

»Und was machst du?«, fragte Eara.

»Ich muss wieder hinauf! Wir treffen uns unten in der alten Felsenhalle hinter dem zweiten Tor. Wartet dort auf mich!«

Chada und Thorn rannten los und Lonas stürmte hinter ihnen her, Kram lief in die entgegengesetzte Richtung. Nur Eara hielt inne. Sie blickte Kram nach. Es fühlte sich nicht richtig an, ihn allein gehen zu lassen, und so eilte sie dem Zwerg kurz entschlossen nach. Kram war überrascht, als er Eara hinter sich bemerkte, doch er freute sich über die Unterstützung. Sie hasteten ein kurzes Stück bergauf und bogen dann nach links ab. Unterwegs erklärte Kram sein Vorhaben.

»Hier oben fließt der unterirdische Fluss Tatru. Die Schildzwerge haben vor vielen hundert Jahren einen Wehrdamm errichtet, der Barathrum vom Fluss trennt. Wenn es uns gelingt, den Damm zu öffnen, ergießt sich das Wasser in Barathrum und das Feuer wird gelöscht.«

»Und warum sollen Thorn und Chada die Tore verschließen?«, wollte Eara wissen.

»Weil sonst die unteren Gänge vom Wasser überflutet werden. Jetzt aber schnell, die Zeit läuft uns davon.«

Ununterbrochen schraubte sich der Gang in die Höhe. »Es ist nicht mehr weit!«, rief Kram schließlich keuchend und Schweiß rann ihm über die Stirn.« Der Zwerg eilte weiter, und hinter einer Biegung standen sie auf einmal vor dem großen Wehrdamm – eine gigantische Mauer, hinter der sich die Wassermassen stauten. Kram wies auf das obere Ende. Dort befanden sich große Holzklappen, die der Regulierung des Wasserstandes dienten. Eara war fasziniert. So etwas hatte sie noch nie gesehen.

»Um die Klappen zu öffnen, müssen wir hierdran drehen.« Kram deutete auf die große Kurbel, vor der sie standen. Er löste die Haltevorrichtung und zog mit aller Kraft an der Kurbel. Es knirschte, aber sie bewegte sich kein Stück. Auch als Eara es mit großer Anstrengung versuchte, passierte nichts. »Verdammt noch mal!«, fluchte Kram, und nach kurzem Nachdenken meinte er: »Es hilft nichts, ich muss versuchen, die Klappen von Hand zu öffnen.«

An einer Seite des Wehrdamms war eine lange Leiter in die Mauer eingelassen. Kram stieg behände die Sprossen empor und stand nach kurzer Zeit ganz oben auf der Mauer. Vorsichtig tastete er sich zur ersten Klappe vor und versuchte, sie nach oben zu ziehen. Eara sah gebannt zu. Kram stöhnte auf und unternahm einen zweiten und dritten Versuch, aber es war nichts zu machen. Die Klappe ließ sich nicht öffnen.

Plötzlich durchfuhr Eara ein eisiger Schauer. Sie spürte, dass sich das Gift unaufhörlich in der Mine ausbreitete. Sicher hatte es die ersten Zwerge schon erreicht. Vor ihr tauchte das Bild auf, wie Lebin mit verrenkten Gliedern und weit aufgerissenen Augen am Boden lag. Und jetzt waren Chada und Thorn in die Tiefe hinuntergestiegen und würden ebenfalls einen qualvollen Tod sterben, wenn es ihnen nicht gelänge, das Feuer zu löschen. Das durfte nicht geschehen!

Da regte sich eine Stimme in ihr: ›Tu es. Nur dieses eine Mal. Du kannst deine Freunde retten.‹ War das die Stimme der Dunklen Magie? Eara fröstelte. War dies Teil ihrer Prüfung? Sollte sie mit ansehen, wie ihre Freunde starben, oder dieses eine Mal Magie anwenden, um sie alle zu retten?

Da brüllte Kram auf einmal vor Wut auf: »Seit hundert Jahren hat sich niemand um diese verflixte Vorrichtung gekümmert. Das haben wir nun davon! Wegen einer dummen verrosteten Kette werden wir elend zugrunde gehen!« In diesem Moment löste sich Earas Starre. Sie hatte eine Entscheidung getroffen. Nein, sie würde den Damm nicht mit

Dunkler Magie zum Einsturz bringen. Die Zauberin schloss die Augen. Würde ihr Zauber stark genug sein? Sie versuchte, die Geschichte der Kurbel zu erspüren, ihre Entstehung. Beinahe konnte sie die Zwerge vor sich sehen, die sie vor hunderten von Jahren hier eingesetzt hatten. Silbern schimmerte die Kette, die in vielen Windungen auf ihr lag, als sie noch mit leichter Hand bedient werden konnte. Die Energie floss durch Earas Hände in den Stab und weiter zur Kurbel. Langsam löste sich der Rost von der Winde und rieselte zu Boden. Und plötzlich krachte es laut und Wasser schoss aus der Mauer.

Die kalte Flut traf Eara und Kram unvorbereitet. Beide wurden augenblicklich von den Wassermassen mitgerissen und hart gegen die Felsen geschleudert. Kram konnte sich kaum über Wasser halten, aber Eara packte ihn am Arm.

»Wir werden in den Abgrund stürzen!«, brüllte der Zwerg strampelnd und nach Luft schnappend. Noch einmal nahm Eara ihre gesamte Kraft zusammen und hob den Stab waagerecht in die Höhe. Mit einem heftigen Ruck verkeilte er sich an einer schmalen Stelle des Ganges. Kram klammerte sich an den Umhang der Zauberin. Sie mussten ihre ganze Kraft aufbringen, um nicht fortgerissen zu werden.

»Lange kann ich mich nicht mehr halten!«, stieß Kram keuchend hervor.

AUFBRUCH DER DUNKLEN ARMEE

Varkur stand inmitten der Felsenhalle und überwachte den Abzug seiner Truppen, Hark war an seiner Seite. Da öffnete sich eine Seitentür und zwei Skrale betraten die Halle. Sie schleiften eine kleine, kahlköpfige Gestalt in zerrissenen Kleidern hinter sich her. »Den haben wir oben im Gang gefunden«, sagte einer der beiden. »Irgendwie schien ihm die Luft nicht zu bekommen.« Der Skral lachte rau, doch Varkur würdigte den Zwerg keines Blickes. »Werft ihn ins Loch zu den anderen, ich habe keine Zeit, mich um ihn zu kümmern. Wir brechen auf. Das Rietland soll brennen und die Burg wird mein sein!« Und so wurde der Zwerg fortgezerrt und in ein tiefes Brunnenloch geworfen. Varkur richtete seine ganze Aufmerksamkeit wieder auf seine Truppen und beobachtete, wie schließlich der letzte Troll die Felsenhalle verließ.

Da erfasste ihn ohne Vorwarnung eine heiße Welle der Angst. Ein tiefes Fauchen drang aus seiner Kehle und er wirbelte herum. Hark wich erschrocken zurück. Mit weit aufgerissenen Augen starrte der Dunkle Magier in die finsteren Ecken der Felsenhalle. Deutlich spürte er, dass Zauberei zugegen war. Doch so schnell, wie dieses Gefühl gekommen war, verschwand es auch wieder.

Vorsichtig blickte Hark auf und fragte: »Meister, was ist mit Euch?«

»Nichts!«, antwortete dieser voller Zorn. »Bring mir meinen Wardrak, wir brechen sofort auf.« Varkur hatte diese Kreaturen zu Reittieren für sich und seine Skrale gemacht. So konnten sie in kurzer Zeit große Entfernungen zurücklegen. Hark nickte unterwürfig und entfernte sich.

Der Nebel um Varkur verdichtete sich. Zauberei in der Mine, wie konnte das sein?, überlegte er. Seit seiner Ankunft in Cavern war alles nach Plan verlaufen. Nun stand er kurz davor, Andor zu unterwerfen. Er hatte Koram, den Gorhäuptling, und seine Armee schon vor Wochen ins Rietland ausgesandt. Sie warteten nur auf seine Befehle. Heute war seine Hauptstreitmacht aufgebrochen, gepanzerte Skrale und kraftstrotzende Trolle, denen sich niemand entgegenstellen würde. Der König musste sterben. Dieses Mal hatte er ein sicheres Mittel gefunden, um Brandur in den Tod zu schicken, der Fehlschlag an der Taubrücke würde sich nicht wiederholen ... Die Taubrücke! Jetzt erinnerte er sich. Hatte der Skral nicht von einer Zauberin gesprochen, die den König gerettet hatte? War sie es, die er vor wenigen Augenblicken gespürt hatte?

Da erschien Hark. Er ritt auf einem schwarzen Wardrak und brachte einen weiteren für seinen Meister. Der stieg auf und sie verließen augenblicklich die Felsenhalle.

CANTHARIS

Je weiter Chada und Thorn in die Tiefe stiegen, desto schwerer fiel ihnen das Atmen. Ein Schwindel befiel Chada. Hatte sich das Gift schon so weit ausgebreitet? Als sie nach ihrem Wasserschlauch griff, um das Tuch vor ihrem Gesicht mit Wasser zu befeuchten, fiel ihr das Kraut der Hexe ein und sie fasste in ihren Beutel. »Thorn, schau, was die alte Reka mir gegeben hat!«

»Ein paar welke Blättchen?«, meinte Thorn zweifelnd.

»Ein Heilkraut. Die alte Frau wollte mir nicht sagen, wofür es gut ist, aber vielleicht kann es uns vor dem Gift schützen!«

»Einen Versuch ist es wert«, stimmte Thorn zu. »Mir geht langsam die Luft aus.«

Chada zupfte zwei Blätter ab, und sie legten sich beide eines unter die Zunge. Es schmeckte bitter, aber nach einem kurzen Moment war der Schwindel verschwunden.

»Bei allen Kreaturen der Tiefe, es wirkt«, sagte Thorn. »Erinnere mich daran, dass ich Reka einen dicken Kuss gebe, wenn ich sie treffe.«

»Sie wird begeistert sein«, grinste Chada. Erleichtert setzten sie ihren Weg fort. Lonas folgte ihnen. Er schien der Einzige zu sein, dem das Gift nichts ausmachte.

Als sie endlich den Fuß von Barathrum erreichten, sahen sie auch schon das erste Tor. Der schwere Durchlass stand ein wenig offen und durch den Spalt sahen sie das Feuer lodern. Die Hitze war kaum zu ertragen. Schweißüberströmt schlichen sie näher und spähten durch den Spalt. Zwei Trolle standen am Feuer und warfen immer wieder große Scheite in die Flammen. Die Glut leuchtete in einem beißenden Grün. Hinter den Trollen konnten sie das zweite Tor erkennen. Jetzt war absolute Vorsicht geboten. Thorn flüsterte: »Mit dem Casamatuc müssen wir beide Tore verschließen, richtig?«

»Ja, das war Krams Plan. Aber wie kommen wir an diesen beiden Ungetümen vorbei?« Sie sahen sich ratlos an, als plötzlich Lonas an ihnen vorbeischoss. Er quetschte sich durch den Spalt, stürzte sich auf einen der beiden Trolle und biss zu. Der Troll starrte den Wolf an, dann kam Bewegung in ihn und er versuchte, den Wolf zu packen, der ihm jedoch durch die Beine entwischte. Chada wollte Lonas zu Hilfe eilen, aber Thorn hielt sie zurück. »Warte! Lonas macht das hervorragend. Das ist unsere Chance!«

Der andere Troll streckte nun ebenfalls seine Pranken nach dem Wolf aus. Lonas sprang hierhin und dorthin, aber die beiden Trolle waren zu schwerfällig, um ihn zu erwischen. Eine Weile ging das gut, doch plötzlich geriet Lonas in Bedrängnis. Thorn erkannte die Gefahr, griff nach der kleinen Axt an seinem Gürtel und schleuderte sie nach dem Troll. Dieser ließ von Lonas ab und wandte sich nun mit wildem Gebrüll Thorn zu.

Chada hatte in der Zwischenzeit das erste Tor unbemerkt mit dem Casamatuc verschlossen und schlich nun auf das zweite zu. Thorn duckte sich geschickt unter einem Schlag des Trolls weg, doch auf einmal sahen er und Lonas sich von den Ungetümen in eine Ecke gedrängt. In diesem Moment ließ ein Donnern die Wände erzittern und alle blickten gleichzeitig in die Höhe. Gewaltige Wassermassen stürzten auf Barathrum ein.

»Thorn!«, schrie Chada. »Schnell!«

Thorn griff nach Lonas und hastete an den verdutzten Trollen vorbei mit Chada und durch das zweite Tor. Sie warfen es hinter sich zu und Chada verschloss es in letzter Sekunde mit dem Casamatuc. Ohrenbetäubend donnerte das Wasser auf den Grund von Barathrum. Gemeinsam stemmten sich Chada und Thorn gegen das Tor. Der Druck des Wassers war so stark, dass die Holzplanken ächzten und bebten. Aber es hielt.

»Kram, dieser Teufelskerl!«, rief Thorn. »Wie hat er das nur gemacht?« Chada lächelte, warf ihm einen Blick zu und sagte: »Du warst auch nicht schlecht – für einen Rietländer.«

Thorn sah in Chadas Augen und hatte plötzlich einen trockenen Mund. Er war durcheinander, aber nicht etwa wegen der gerade überstandenen Gefahr, nein, es war Chada, die ihn so kopflos werden ließ. Er spürte, wie sehr er sie mochte. Doch halt, ermahnte er sich selbst, für solche Gedanken war jetzt nicht der richtige Zeitpunkt. Im Moment war das Wichtigste, dass sie lebend aus der Zwergenmine herauskamen.

Nach einer Weile schienen die Wassermassen zur Ruhe zu kommen, und das wenige Wasser, das unter dem Tor hindurchdrang, stellte keine Gefahr dar. Sie sahen sich um und erkannten die Felsenhalle, die Kram beschrieben hatte. Mehrere Fackeln brannten an den Wänden und es sah ganz danach aus, als hätte sich vor nicht allzu langer Zeit jemand hier aufgehalten. Thorn nahm eine Fackel aus der Halterung. Überall war Dreck und Unrat und es stank erbärmlich. Auf einer steinernen Tafel lagen Pergamente verstreut.

Chada besah sich die Schriften genauer und erkannte das Siegel der Bewahrer. »Thorn! Hier sind Pergamente vom Baum der Lieder!«

Thorn kam näher und hielt die Fackel über den Tisch. Auf manchen Pergamenten waren Zeichnungen von Tieren, Kreaturen oder Pflanzen zu sehen. Andere Pergamente zeigten die verzweigten Linien von Landkarten, und eine weitere offenbarte eine Art Querschnitt der Mine. »Es muss ihnen also doch noch gelungen sein, den Baum der Lieder zu überfallen«, flüsterte Chada. Für einen Moment war sie ganz bei Melkart und den anderen Bewahrern, doch Thorn unterbrach ihre Gedanken.

»Wieso haben die Kreaturen die Pergamente gerade hierher gebracht?«

Bevor Chada antworten konnte, vernahmen sie plötzlich ein Geräusch und in der Wand öffnete sich eine kleine Seitentür, die sie bisher nicht bemerkt hatten. Thorn packte sein Schwert – und ließ es gleich wieder sinken. Völlig durchnässt betraten Eara und Kram die Felsenhalle.

Thorn stieß einen Freudenschrei aus und Chada schloss voller Erleichterung Eara in die Arme. »Ich bin so froh, dass euch nichts passiert ist!«, rief sie. Dann übergab sie

Kram den Casamatuc. »Ein interessantes Werkzeug.« Sie lachte befreit.

»Gut gemacht, Kleine«, erwiderte Kram lächelnd und Thorn klopfte ihm auf die Schulter.

Plötzlich begann Lonas zu winseln. Er stand etwas abseits an einem alten, gemauerten Brunnen. Die Freunde eilten zu ihm und leuchteten in den Brunnenschacht. Da! Auf dem Grund saß jemand! Ein Stöhnen drang empor und dann, ganz schwach, eine Stimme: »Wir brauchen Hilfe.«

Kram erkannte die Stimme sofort. »Radan! Bist du es?«

»Ja, ich und noch vier andere«, erwiderte Radan. »Wir sind verletzt und ich fürchte, um zwei hier unten steht es schlecht.«

Kram nahm das schwarze Seil, das er immer bei sich trug, und warf es in den Brunnen. »Bindet euch das Seil um, wir werden euch heraufziehen.« Er schlang das andere Ende um eine große Säule in der Mitte der Halle. Einer nach dem anderen wurden die drei verwundeten Zwerge geborgen. Für zwei weitere kam jede Hilfe zu spät.

Währenddessen hatte sich Eara in der Halle umgesehen. Sie spürte ganz deutlich Dunkle Magie. In einer Schale, die auf einem Vorsprung stand, entdeckte sie die Überreste eines grünen Pulvers. Sie erkannte es sofort, es war Cantharis, eine Substanz, die es nur in Hadria, ihrer Heimat, gab. Es war offensichtlich: Hiermit hatte jemand die Luft in den Minen verpesten und die Schildzwerge vergiften wollen.

Ihre dunkle Vorahnung wich einer schrecklichen Erkenntnis. Jetzt ergab alles einen Sinn.

Chada nahm Rekas Heilkraut aus ihrem Beutel und reichte jedem der Zwerge ein Blättchen. Eines blieb übrig, das sie zurück in den Beutel schob. Misstrauisch beäugte Radan das Kraut, steckte es aber dennoch in den Mund. Die heilende Wirkung setzte sofort ein und sie fühlten sich gestärkt.

Kram reichte den verletzten Zwergen seinen Trinkschlauch. Nachdem Radan einen großen Schluck genommen hatte, verzerrte sich sein Gesicht zu einem bösen Lächeln. Er packte Kram am Arm und brachte ächzend hervor: »Wir sind ihn los! Er … er ist auf dem Weg ins Rietland.«

»Wer?«, fragte Thorn alarmiert. »Wer ist auf dem Weg ins Rietland?«

Radans Gesicht verfinsterte sich, aber es war Eara, die antwortete: »Es ist Varkur, der Dunkle Magier.«

Alle wandten sich ihr zu und Chada erschrak. Eara war totenbleich. Das Haar hing ihr strähnig ins Gesicht und die Augen waren voll tiefer Trauer. Schwer stützte sie sich auf ihren Stab. Chada eilte zu ihr, aber Eara sah sie nicht. Ihr Blick ruhte auf Thorn, als sie sagte: »Es tut mir so leid! Aber ich fürchte, für das Rietland gibt es keine Hoffnung mehr.«

EIN UNVERGESSLICHES MAHL

Als Garz die Bogenbrücke erreichte, war er vollkommen erschöpft und ausgehungert. Sein Proviant war im Kampfgetümmel an der Taubrücke verloren gegangen. Einen Tag und eine Nacht war er im Wachsamen Wald umhergeirrt, und auch heute hatte er den ganzen Tag über nichts als Beeren gefunden, aber die machten ihn nicht satt. Hinter der Brücke, das wusste er, gab es einige Bauernhöfe und Garz hoffte, dort eine Mahlzeit zu bekommen, denn der Weg nach Cavern ins Graue Gebirge war noch weit.

Als die Nacht hereinbrach, suchte er Schutz unter einem umgestürzten Baum. Der Wind blies ihm durch die Kleider und er fröstelte, aber irgendwann schlief er ein.

Am nächsten Morgen erwachte Garz davon, dass sein Magen laut knurrte. Als er sich erhob, wurde ihm schwindlig, und er wusste, dass er ohne etwas zu essen nicht mehr lange durchhalten würde. Er schleppte sich weiter und traute seinen Augen kaum, als er wenig später ein verlassenes Feuer entdeckte, über dem ein dampfender Kessel hing. War das ein Traum? Mit letzten Kräften lief er darauf zu und fand in dem Kessel ein dickflüssiges Gebräu. Es roch merkwürdig, aber das war ihm einerlei. Sein Hunger war übermächtig und ließ ihn alle Vorsicht vergessen. Er schnappte sich die Kelle, die im Gras lag, tauchte sie in den Sud und schlürfte gierig. Auch der Geschmack war eigenartig, aber das störte ihn nicht. Die Suppe war warm und tat seinem leeren Magen gut.

»Na, mein Freund, schmeckt es dir?«

Garz ließ vor Schreck die Kelle fallen. Wo kam diese alte Frau plötzlich her? Er war so sehr mit der Suppe beschäftigt gewesen, dass er sie gar nicht bemerkt hatte. Er sah die Frau entschuldigend an. »Ich hatte solchen Hunger, da konnte ich dieser Köstlichkeit einfach nicht widerstehen.«

»Köstlichkeit, soso«, sagte die Frau, und noch während sich Garz fragte, warum sie dabei so spöttisch lächelte, passierte etwas Sonderbares. Sein Gesicht fühlte sich seltsam an, die Hände kribbelten und seine Knie gaben nach. Er sah die Frau erschrocken an, kippte um und blieb auf dem Rücken im Gras liegen. Er konnte sich nicht mehr bewegen.

»Mein Freund, was du da gerade getrunken hast, sollte eigentlich eine Paste werden, um verspannte Muskeln zu heilen. Wie ich sehe, ist sie aber auch als Medizin zum Einnehmen zu gebrauchen, denn entspannt bist du ganz offensichtlich.« Garz wollte etwas erwidern, doch seine Zunge brachte nur ein unverständliches Lallen zustande.

»Dummkopf«, sagte die Alte belustigt. »Na, das wird dich lehren, einfach ungefragt an irgendwelchen Kesseln zu naschen! Aber mach dir keine Gedanken. In ein bis zwei Stunden sollte die Wirkung nachlassen. Und bis dahin überlege ich mir, was ich mit dir anstelle.« Garz starrte sie an. Ihm kam es ganz so vor, als hätte die Frau eine diebische Freude an seiner misslichen Lage. Wer weiß, vielleicht verarbeitete sie ja mit Vorliebe wehrlose Zwerge zu irgendwelchen Pasten?

»Keine Angst. Mein Name ist Reka und ich werde dir nichts tun. Allerdings wirst du mir, wenn deine Zunge wieder zu gebrauchen ist, erzählen, was du hier treibst.«

Reka! Garz hatte von der Hexe gehört, ihre Künste waren weit über die Grenzen von Andor hinaus bekannt. Und mit diesem Gedanken schlief Garz ein. Er konnte sich nicht dagegen wehren.

Nach einigen Stunden tiefen Schlafs kam der Zwerg langsam wieder zu sich. Als er die Augen aufschlug, sah er in das Gesicht von Reka, die ihn aufmerksam beobachtete.

Mit einiger Anstrengung konnte er sich aufsetzen. »Ich nehme an, du hast gut geschlafen?«, fragte sie.

»Wie du weißt, war es nicht zu verhindern«, antwortete Garz schlecht gelaunt. »Dein Hexengebräu hätte mich fast umgebracht.«

»Ach was, dafür war die Wirkung nicht stark genug«, entgegnete Reka grinsend. »Und jetzt, da du wach bist, erzähl mir, wer du bist und was du hier in der Gegend tust.«

»Mein Name ist Garz und ich bin Handelszwerg von Überall und Nirgendwo«, erwiderte er kurz angebunden.

»Soso, und was treibt dich in diese Gegend?«

»Meine Fähigkeiten sind bekannt und vielerorts geschätzt, aber leichter ließe sich reden, wenn ich etwas zu essen bekommen könnte.«

»Das ist natürlich richtig, aber zuvor möchte ich wissen, wohin du unterwegs warst, bevor wir uns trafen.«

Der Hunger des Zwerges war so groß, dass er kaum noch klar denken konnte. »Nach Cavern.«

»Aha! Was hast du mit den Schildzwergen zu schaffen?«

»Das geht dich nichts an. Ich habe Hunger!«, jaulte Garz.

Die Hexe sah ihn nachdenklich an. Eine tiefe Falte bildete sich auf ihrer Stirn. »Du hast recht, hungrige Zwerge sind nicht sehr redselig.« Sie lächelte.

Garz war verwirrt. Was wollte dieses Weib denn nun schon wieder? Warum grinste sie so komisch? Noch einmal würde sie ihn nicht hereinlegen! Aber zu seiner großen Freude sagte Reka: »Ich werde dir ein Mahl bereiten, das du nicht vergessen wirst. Danach wirst du mir erzählen, was ich wissen will, einverstanden?«

»Einverstanden«, sagte der Zwerg hoffnungsvoll. Sicherheitshalber fragte er: »Aber du willst mich nicht schon wieder vergiften, oder?«

»Nein, nein, keine Sorge. Du musst mir nur noch etwas Gemüse besorgen.«

Garz' Zuversicht verpuffte schlagartig. »Wo soll ich denn hier Gemüse herbekommen?«

»Nicht weit von hier liegt ein Bauernhof. Sehr nette Menschen leben dort. Ihren jüngsten Sohn habe ich vor nicht allzu langer Zeit von einem Fieber geheilt. Sag ihnen, dass ich dich schicke, dann werden sie dir sicher einige Rüben und Kohl geben. Lauf nur hin. Ich setze in der Zwischenzeit das Wasser für die Suppe auf.«

Garz erhob sich rasch. Seine Beine waren noch etwas wackelig und sein Magen knurrte, aber die Aussicht auf eine heiße Suppe trieb ihn beschwingt voran.

Der Pfad, den Reka ihm gewiesen hatte, führte durch ein kleines Wäldchen, und als er dessen Ende erreichte, konnte er den Hof bereits sehen. Er lief an einem Brunnen vorbei auf das Haus zu. Es sah ziemlich alt aus und die Tür stand halb offen. Garz rief einige Male, aber niemand antwortete. ›Sicher sind sie im Garten‹, überlegte er. Ein Kiesweg führte um das Haus herum und die weißen Steinchen knirschten unter seinen Füßen. Als Garz die Rückseite des Hauses erreichte, blieb er wie angewurzelt stehen. Er hatte die Familie gefunden.

Garz taumelte und musste sich an einem Pfosten festhalten. Übelkeit überkam ihn, doch konnte er seine Augen nicht abwenden. Der Anblick, der sich ihm bot, brannte sich in sein Herz. Dies waren nicht die ersten Leichen, die Garz sah. Vor Kurzem war er Zeuge des Überfalls an der Taubrücke gewesen. Viele gute Männer hatten dort ihr Leben gelassen, aber es waren Krieger, die ihr Risiko kannten und wussten, wofür sie kämpften. Diese Menschen hier waren keine Krieger. Sie waren unbewaffnete, harmlose Bauern.

Langsam löste sich Garz von dem grausamen Bild und stolperte durch das Wäldchen zurück zu Reka. Sie saß mit dem Rücken zu ihm am Feuer. Ohne aufzusehen, sagte sie: »Du hast die Familie gefunden, Handelszwerg von Überall und Nirgendwo, nicht wahr? Hab ich nicht gesagt, dass dieses Mahl unvergesslich wird?« Verstört setzte sich Garz ans Feuer und weinte, bis er keine Kraft mehr hatte.

Nach einer Weile sagte Reka: »Du wirst mir helfen, diese Menschen in Würde zu begraben, nicht wahr?« Garz nickte. »Gut. Aber zuvor will ich mehr über deine seltsamen Absichten wissen.« Und da erzählte Garz der Hexe alles, was er über den Dunklen Magier und seine Machenschaften wusste.

NEUE VERBÜNDETE

In der Felsenhalle war es still geworden. Eara war erschöpft zu Boden gesunken und Chada hatte sie in die Arme genommen. Thorn hatte nach Earas Worten sein Schwert ergriffen und gesagt: »Ich kenne den Weg aus der Mine nicht und ich kann allein keine Armee besiegen, aber ich werde nicht tatenlos zusehen, wie dieser Magier das Rietland angreift.«

Da stemmte sich Radan gegen die Felswand und erhob sich ächzend. Grimmig schaute er in die Runde: »Fürst Hallgard muss erfahren, was hier geschehen ist. Wir Schildzwerge werden uns jetzt auf den Weg zu ihm machen.« Die beiden Zwerge, die mit ihm aus dem Brunnen befreit worden waren, nickten zustimmend. Radan sah auffordernd zu Kram hinüber.

»Ich nicht, Radan. Das Rietland braucht Hilfe. Ich werde Thorn begleiten und ihm den Weg aus der Mine zeigen.«

Radan blickte Kram böse an. »Ich wusste es schon immer. Du bist keiner von uns. Wärst du ein wahrer Schildzwerg, würdest du mitkommen.« Er wandte sich ab und verließ ohne ein weiteres Wort die Felsenhalle in Richtung Roteisenstein. Die beiden anderen Zwerge folgten ihm.

Als die drei nicht mehr zu sehen waren, sagte Chada: »Thorn, Kram – auch Eara und ich werden mit euch gehen.« Sie legte ihren Bogen um die Schulter. Dabei stieß sie an eine Schale, die mit Cantharis gefüllt war. Ohne darüber nachzudenken, griff sie hinein und füllte etwas davon in ihren Beutel. Dann half sie der blassen Zauberin auf und nickte Thorn und Kram zu. »Last uns so schnell wie möglich aufbrechen.«

»Du hast recht, Chada. Eile ist geboten«, sagte Kram. »Es gibt von hier aus einen geheimen Gang, der unter der Narne hindurch zum Krallenfels führt. Wir nennen ihn Nehals Gang. Von hier aus ist er der direkte Weg ins Rietland. Allerdings sieht es so aus, als ob die Dunkle Armee ebenfalls diesen Weg genommen hätte. Trotzdem, es ist unsere einzige Chance, alles andere würde uns zu viel Zeit kosten.«

»Ich bin sehr froh, dass wir auf deine Hilfe zählen können, Kram.« Thorn reichte ihm die Hand und sie verließen die Felsenhalle.

Nehals Gang, durch den Kram sie nun führte, war breit und hoch, was aber nicht weiter verwunderte, denn Nehal war ein Drache, der vor vielen hundert Jahren gemeinsam mit dem Schildzwerg Kreatok und dessen Brüdern diesen geheimen Tunnel gebaut hatte. Sie sprachen kein Wort, nur ihre Schritte hallten durch die Dunkelheit. Niemand wusste, ob nicht noch Kreaturen hier unten waren, und durch die vielen Biegungen, die der Gang machte, boten sich für einen Gegner zahllose Möglichkeiten, ihnen aufzulauern. So bewegten sie sich wachsam und vorsichtig vorwärts. Immer wieder verzweigte sich der Gang, aber Kram kannte seinen Verlauf und sie erreichten nach einiger Zeit unbehelligt den Ausgang am Krallenfels. Die Kreaturen hatten sich nicht die Mühe gemacht, ihn wieder zu verschließen, und so konnten die Freunde ohne Schwierigkeiten ins Freie treten. Draußen dämmerte es bereits.

Sie gingen in Deckung und beobachteten die Umgebung. Doch abgesehen von einem kühlen Wind war alles ruhig, und von der Dunklen Armee war nichts zu sehen. Thorn schaute sich erstaunt um. »Merkwürdig. Mein Dorf ist ganz in der Nähe und eigentlich dachte ich, ich kenne mich hier am Krallenfels gut aus. Aber diesen geheimen Eingang habe ich nie bemerkt.«

»Tja, so wie es aussieht, ist er die längste Zeit geheim gewesen ...«, erwiderte Kram betrübt.

Eara, die den Blick in die Ferne gerichtet hatte, flüsterte auf einmal: »Er war hier! Seht doch das Land, das Rietgras und die Bäume.« Thorn, Chada und Kram bemerkten nun auch die Veränderung. Das Rietgras war verdorrt, die Bäume hatten ihre Blätter verloren. Vögel waren keine zu hören und der Himmel von einem grauen Dunst bedeckt. Die Schneise der Verwüstung zog sich durch die Ebene und, soweit sie erkennen konnten, weiter bis zum Rand des südlichen Waldes. Bis zu Thorns Dorf.

Schweigend machten sie sich auf den Weg und folgten der Spur. Auf den Feldern, an denen sie vorbeikamen, waren nur noch verkohlte Halme übrig. Hier und da schwelte es noch und Brandgeruch lag in der Luft.

Als sie Thorns Dorf betraten, spannte Chada ihren Bogen und Kram hielt seine Axt bereit. Thorns Schwert blitzte auf. Nur Eara blickte zu Boden und schien nicht wahrzunehmen, was um sie herum geschah.

Die Hütten waren zerstört, daneben lag totes Vieh. Thorn lief zu den Trümmern und suchte mit aschfahlem Gesicht nach Überlebenden, Chada und Kram taten es ihm gleich, aber sie fanden niemanden. Zum Glück aber auch keine menschlichen Leichen. Der einzige Laut, der zu hören war, war das Krächzen der Raben, die sich an den Kadavern der toten Tiere gütlich taten.

»Hilfe! Bitte helft uns!« Eine Männerstimme, gedämpft, wie aus einem Keller, ließ alle zusammenzucken. Rasch folgten die Freunde ihr und standen bald vor den Resten einer Hütte. Die schweren Holzpfosten lagen übereinander. Thorn kannte die Hütte gut.

»Betram, bist du es?«, rief er aufgeregt und griff nach der ersten Bohle.

»Ja. Elisa und die Kinder sind auch hier unten!«, antwortete die Stimme seines Freundes.

»Seid ihr verletzt?«, fragte Chada.

»Nein. Marta ist bewusstlos, aber sie atmet.«

»Habt noch etwas Geduld«, sagte Thorn. »Erst müssen wir versuchen, die Balken wegzuschaffen.«

Doch bald stellte sich heraus, dass das nicht so einfach war. Die schweren Balken ließen sich nicht bewegen. Kram strich sich über den Bart und überlegte. Dann streifte sein Blick das schwarze Zwergenseil. Damit müsste es gelingen! Er knotete das Seil an einem der Balken fest und legte es um einen kräftigen, unversehrten Baumstamm, der in der Nähe stand. Dann zogen sie mit vereinten Kräften daran, aber der Balken rührte sich kaum. Thorn trat Schweiß auf die Stirn und Krams roter Kopf schien kurz vor dem Platzen, als sich der Balken endlich doch noch mit einem Ruck löste und zur Seite krachte. Es war eine kleine Öffnung entstanden. Ein mageres, verängstigtes Mädchen streckte den Kopf heraus.

»Jutte!« Thorn schloss Betrams Tochter in die Arme. »Ich bin so froh, dass ihr lebt!« Bald hatte es auch Betrams Frau Elisa aus dem Loch geschafft. Mit Marta, Juttes Schwester, mussten sie dagegen sehr vorsichtig sein. Sie hatte das Bewusstsein noch nicht wiedererlangt. Betram hob sie hoch, so weit es ging, und Thorn zog sie behutsam aus dem Loch. Er legte sie Chada in die Arme. Als auch Betram befreit war, versammelten sich alle am Brunnen. Kram hatte Wasser geschöpft und die Familie trank gierig, um den Staub aus ihren Kehlen zu spülen. Schließlich begann Betram zu berichten.

Ohne Vorwarnung war das Unheil über sie hereingebrochen. Trolle und Skrale hatten das Dorf überfallen und gnadenlos gewütet. Männer, Frauen und Kinder waren von den Skralen zusammengetrieben und abgeführt worden, die Männer in schweren Ketten. Währenddessen rissen die Trolle die Hütten ein. Betram hatte sich mit seiner Familie in dem Kellerloch verstecken können, aber als auch seine Hütte zerstört wurde, versperrten die zerborstenen Balken den Ausgang und sie saßen im Keller fest. Wenn Thorn und seine Freunde nicht gekommen wären, hätten sie in diesem Loch sterben müssen.

Kram hatte während Betrams Bericht seine Decke hervorgeholt und um Jutte und Marta gelegt, die mittlerweile wieder zu sich gekommen war. Da geschah es. Starr vor Schreck deutete die kleine Jutte in die Dunkelheit. »Seht doch, die Augen!«

Alle folgten dem ausgestreckten Finger. Tatsächlich, acht gelbe Punkte kamen langsam auf sie zu. Elisa sprang auf und schrie: »Das sind Wölfe!« Chada reagierte schnell und hielt sie fest. Ein kehliges Knurren und Geifern war zu hören. Thorn zog sein Schwert. »Bewegt euch nicht. Bleibt ruhig!«

Die Augen kamen immer näher und schließlich hoben sich die Umrisse deutlich vor der Dunkelheit ab: vier Wölfe mit grauem Fell und Pfoten, so groß wie die Hufe eines Pferdes. Geifer troff aus ihren Mäulern und sie fletschten die gelben Zähne.

Elisa hatte ihre weinenden Kinder an sich gedrückt. Da löste sich Lonas von Chadas Seite, lief einige Schritte auf das Rudel zu und reckte die Schnauze in die Höhe. Seiner Kehle entrang sich ein lang gezogenes Heulen. Chada blickte ihn erschrocken an: Täuschte sie sich oder war er tatsächlich gewachsen? Sein Fell schimmerte schwarz wie Samt und seine Augen leuchteten smaragdgrün auf.

Die Menschen standen dicht beieinander, immer noch in höchster Alarmbereitschaft. Lonas blickte die anderen Wölfe unverwandt an, die zuerst unterwürfig ihre Köpfe senkten, um dann gemeinsam mit Lonas aus fünf Kehlen ein Wolfsgeheul anzustimmen.

Die junge Bewahrerin sah auf das Rudel, und plötzlich verstand sie. Lonas war ihr Leitwolf! Sie wich ein Stück zurück, als Lonas sich von den anderen Wölfen löste und zu ihr zurücktrabte. Doch er stupste sie nur leicht mit der Schnauze an, so wie er es immer getan hatte. Beruhigt nahm sie seinen großen Kopf zwischen ihre Hände und streichelte ihn: »Du hast mich ganz schön erschreckt. Ein Leitwolf bist du also!«

Jutte löste sich aus der Gruppe und schritt auf das Rudel zu. Elisa rief sie zurück, aber ehe sie jemand daran hindern konnte, streckte sie mutig ihre Hand nach einem der Wölfe aus und kraulte ihm den Kopf. Der senkte das Haupt und ließ es geschehen.

Als sich die erste Aufregung gelegt hatte, kamen die Tiere näher und setzten sich zu den Menschen an den Brunnen, die nun besprachen, was weiter geschehen sollte.

»Wir müssen die Kreaturen einholen und versuchen, sie aufzuhalten, bevor sie das ganze Rietland in ihre Gewalt bringen«, sagte Thorn.

Kram war skeptisch. »Wir vier gegen eine ganze Armee? Wir brauchen Unterstützung, und zwar dringend. Nur werden sich die Schildzwerge nicht rühren, denen ist das Schicksal der Rietländer egal.«

»Und die Bewahrer«, sagte Thorn, »verlassen den Wachsamen Wald niemals. Also müssen wir als Allererstes Prinz Thorald vom Vormarsch der Dunklen Kreaturen berichten, denn die Armee bewegt sich geradewegs auf die Burg zu. Er muss die Krieger aussenden, um den Rietländern zu helfen.«

Betram nickte. »Bei der Taverne ›Zum Trunkenen Troll‹ gibt es eine Falknerei. Von dort könnten wir eine Nachricht schicken, die den Prinzen sehr schnell erreichen wird.«

»Eine ausgezeichnete Idee!«, stimmte Kram zu. »Dann lasst uns rasch aufbrechen.«

Kaum hatte er das gesagt, erhob sich einer der Wölfe und legte sich neben Jutte, als würde er das Mädchen einladen, auf ihm Platz zu nehmen. Jutte begriff sofort, stieg auf den Rücken des Wolfes und lachte auf. Betram und Elisa erschraken, erkannten aber bald, dass keine Gefahr drohte. Marta tat es ihrer Schwester gleich und so konnten sich die beiden Kinder von den Wölfen tragen lassen.

Betram nahm sich eine unversehrte Sense mit den Worten: »Ich bin ein Bauer und werde mich und meine Familie mit der Waffe eines Bauern verteidigen.« Stolz sah Elisa ihren Mann an und Chada lächelte. Sie drehte sich zu Thorn um. Dieser blickte ihr in die Augen und lächelte ebenfalls.

Die Nacht war bereits tiefschwarz, als die seltsame Gruppe aus sieben Menschen, einem Zwerg und fünf großen Wölfen das Dorf verließ, mit Thorn und Kram an ihrer Spitze. Betram und seine Frau liefen neben den beiden Wölfen, auf deren Rücken ihre Töchter saßen. Ihnen folgten Chada und Eara. Die Zauberin war immer noch bedrückt und schweigsam. Chada nahm ihre Hand, aber sie hatte keine Idee, wie sie ihr helfen konnte. Den Schluss der Gruppe bildeten Lonas und die beiden anderen Wölfe, die ein ums andere Mal ihre großen Köpfe reckten, um die Ebene im Blick zu behalten.

Die Mädchen hatten sich auf die Rücken der Wölfe geschmiegt. Sanft wurden sie hin- und hergeschaukelt und bald waren sie eingeschlafen. Kram und Thorn unterhielten sich leise und Chada gesellte sich zu ihnen. Betram sah immer wieder zu Eara hinüber, bis er sich ein Herz fasste und zu ihr ging.

»Was ist mit Euch, Herrin? Ihr seht bekümmert aus.« Eara hob überrascht den Kopf.

»Ja, du hast recht. Ich fürchte, dass ihr hier einer Macht gegenübersteht, der ihr nicht gewachsen seid.«

»Nicht gewachsen!«, erwiderte Betram. »Ich glaube, Ihr unterschätzt uns, Herrin. Ihr dürft nicht vergessen, wir sind die Nachkommen derer, denen einst die Flucht aus Krahd gelang. Friedenszeiten sind im Lande Andor immer kurz gewesen, daher sind wir zäh und unverwüstlich.«

»Sicher, Betram, aber Varkur ist ein Magier mit nie da gewesener Macht. Ihm könnt ihr nicht standhalten.«

»Wir sind ja nicht allein, nicht wahr?« Betram lächelte Eara an und fuhr fort: »Glaubt Ihr denn, es ist Zufall, dass eine Zauberin aus Hadria ausgerechnet in dieser finsteren Stunde bei uns ist? Und was ist mit Chada, der Bogenschützin? Die Bewahrer verlassen den Wachsamen Wald niemals, heißt es, und doch ist sie hier. Und Kram! Auch wenn sich die Schildzwerge sonst nicht um das Schicksal der Menschen kümmern: Er ist der eine, der es doch tut. Dann Thorn – er ist der stärkste Krieger, den das Rietland je hervorgebracht hat. Und nun schließen sich uns sogar die Wölfe des Südens an. Ein solcher Bund wird nicht durch Zufall geschlossen. Oder was meint Ihr?«

Auf Earas Gesicht zeigte sich ein vorsichtiges Lächeln. Mit einem hatte Betram recht: Sie hatten sich verbündet – und wer konnte wissen, wozu sie mit vereinten Kräften noch fähig sein würden?

DIE VISION DER HEXE

Reka und Garz waren schon einige Zeit im Rietland unterwegs, denn die Alte war stets auf der Suche nach besonderen Kräutern und anderen seltenen Zutaten für ihre Tränke. Nach dem Vorfall an der Bauernkate hatte der Handelszwerg Reka gebeten, sie begleiten zu dürfen. In der Luft lag Krieg und er wollte auf keinen Fall allein durch das Land streifen. Die Hexe hatte zunächst Zweifel, und dass Garz Geschäfte mit dem Dunklen Magier gemacht hatte, sprach nicht gerade für ihn. Doch der grausame Mord an der unschuldigen Bauernfamilie schien ihn verändert zu haben. Reka glaubte an seine Aufrichtigkeit und beschloss, es darauf ankommen zu lassen.

Sie trafen kaum auf Menschen, und wenn sie an Höfen vorbeikamen, waren diese verlassen und niedergebrannt. Aber hier und da hatten sich immer wieder kleine Gruppen von Bauern vor den Angriffen retten können und Reka versorgte die Verletzten. Garz half ihr, Kräuter zu finden und Elixiere zu brauen. Die Nächte verbrachten sie an abgelegenen Orten, von denen sie hofften, dass die Dunklen Kreaturen sie dort nicht aufspüren würden.

In dieser Nacht legten sie sich nach einer kargen Mahlzeit schlafen. Garz lag etwas abseits im Schutz eines großen Baumstamms. Die Nacht war sternenklar und das Mondlicht warf lange Schatten. Reka hörte Garz leise schnarchen, dann schlief auch sie ein.

Ein Mädchen liegt auf kalten Stufen. Ihr Haar ist schwarz und ihre Augen sind weit aufgerissen. Der Mund öffnet sich zu einem lautlosen Schrei. Unendliche Qual spricht aus ihrem Gesicht. Die Kleidung ist zerrissen und das Blut, das aus zahlreichen Wunden fließt, bildet eine Lache und tropft die Steinstufen hinunter. Am Fuß der Treppe steht eine Gestalt in Nebel gehüllt und lacht ein grauenvolles Lachen …

Mit einem Ruck schreckte Reka aus dem Schlaf hoch. Benommen warf sie die Decke von sich und stand auf. Doch auch als sich der Strudel ihrer Gedanken langsam beruhigte, klang die Vision in ihr nach. Reka hatte das zweite Gesicht und Träume dieser Art überraschten sie nicht. Schon als kleines Mädchen hatte sie Dinge sehen können, die anderen verborgen blieben. Mit der Zeit hatte sie gelernt, damit umzugehen.

Doch nun beunruhigte sie die Deutlichkeit des Traums. War es nicht viel mehr als ein Traum gewesen, fast schon eine Botschaft? Sie konnte sich an jedes Detail erinnern, ganz so, als hätte sie neben dem Mädchen gestanden. Reka wusste, dass sie handeln musste. Sie weckte Garz.

DAS LIED DES KÖNIGS

Es war tiefe Nacht, aber Chada und ihre Begleiter konnten die Spuren der Dunklen Kreaturen dennoch nicht verfehlen, denn sie hatten eine Schneise der Zerstörung hinterlassen. Die Höfe auf ihrem Weg lagen in Trümmern, eine unheimliche Stille umgab sie. Müdigkeit und Erschöpfung krochen ihnen in die Knochen. Da zeigte Betram auf einmal auf einen leuchtenden Fleck in der Ferne.

»Seht, das Licht dort«, rief er aufgeregt. »Das ist die Taverne!« Doch als sie näher kamen, bemerkten sie die Schatten, die sich vor den hell erleuchteten Fenstern bewegten.

Kram kniff die Augen zusammen. »Da wird gekämpft!«, rief er. Eilig näherten sich die Freunde.

Eine Horde Gors, zwanzig vielleicht, hatten das Gasthaus umzingelt. Mehrere Männer, mit Knüppeln und Mistgabeln bewaffnet, versuchten, die Kreaturen abzuwehren. Unter den Männern war ein großer Krieger mit einem kurzen, breiten Schwert, dem es immer wieder gelang, die Gors auf Abstand zu halten. Lange jedoch würden die Menschen dem Ansturm nicht mehr widerstehen können. Gerade hatten sich einige Gors den Bauern von hinten genähert. Ein weiterer war unbemerkt bis zur Eingangstür vorgedrungen. Er hieb mit seiner mächtigen Hornklaue auf das Holz ein.

Aus der Taverne drangen die Schreie von Frauen und Kindern. Mit einem weiteren Hieb durchdrang die Klaue das Holz, als plötzlich ein großer grauer Wolf mit einem gewaltigen Sprung aus dem Dunkel auftauchte und seine Zähne in den Arm des Gors grub.

Damit war das Zeichen zum Angriff gegeben. Die Wölfe hatten das Haus erreicht, Thorn und Kram folgten mit gezogenen Waffen. Kram sprang mit einem Satz zwischen zwei Bauern, die von einem Gor in die Enge getrieben worden waren. Mit einem Hieb seiner Axt brachte er ihn zur Strecke. Thorn stieß in eine Meute von Gors vor, die sich um den großen Krieger gebildet hatte, und tötete zwei von ihnen mit einem Schlag.

Der große Krieger war aufgesprungen. »Ich danke euch! Ihr kommt genau im richtigen Moment!«, brüllte er und streckte zwei Gors nieder, die mit erhobenen Klauen vor ihm standen. Die Kreatur, die hinter ihm auf das Dach der Taverne geklettert war, bemerkte er jedoch nicht. In einem günstigen Moment sprang der Gor los, um sich von hinten auf den Krieger zu stürzen. Doch bevor er sein Ziel erreichte, hatte Chadas Pfeil sein Herz durchbohrt.

Die Bogenschützin hatte sich etwas abseits postiert und schoss ihre Pfeile ab, wann immer sich ein freies Sichtfeld bot. Gerade nahm sie einen anderen Gor ins Visier, als sie weiter rechts eine Fackel aufflammen sah. In ihrem Licht tauchte ein gepanzerter Skral auf einer massigen schwarzen Kreatur auf. Er trieb sein grässliches Reittier an, indem er ihm die Fersen in die Flanken hieb, und schwang die Fackel über seinem Kopf. Chada sah wieder hinüber zur Taverne. Es war nur allzu klar, was der Skral vorhatte. Das Dach war mit Rietgras gedeckt und eine einzige gut platzierte Fackel würde ausreichen, um alles im Handumdrehen in Brand zu setzen. Dann würden die Menschen aus der Taverne fliehen müssen, um nicht zu verbrennen, und vor der Tür brauchten die Gors nur auf sie zu warten und konnten mühelos einen nach dem anderen töten.

Chada versuchte zu zielen, doch es war fast unmöglich, im flackernden Schein der Fackel ein bewegliches Ziel zu treffen. Ihr Pfeil schnellte vom Bogen, prallte aber an der Rüstung der Bestie ab. Mit dem nächsten Pfeil zielte sie auf das Reittier. Aber auch dieser Pfeil prallte an den Schuppen des Untiers ab und es setzte unbeeindruckt seinen Weg fort.

Entsetzt stellte Chada fest, dass ihr nur noch Zeit für einen Pfeil blieb, bevor der Skral auf seinem grauenhaften Reittier eine gute Wurfposition erreicht haben würde. Chada spürte, wie der Schweiß über ihre Hände rann und ihr Herz laut gegen ihre Brust pochte, als sie den Pfeil aus dem Köcher zog. Der Skral hatte die Taverne jetzt fast erreicht. Mit einem Mal stand Eara neben ihr und legte ihr die Hand auf die Schulter. Lautlos, aber deutlich empfing Chada die Worte der Zauberin: ›Halte ihn auf!‹ Die Bogenschützin zielte und der Pfeil schoss glühend von der Sehne. Er zog eine leuchtende Spur durch die Nacht und verschwand fast gänzlich in der Augenhöhle des Untiers. Das Biest strauchelte und riss den Skral mit sich zu Boden. Die Fackel verlosch wirkungslos. Schon waren drei Wölfe über ihm.

Chada atmete tief ein und sah Eara an. »Ich danke dir. Allein hätte ich es nicht geschafft. Geht es dir besser?«

»Ein wenig«, antwortete Eara. »Komm, es ist noch nicht vorbei.« Doch da irrte sie sich. Denn als die Gors sahen, dass ihr Anführer gefallen war, rannten sie in die Dunkelheit davon. Lonas und die anderen Wölfe wollten die Verfolgung aufnehmen, aber Chada rief sie zurück. Sie gehorchten und Lonas trottete zu Chada, die ihm sanft über den Kopf strich.

Da trat der große Krieger auf sie zu: »Ein schönes Tier. Es wundert mich, dass er dir gehorcht. Wenn mich meine Augen nicht täuschen, ist dies der Königswolf.« Zu Chadas

Überraschung neigte der Krieger sein Haupt vor Lonas und stellte sich dann als Orfen vor.

Chada sah Lonas an und sagte liebevoll: »Immer Neues erfahre ich über dich, du Racker.« Orfen warf ihr einen finsteren Blick zu. »Dem Königswolf gebührt mehr Respekt!«, stieß er grimmig hervor und ging davon.

Nach dem Lärm des Kampfes war es nun seltsam still geworden. Die Bauern waren vollkommen erschöpft, ihre Hemden waren von Blut getränkt und viele hatten Verletzungen am ganzen Körper. Thorn half einem Mann auf die Beine. Als ein Quietschen ertönte, blickten alle auf. Die Tür der Taverne wurde geöffnet und heraus trat eine rundliche Frau. Es war Gilda, die Wirtin. Schweigend ließ sie ihren Blick über das Schlachtfeld wandern. Nach einem kurzen Moment sagte sie zu Thorn, der neben Chada und Kram stand: »Wir sind euch zu großem Dank verpflichtet. Ohne eure Hilfe wären wir verloren gewesen. Tretet ein und stärkt euch.«

»Das werden wir gern tun, aber vorher müssen wir einen Falken zur Burg senden. Prinz Thorald muss so schnell wie möglich erfahren, was hier geschehen ist«, sagte Thorn.

»Das wird nicht nötig sein«, erwiderte Gilda. Thorn sah sie fragend an, aber die Wirtin meinte nur: »Aber kommt erst einmal herein, dann erkläre ich euch alles.«

Die Wölfe hatten sich um die Taverne verteilt und hielten Wache, als Thorn und seine Gefährten das Gasthaus betraten. Der Schankraum war voller Menschen. Einige hatten sich in den Ecken ein Nachtlager zurechtgemacht, andere saßen an den Tischen, auf denen dicke Kerzen brannten, die den Raum erhellten. Sogar zwei Ziegen und ein Schaf liefen zwischen den Holzbänken umher. Auf den Decken, die auf dem Boden lagen, saßen die Kinder still beieinander und beobachteten die Neuankömmlinge. Die Erwachsenen hatten graue Gesichter und wirkten völlig erschöpft.

Gilda bot Thorn und den Freunden etwas Suppe und heißen Met an. »Mehr ist leider nicht mehr da«, sagte sie und hob entschuldigend die Schultern.

»Wir wissen, dass es von Herzen kommt, und danken dir sehr dafür«, sagte Chada. Nachdem sie sich gestärkt hatten, setzte sich Gilda zu ihnen und berichtete, was im Rietland geschehen war.

»Der Freie Markt ist von den Kreaturen überrannt worden«, begann Gilda. »Einige Menschen konnten sich retten und sind zu mir gekommen. Ohne Orfen und die tapferen Bauern gäbe es meine Wirtschaft nicht mehr.« Gilda blickte sich um. »Es werden immer mehr Menschen, die Schutz in der Taverne suchen. Sie ist der letzte sichere Ort im Rietland. Nun, jedenfalls haben wir das bis heute Abend geglaubt ...«

»Was ist mit den Bauernhöfen im Rietland?«, wollte Thorn wissen. »Von den meisten war nicht mehr viel übrig.«

»So sieht es überall im Rietland aus«, entgegnete Gilda betrübt. »Und die Bauern, die die Angriffe überlebt haben, wurden gefangen genommen und zur Rietburg verschleppt. Nur wenige haben es geschafft, sich hierher zu retten.«

»Dass die Kreaturen zur Rietburg wollen, haben wir vermutet«, sagte Thorn. »Aber an der Burgmauer wird ihr Raubzug ein Ende haben! Die Krieger des Königs sind die fähigsten Kämpfer im ganzen Land. Die Bestien werden sterben, eine nach der anderen.«

Gilda sah Thorn traurig an, und Orfen, der sich zu ihnen gesetzt hatte, antwortete für sie: »Diese Hoffnung gibt es nicht mehr. Der Prinz und ein Gefolge von etwa hundert Männern haben vor drei Tagen die Burg verlassen.«

»Was? Das ist doch unmöglich!« Thorn schüttelte aufgebracht den Kopf.

»Leider nicht«, sagte Orfen. »Ich habe selbst gesehen, wie sie die Marktbrücke überquerten.«

Thorn war blass geworden. »Was zum Teufel will er auf der anderen Seite des Flusses, wo er doch hier gebraucht wird?«

»Ich weiß es nicht, und das Tun des Regenten und das Schicksal der Rietburg interessieren mich auch nicht besonders. Aber als ich ihn und seine Krieger sah, habe ich gewusst, dass die Bauern und die Taverne in Gefahr sind. Darum bin ich hier.«

»Und dafür bin ich dir sehr dankbar, Orfen«, sagte Gilda. An Thorn gewandt, bemerkte sie traurig: »Es tut mir leid, aber es ist die Wahrheit. Der Prinz hat die Burg verlassen und kein Falke kann ihn erreichen. Jetzt aber gönnt euch ein wenig Ruhe. Ihr müsst neue Kraft schöpfen.« Mit diesen Worten entfernte sich die Wirtin und widmete sich einer Frau, die voller Verzweiflung um ihren ermordeten Mann dasaß und weinte. Tröstende Worte waren Balsam für die geschundenen Seelen in der Taverne.

Eara hatte sich etwas abseits hingesetzt. Marta und Jutte waren nicht von ihrer Seite gewichen. Lange hatte die Zauberin schweigend und wie in einem Nebel vor sich hin gestarrt, aber irgendwann hatte Jutte ihre Hand genommen und ihr ins Ohr geflüstert: »Du brauchst keine Angst zu haben. Ich bin bei dir.« Unter diesen Worten schien sich in Eara ein Knoten zu lösen und ihre Augen wurden langsam wieder klar. Sie drückte Jutte an sich.

Gilda trug inzwischen den Säugling der Frau, um die sie sich gekümmert hatte, auf dem Arm, um der Mutter etwas Schlaf zu gönnen. Sie setzte sich in einen mit Fell ausgeschlagenen Schaukelstuhl an den Kamin. Der Säugling weinte und die Wirtin wiegte ihn sanft hin und her. Dabei summte sie leise und das Kind beruhigte sich. Gilda schien selbst kaum zu bemerken, dass sie angefangen hatte zu singen. In der Taverne wurde es still und alle lauschten dem Lied der Wirtin.

»Aus der Gefangenschaft
eine kleine Schar entfloh,
mit ihnen der junge Brandur,
weit fort nach irgendwo.

Sie brachen auf,
die Flucht gelang,
bis zum Gebirge,
grau und kalt und bang …«

Chada schaute auf. Als Kind hatte sie es geliebt, Geschichten über die tapferen Heldentaten des jungen Königs Brandur zu hören. Als sie dann Lesen gelernt hatte, hatte sie alle Berichte über ihn verschlungen, die sie finden konnte. Aber von dieser Geschichte hier hatte sie noch nie etwas gehört. Sie stammte aus der Zeit, als der König noch ein Sklave gewesen war und nach seiner Flucht aus Krahd hier in Andor für sich und die seinen ein neues Leben begonnen hatte.

Gilda kam gerade zu der Stelle, an der der Drache namens Tarok der Schar im Grauen Gebirge auflauerte:

»Sie trafen den Schrecken der alten Welt,
dort, wo Tod und Qual obsiegt.
Damit die Freunde dem Bösen entkommen,
Brandur standhaft blieb.

Er fand den Schild, der das Licht
aller Sterne in sich birgt.
Und Hoffnung wächst,
wo dieser Zauber wirkt.

Durch Hitze und Rauch
der Drache Feuersalven blies,
der Junge, dem Tode so nah,
sein Schwert stets vorwärts stieß.

Und als er es traf,
das ungeheure Biest …«

Chada bemerkte Earas Blick. Wieder kam es ihr so vor, als hörte sie die Stimme der Zauberin in ihrem Kopf: ›Was ist dies für eine seltsame Geschichte? Hat es diesen Drachen wirklich gegeben und hat Brandur ihn bezwungen?‹ Genau das hätte sie selbst gern gewusst. Chada erwiderte Earas Blick und zuckte mit den Schultern.

»… und der Kampf kam ans End'.

Furcht um sein ewiges Leben
verspürte jetzt der Drache,
und so wich er zurück,
doch schwor er dunkle Rache:

›Solange du lebst‹, schnaubte das Biest,
›hat Frieden seine Zeit.
Doch wenn der Tag deines Todes naht,
mache ich mich bereit.‹«

Als sich die Blicke der Zauberin und der Bogenschützin erneut kreuzten, traf sie plötzlich beide die Erkenntnis wie ein Blitz. Der Drache! War dies der Grund, warum Brandur sterben sollte? Hatten sie endlich Varkurs Pläne erkannt? Ging es ihm genau darum – die Rache des Drachen zu entfesseln?

»›Zeit hat dein Volk,
doch Ruhe mitnichten,
denn wenn du stirbst,
werde ich sie richten.‹

Und so ging der junge Brandur fort
und wurde zum König dann gekrönt.
Sein Wille hatte den Drachen besiegt
und das Volk unter seinem Banner versöhnt.

Denn magst du auch verzweifeln
und deine Drachen übermächtig schein',
denk an den jungen Brandur
und sein Mut wird der deine sein.«

Als das Lied zu Ende war, schliefen die Kinder und die Erwachsenen wirkten gestärkt. Der Wille und die Zuversicht des Königs waren die Grundsteine, auf denen das Land Andor erbaut worden war, daran hatte sie Gildas Lied noch einmal erinnert. Und Wille und Zuversicht waren auch das Fundament für alles, was vor ihnen liegen mochte.

Chada dachte noch einige Zeit über das Lied nach. Varkur hatte wilden Gors und Skralen, ja sogar Trollen seinen Willen aufgezwungen. Sie konnte sich nicht mehr genau an Earas Geschichte erinnern, aber hatte er nicht bereits in Hadria irgendwelche Kreaturen befehligt? Würde ihm dies auch mit einem Drachen gelingen?

Sie erhob sich und ging hinaus, um nach Lonas und den anderen Wölfen zu sehen. Danach würde sie schlafen gehen, denn die Müdigkeit machte sich langsam bemerkbar.

Als sie vor die Tür trat, sah sie Thorn etwas abseits unter einem Baum sitzen. Er hatte sich in eine Decke gehüllt und den Blick in die Ferne gerichtet. Chada wusste nicht recht, was sie tun sollte. Einfach hingehen und sich zu ihm setzen? Aber vielleicht wollte Thorn allein sein und sie würde ihn nur stören?

»Setz dich zu mir«, unterbrach da Thorn ihre Gedanken. »Deine Gesellschaft würde mir jetzt guttun.«

Chada setzte sich mit klopfendem Herzen neben ihn. Als sie in ansah, erkannte sie den Kummer in seinen Augen.

»Was ist es, das dich so bedrückt? Machst du dir Sorgen um die Rietländer?«

»Für einen Krieger ist es nicht sehr löblich, das zuzugeben«, seufzte Thorn, »aber dir kann ich es sagen. Ich habe Angst. Ich habe Angst, dass dieser Dunkle Magier sie alle umbringt und wir nichts dagegen tun können.«

Seine Worte rührten Chada. Sie griff in ihren Umhang und zog das Amulett ihrer Mutter hervor. Zärtlich strich sie darüber und legte es Thorn dann in die Hand.

»Was ist das?«, fragte er, als ihre Blicke sich trafen.

Sie rückte näher zu ihm und antwortete: »Das ist das Amulett meiner Mutter. Es hat mir in schweren Zeiten immer Trost geschenkt. Nimm es. Es soll dich daran erinnern, dass du diese Bürde nicht allein tragen musst. Wir alle hier werden für die Freiheit der Rietländer kämpfen.«

Er lächelte. »Chada, ich bin so froh, dass ich dich getroffen habe.« Fast zaghaft ergriff er das Amulett und betrachtete es. »Es ist wunderschön. Wenn all dies vorbei ist, werde ich es dir wiedergeben.«

Chadas Herz klopfte so heftig, dass sie Sorge hatte, Thorn könnte es bemerken. Da stand er auf, reichte ihr die Hand und zog sie vorsichtig an sich. Seine Arme umschlossen sie und eine wohlige Wärme durchströmte sie. Er sah ihr in die Augen. Dann küsste er sie, und Chada erwiderte seinen Kuss. Für einen endlos scheinenden Moment gab es nur sie beide. Und keinen Gedanken an das Morgen.

EINE BOTSCHAFT IM FEUER

Melkart hatte das Fenster des Archivs geöffnet, beugte sich hinaus und atmete lächelnd die frische Luft des frühen Morgens ein. Die zurückliegenden Tage waren von tiefer Sorge erfüllt gewesen, aber heute fühlte er sich erleichtert und froh, denn alles hatte sich zum Guten gewendet. Reka, die Hexe, war gekommen und hatte erreicht, was niemand für möglich gehalten hatte: Das Fieber, das den König fest im Griff gehabt hatte, war verschwunden und die schwere Verletzung, die der Skral ihm an der Taubrücke beigebracht hatte, war geheilt. Es war Melkart immer noch ein Rätsel, wie Reka vom Zustand des Königs erfahren hatte, aber sie war gekommen und hatte getan, was sie am besten konnte, und so das Leben des Königs gerettet. Jetzt war Brandur genesen und plante bereits die Rückkehr zur Rietburg.

Darüber war Melkart erleichtert, aber er wusste auch, dass er seinen Freund und die Gespräche mit ihm schmerzlich vermissen würde. Zwei oder drei Tage würde der König noch im Wachsamen Wald verbringen, denn beim Angriff der Kreaturen war die Taubrücke gänzlich zerstört worden und die Reparatur erwies sich als schwierig. Doch sobald diese abgeschlossen war, konnte Brandur aufbrechen. Danach würde alles wieder seinen gewohnten Gang gehen und Melkart würde sich endlich wieder seinen eigentlichen Aufgaben widmen können. Die Geschehnisse der letzten Tage mussten aufgezeichnet, ins Archiv aufgenommen und dort, wie seit Anbeginn der Zeit, bewahrt werden.

Der Morgen war noch jung, als Melkart plötzlich einen Feuerschein zwischen den Bäumen wahrnahm. ›Ein Waldbrand!‹ war sein erster Gedanke. Doch dann erkannte er Fackeln, die sich dem Baum der Lieder näherten. Was ging da vor sich? Etwa ein erneuter Angriff?

Die Freude und das Hochgefühl der letzten Stunde waren verflogen. Melkart hastete die Treppe des Archivs hinunter, und als er am Eingang mit einer aufgeregten Wache zusammenstieß, die ihn über das Geschehen im Wald informieren wollte, ließ er den Mann kaum zu Wort kommen. »Schlag Alarm, schnell«, rief er ihm atemlos zu. Die Alarmglocke erscholl und wenige Augenblicke später hatten die Bogenschützen ihren Posten bezogen. Da schallte eine fröhliche Stimme durch den Wald.

»Na, das nenne ich einen gebührenden Empfang! Seid gegrüßt.« Ein prächtig gekleideter junger Mann auf einem großen Pferd näherte sich mit einem Gefolge aus etwa hundert ebenfalls berittenen Männern. Auf den Waffenröcken prangte das Wappen von Andor in schillerndem Rot. Die Bewahrer nahmen ihre Bögen herunter, als sie erkannten, wer dort vor ihnen stand.

»Prinz Thorald! Seid uns herzlich willkommen.« Melkart hatte sich nach einem kurzen Moment der Sprachlosigkeit wieder gefasst und begrüßte Thorald und seine Männer freundlich. Doch die Miene des Prinzen zeigte Besorgnis.

»Mein Vater ist verletzt und ich will ihm die Ehre erweisen, ihn sicher zu seiner Burg zu geleiten. Seine tapfersten Krieger werden ihn eskortieren. Wo ist er?«

»Wir beherbergen ihn in der Hütte der Genesung«, antwortete Melkart und führte den Prinzen und zwei weitere Krieger ins Dorf. Die übrigen Männer saßen ebenfalls ab und folgten in einigem Abstand. Die Bewahrer, die aus ihren Häusern geeilt waren, nachdem sie die Alarmglocke gehört hatten, sahen der Ankunft der Krieger erstaunt zu. Die Männer erreichten die Hütte des Königs, als dieser soeben sein Schwert umlegte. Er wandte sich um, sah Melkart und wollte ihn gerade fragen, was denn das Warnsignal zu bedeuten habe, als er hinter ihm seinen Sohn Thorald und Harthalt, den Schwertmeister, erkannte.

»Vater, du bist wohlauf«, rief der Prinz freudig aus, ging einen Schritt auf ihn zu und wollte ihn in die Arme schließen. Doch als der König gewahr wurde, dass eine Hundertschaft an Kriegern Thorald begleitete, wich alle Farbe aus seinem Gesicht. Wütend packte Brandur seinen Sohn bei den Schultern. »Bei allen Kreaturen der Tiefe, was tust du hier?!«

Prinz Thorald war zu erschrocken, um zu antworten. Warum war sein Vater denn nicht dankbar und erfreut, dass er ihn sicher nach Hause geleiten wollte? Der König starrte ihn fassungslos an, sah das Unverständnis in Thoralds Augen und zischte: »Ich habe dich und die Krieger zum Schutz der Menschen und der Burg zurückgelassen. Alle haben sich auf dich verlassen. Und was tust du? Bist du noch bei Sinnen?« Er ließ den Prinzen los und wandte sich ab, weil er Sorge hatte, er könnte die Beherrschung verlieren.

Thorald hatte seinen Vater noch nie so wütend erlebt. Doch gerade als er zu einer Erwiderung ansetzte, geschah etwas höchst Seltsames. Inmitten der Gruppe erschien auf einmal ein dünner Rauchfaden und gleichzeitig schloss sich in wenigen Augenblicken ein Ring aus Flammen um Brandur, Melkart, Harthalt und Thorald. Erschrocken wichen die Menschen außerhalb des Flammenkreises zurück und starrten auf das, was sich in ihrer Mitte tat. Einige Bogenschützen legten einen Pfeil auf. Der Rauchfaden begann an seinem unteren Ende zu glühen, wurde zischend breiter und plötzlich wirbelte eine gleißende Flamme zwischen den vier Männern. Harthalt griff nach seinem Schwert und stellte sich schützend vor den König. Auch Melkart stand dicht bei ihm und wich nicht von seiner Seite. Eine ungeheure Hitze umgab die vier, doch aus dem Kreis der Flammen gab es kein Entkommen. Da schoss eine Stichflamme in die Höhe und aus dem Feuerwirbel löste sich ein konturloses Gesicht.

»Ein andorischer Feuergeist, aus den Tiefen der Erde!« Melkart konnte das Zittern in seiner Stimme nicht ganz verbergen.

»Schweig, Priester!«, gebot eine zischende, bösartige Stimme. »Ich richte meine Worte allein an den König der Andori. Ich bin der Herold des Dunklen Meisters und überbringe seine Botschaft.«

Brandur schob Harthalt zur Seite. »Deinen Dunklen Meister kenne ich nicht, wundere mich aber, warum er nicht selbst kommt, um seine Nachricht zu überbringen.

Doch sprich weiter und sag, was du zu sagen hast, du Ausgeburt des Bösen«, sprach Brandur mit donnernder Stimme. Melkart bemerkte die wiedererwachte Willenskraft des Königs. Die Müdigkeit und das Alter schienen von ihm abgefallen.

»Du magst den Dunklen Meister nicht kennen, Brandur, aber seinen Werken bist du schon häufig begegnet. Der Angriff auf den Baum der Lieder und der Anschlag auf dein Leben an der Taubrücke trugen sein schwarzes Siegel. Er ist das Böse, das auf diesem Land lastet, und nun hat er die Rietburg eingenommen.«

»So ein Unsinn!«, rief Prinz Thorald im Brustton der Überzeugung, aber der König hob drohend seine Hand. »Schweig, du Narr!«

Der Feuergeist sprach unbeirrt weiter: »Die Männer des Rietlandes sind in seiner Gewalt, ebenso die Frauen und Kinder. Er wird ihnen einen langsamen Tod bereiten, vor dem nur du, Brandur, sie bewahren kannst.«

Der König erstarrte. »Wie?«, fragte er heiser.

»Liefere dich dem Dunklen Meister aus und sie werden frei sein. Dein Leben gegen das deiner Untertanen.« Die Flammen schlugen höher und dic Hitze im Flammenkreis wurde unerträglich. »Aber beeile dich, denn an jedem Tag, den du zögerst, werden Rietländer sterben.«

Das Gesicht in den Flammen verschwand so schnell, wie es gekommen war, in einem Wirbel aus Feuer. Melkart gefror das Blut in den Adern. Mit Entsetzen sah er, wie der König in sich zusammensackte.

»Das war keine leere Drohung«, sagte Brandur mit rauer Stimme, und alle Willenskraft und Hoffnung schien aus ihm gewichen. »Er wird diese unschuldigen Menschen alle töten. Ich muss sofort aufbrechen.«

DER ALTE WEHRTURM

In der Taverne schliefen alle noch, als Chada die Augen aufschlug, und abgesehen von ein paar schnarchenden Bauern war alles ruhig. In der Nacht hatte sie sich irgendwann hineingeschlichen und war mit klopfendem Herzen eingeschlafen. Als sie sich jetzt erhob, musste sie aufpassen, niemanden zu stoßen, denn überall schliefen die Menschen dicht an dicht auf dem Boden. Chada bahnte sich vorsichtig den Weg zur Tür und öffnete diese leise. Draußen bemerkte Lonas sie sofort und trabte zu ihr. Mit der Hand in seinem Fell sah sie sich um und ließ ihren Blick durch das Rietland schweifen. Alles schien ruhig. Chada atmete tief ein und genoss es, einen Moment allein zu sein. Sie dachte an Thorn und den Abend mit ihm, und ein wunderbares Kribbeln breitete sich in ihr aus.

Bald erwachten auch die anderen Menschen in der Taverne und einen Augenblick später wich die Ruhe einem geschäftigen Treiben. Chada ging zurück in die Gaststube, um mit Eara, Kram und Thorn etwas abseits ihr weiteres Vorgehen zu besprechen, während Gilda und einige andere Frauen für ein Frühstück sorgten.

Thorn sah Chada kurz an und ein Lächeln huschte über sein Gesicht. Doch dann sagte er ernst: »Wir müssen so schnell wie möglich aufbrechen. Die Kreaturen treiben die Bauern, die mit ihren Familien noch im Rietland sind, zusammen. Männer, Frauen und Kinder werden auf die Rietburg gebracht, und was dort mit ihnen geschieht, weiß niemand.«

»Orfen sagte mir«, erwiderte Kram, »dass er hier bei Gilda und den anderen in der Taverne bleibt. Aber das ist gut so, denn so sind sie vorerst in Sicherheit und Gilda kann jede Hilfe brauchen, die sie kriegen kann.«

Chada sah Eara an. Sie schien sich in der Nacht erholt zu haben, zumindest hatten ihre Wangen wieder Farbe bekommen. »Ich bin nun wieder ganz bei euch«, sagte Eara in die Runde. »Die Angst hatte von mir Besitz ergriffen und ich wusste nicht, wie ich sie abschütteln sollte. Aber nun geht es mir besser und wir werden gemeinsam einen Weg finden, die Rietländer aus den Fängen der Bestien zu befreien.« Entschlossen umfasste sie ihren Stab.

Sie besprachen ihr Vorhaben noch kurz mit Gilda und Orfen. Dann befahl Chada Lonas, ebenfalls bei der Taverne zu bleiben. »Ich zähle auf dich. Du wirst mit deinem Rudel die Bauern vor den Dunklen Kreaturen schützen. Wenn alles vorbei ist, sehen wir uns wieder.« Sie nahm seinen Kopf zwischen ihre Hände und küsste seine Schnauze. Nachdem sie sich von allen verabschiedet hatten, verließen sie die Taverne »Zum Trunkenen Troll«.

Es war noch ein weiter Weg bis zur Burg und die Spur der Verwüstung zog sich weit durch das Rietland. Manchmal fanden sie einen einzelnen Schuh, den jemand verloren hatte, und jedes Mal stach es Thorn ins Herz und er trieb die anderen zu noch mehr Eile an.

Der Himmel hatte sich bewölkt und über die Ebene zog ein kühler Wind. Auf einem Hügelkamm erblickten sie drei Wardraks, auf denen Skrale saßen. Die Kreaturen wandten die Köpfe hierhin und dorthin und ließen ihren Blick über die Umgebung gleiten. Kram warnte leise: »Das sind Jäger. Sie suchen nach den letzten flüchtigen Bauern, um sie ebenfalls zur Burg zu bringen. Seid vorsichtig, denn wenn sie uns entdecken, ist unser Vorhaben dahin.« Sie schlichen leise weiter und erreichten einen Felsen. Dort verharrten sie, bis die Skrale verschwunden waren, dann setzten sie ihren Weg fort. Es gelang ihnen, unentdeckt zu bleiben, aber sie mussten sich immer wieder verbergen und kamen dadurch nur langsam voran. Als es Abend wurde, fand Eara eine Senke, die von großen Steinen umgeben war. Daneben stand ein einzelner Baum, dessen dichtes herbstliches Blätterdach bis zum Boden reichte und zusätzlich Schutz bot. Hier, so hofften sie, würden sie die Nacht verbringen können, ohne entdeckt zu werden. Aber um ganz sicherzugehen, hielten sie abwechselnd Wache.

Nach einer Nacht ohne Zwischenfälle gingen sie am nächsten Morgen sehr früh los. Sie schlichen geduckt durch das Gras und verbargen sich, wo immer es möglich war. Viele Stunden vergingen, bis sie am Fuß eines Hügels einen großen Findling erreichten. Zusammen mit den Sträuchern, die dort wuchsen, war der mächtige Stein das perfekte Versteck. Als sie in seinem Schatten eine kurze Rast einlegen wollten, sahen sie auf der Anhöhe die Ruine eines Turmes.

»Das ist der Alte Wehrturm«, erklärte Thorn flüsternd. »Jetzt sind wir nicht mehr weit von der Burg entfernt. Früher, als ich dort lebte, bin ich oft zum Turm gegangen, wenn ich Ruhe haben wollte.« Er überlegte kurz und meinte dann: »Von dort oben könnten wir uns ein Bild von der Lage machen und herausfinden, wo sie auf der Burg die

Wachposten postiert haben. Allerdings ist im Innern des Turms inzwischen alles eingestürzt und die Treppe gibt es nicht mehr. Die einzige Möglichkeit, hinaufzukommen, ist die Außenmauer.«

Sie entschieden, dass Thorn und Chada gemeinsam zum Turm gehen sollten. Kram und Eara würden zurückbleiben und hinter dem Felsen auf die Rückkehr der beiden warten. Der Wind hatte aufgefrischt und es begann zu regnen. Vorsichtig krochen Chada und Thorn auf allen vieren durch das Rietgras. Der Regen hatte bereits alles aufgeweicht und schon nach kurzer Zeit war ihre Kleidung kaum noch vom Erdboden zu unterscheiden. Nass bis auf die Haut erreichten sie schließlich das alte Gemäuer.

Der Wehrturm war vor vielen Jahren gebaut worden. Obwohl er inzwischen kaum mehr als eine Ruine war, hatte er immer noch eine erstaunliche Höhe. Moos bedeckte die Steine und in den Ritzen wuchsen allerlei Pflanzen. Chada hatte schon die Hand an die Mauer gelegt.

»Warte«, rief Thorn leise.

»Thorn!« Chada seufzte. »Im Wachsamen Wald klettere ich jeden Tag auf den Baum der Lieder, ganz oben ist mein Lieblingsplatz. Glaubst du, da komme ich nicht auf dieses Türmchen?«

»Das meine ich nicht. Aber die Steine sind tückischer, als sie aussehen. Unter dem Moos haben sie scharfe Kanten, und die meisten sitzen nur noch locker in der Mauer.«

»Danke. Ich werde aufpassen. Und wenn ich abstürze«, fügte sie grinsend hinzu, »bist du ja direkt unter mir. Ich falle also ziemlich weich.« Thorn stöhnte nur.

Sie schauten sich noch einmal um und machten sich, nachdem sie nichts Verdächtiges hatten entdecken können, an den Aufstieg. Es war tatsächlich schwieriger als gedacht, sie kamen nur langsam vorwärts. Etwa auf halber Höhe löste sich plötzlich ein Stein unter Thorns Fuß und fiel hinab.

»Chada«, rief er zu ihr hoch, »mit meinem Gewicht reiße ich noch die ganze Mauer ein. Du musst alleine weiter. Wenn du oben bist, beschreib mir, was du siehst, aber bleibe in Deckung. Von der Burg aus können sie dich erkennen.«

Chada arbeitete sich langsam weiter vor, und als sie schließlich den höchsten Punkt des Turms erreicht hatte, waren ihre Hände von den scharfen Kanten der Steine ganz blutig. »Auf dem Bergfried ist eine schwarze Fahne gehisst«, rief sie so leise wie möglich zu Thorn hinunter, der sich immer noch auf halber Höhe in die Mauer krallte. »Am Burgtor kann ich eine Horde von Trollen erkennen …«

Thorn wollte gerade etwas erwidern, als er plötzlich einen Schlag gegen die Schulter spürte und das Gleichgewicht verlor. Er versuchte sich an die Mauer zu klammern, griff jedoch ins Leere. Im Fallen streifte sein Blick das höhnisch grinsende Gesicht eines Gors, der sich hinter einem Vorsprung verborgen hatte. Thorn hörte noch Chadas Schrei, dann umfing ihn Dunkelheit.

DAS HADRISCHE STUNDENGLAS

Ungeduldig warteten Eara und Kram in ihrem Versteck hinter dem Findling auf Chada und Thorn. Hätten die beiden nicht schon längst zurück sein müssen? Die Zauberin und der Zwerg drückten sich noch tiefer in die Mulde, doch der große Stein und das Gebüsch boten nur wenig Schutz vor dem Regen. Plötzlich hörten sie das Geräusch von Schritten ganz in ihrer Nähe. Aber nicht vom Alten Wehrturm her, sondern aus der entgegengesetzten Richtung.

»Vorsicht, da kommt jemand!«, flüsterte Kram. Eara hielt ihren Stab fest umklammert und auch der Zwerg zog seine Axt. Er war auf alles gefasst. Sollte ein Gor sie angreifen, würde er ihn mit seiner Waffe niederstrecken, bevor er überhaupt wusste, wie ihm geschah. Und Zeit, Alarm zu schlagen, würde Kram ihm ganz sicher nicht lassen. Auch Eara lauschte angespannt.

Als die Schritte nur noch wenige Meter entfernt waren, sprang Kram mit gezogener Axt hervor, aber was er dort erblickte, war kein Gor. Vor ihm stand eine alte Frau. Der Zwerg an ihrer Seite hatte sich vor Schreck auf den Hosenboden gesetzt.

»Oh, noch mehr Zwerge, wie nett!«, sagte die alte Frau grinsend und musterte Kram, doch der ließ sich nicht beirren.

»Wer seid ihr und was treibt ihr hier?«, donnerte er mit erhobener Axt. Da trat Eara zu ihnen.

»Garz! Was machst du denn hier?« Fragend wanderte ihr Blick zu Reka. »Und wer ist deine Begleiterin?«

Der Handelszwerg sah Eara überrascht und erleichtert an. Doch bevor er antworten konnte, drängte Kram sie alle zurück in ihr Versteck: »Kommt mit, es ist viel zu gefährlich, hier herumzustehen!« Erst im Schutz der Mulde stellten sie sich einander vor. Eara betrachtete Garz aufmerksam und Kram spürte ihr Misstrauen. Auch Reka begriff sofort, dass Eara ihnen nicht traute.

»Ich bin Reka, Heilerin da, wo ich gebraucht werde«, erklärte sie. »Ich kenne dich und deine Freundin Chada. Ich habe sie an der Brücke getroffen, in der Nacht, als ihr die Skrale verfolgt habt. Würde ich euch Böses wollen, hätte ich es schon damals tun können. Und der Handelszwerg an meiner Seite hatte eine schwere Zeit. Ich bin sicher, ihr könnt ihm vertrauen.«

»Das haben wir bereits einmal getan«, gab Eara zurück, »aber er ist in der größten Not einfach davongelaufen und hat uns im Stich gelassen.«

»Nun, da stimme ich dir zu: Es scheint eine seiner schlechten Eigenschaften zu sein, das Weite zu suchen, wenn Gefahr droht. Aber schließlich ist er auch nicht gerade der Größte, nicht wahr?« Reka grinste gutmütig, doch Kram war empört: »Was soll das denn heißen?! Die Größe sagt ja wohl nichts über den Mut aus! Aber gut«, fügte er dann etwas ruhiger hinzu, »ich fühle mich zwar durch deine Worte beleidigt, dennoch habe ich den Eindruck, dass wir auf derselben Seite stehen.«

»Sei gewiss, du großer Zwerg mit der furchterregenden Axt, das tun wir«, entgegnete Reka.

»Wie auch immer!«, sagte Kram. »Ich würde gerne wissen, was ihr hier in der Nähe der Burg verloren habt.« Da wurde Rekas Gesichtsausdruck mit einem Mal ernst und sie erzählte Kram und Eara von ihrer Vision des schwarzhaarigen, blutüberströmten Mädchens auf der Treppe.

»Nach diesem Traum«, sagte Reka, als sie sah, wie beunruhigt Eara und Kram waren, »war mir klar, dass ich die junge Bogenschützin auf der Stelle finden muss.«

»Chada ist mit Thorn zum Alten Wehrturm aufgebrochen«, sagte Eara. Sie starrte Kram an. »Wir müssen sofort nachsehen, wo sie bleiben!«

Vorsichtig verließen die vier das Versteck und liefen geduckt den Weg entlang, der zum Alten Wehrturm führte. Der Pfad war matschig und voller kleiner Pfützen. Mittlerweile war der Umhang der Zauberin vollkommen durchgeweicht und die Schuhe wurden durch die Erde, die an ihnen klebte, schwer. Kram hielt immer wieder inne und lauschte, aber es war nichts zu hören.

Als sie den Turm schon fast erreicht hatten, drang ein Stöhnen durch die Stille. Und da sahen sie ihn. Etwas abseits im feuchten Rietgras lag Thorn. Hastig liefen sie hin und Eara kniete sich neben ihn und legte eine Hand unter seinen Kopf. Erleichtert sahen sie, dass er atmete, aber an seiner Stirn klaffte eine Wunde.

»Thorn, kannst du uns hören?«, flüsterte Eara. Langsam kam der Krieger zu sich und blickte sich verwirrt um. »Sie haben Chada«, sagte er schließlich mit erstickter Stimme. Als er versuchte, sich aufzusetzen, verzog er vor Schmerzen das Gesicht und ließ sich wieder zurücksinken. »Als wir an der Mauer hochgeklettert sind, tauchte plötzlich ein Gor auf. Er muss sich irgendwo im Turm verborgen haben, ich weiß nicht, wie er das geschafft hat. Jedenfalls stieß er mich hinunter, und dann wurde alles schwarz. Ich habe noch Chadas Schrei gehört … Ich glaube nicht, dass sie entkommen konnte.«

Kram entfernte sich daraufhin einige Schritte von den anderen und ließ seinen Blick über die Umgebung wandern, konnte aber zu seiner Erleichterung keine Kreaturen entdecken. Reka kniete sich neben Thorn und bat Eara, seinen Kopf auf eine Decke zu betten. Dann besah sie sich seine Stirnverletzung. Thorn blickte fragend zu ihr auf.

»Du wunderst dich, wo ich und dieser andere Zwerg plötzlich herkommen, nicht wahr?«, sagte sie. Thorn stöhnte nur zustimmend. »Nun, das ist Garz, ein Handelszwerg, den ich unterwegs aufgelesen habe, und ich bin Reka. Aber jetzt lass mich deine Stirn ansehen.«

Als Reka Thorns Wunde versorgt hatte, halfen Eara und Kram dem Krieger auf die Beine und gemeinsam schlichen die fünf zurück zum Versteck am großen Findling. Eara und Kram erzählten Thorn nichts von Rekas Vision, denn sie wollten seinen Schmerz nicht noch schlimmer machen. Doch auch so ertrug Thorn kaum die Sorge um Chada.

»Sie werden Chada auf die Burg geschleppt haben«, sagte er, »wie die anderen Bauern auch. Wir müssen dort hinein, sie finden und im besten Fall unbemerkt befreien.« Die anderen sahen ihn ratlos an.

»Die Burg ist gut bewacht und die Mauern sind hoch«,

gab Kram zu bedenken. »Wie sollen wir da hineinkommen?«

Thorn atmete tief durch. »Es gibt eine Schwachstelle, die die Kreaturen vielleicht noch nicht bemerkt haben. Auf der Rückseite der Burg gibt es ein geheimes Ausfalltor. Allerdings lässt es sich nur von innen öffnen. Wenn wir das Tor aufbrechen könnten, wäre das eine Möglichkeit.« Er sah die anderen an.

»Ohne entdeckt zu werden?«, fragte Kram. »So leid es mir tut, Thorn, aber das kann ich mir kaum vorstellen.« Verzweifelt senkte Thorn den Kopf. »Ja, wahrscheinlich hast du recht, Kram …«

Da meldete sich Garz zu Wort. »Du sagtest doch gerade, dass sich das Tor nur von innen öffnen ließe, richtig?« Thorn nickte. »Nun«, fuhr Garz fort, »ich könnte euch hineinlassen.«

»Du?«, rief Thorn. Auch Earas und Krams Blick war voller Misstrauen. Nur Reka sah ihn freundlich an.

»Ja«, fuhr Garz unbeirrt fort, »ich kann in die Burg hineinkommen, denn der Dunkle Magier erwartet mich bereits.« In aller Eile berichtete der Zwerg von seinem Auftrag, das Land Hadria für den Dunklen Magier auszukundschaften. Als er schließlich erwähnte, dass er einen Gegenstand von dort hatte entwenden sollen, starrte Eara ihn mit dunklen Augen an. Sie richtete sich zu voller Größe auf und wirkte plötzlich bedrohlich.

»Was für einen Gegenstand hast du aus Hadria mitgenommen?«, fragte sie schneidend. Unter der Wucht ihres Zorns senkte Garz den Kopf, griff in seinen Beutel und holte etwas hervor, das in ein feines Tuch eingeschlagen war. Der Stab in Earas Händen begann zu zittern und ihre Finger legten sich so fest um ihn, dass die Knöchel weiß hervortraten. »Das ist ein Hadrisches Stundenglas!«

»Ja, genau«, bestätigte der Handelszwerg, »und es war ungeheuer schwer, es zu entwenden.« Eara funkelte ihn böse an, aber Garz fügte arglos hinzu: »Ich weiß nicht, wie es funktioniert, aber dem Dunklen Magier scheint es enorm wichtig zu sein.«

In diesem Moment begriff Eara, dass dies wahrscheinlich das fehlende Glied in der Kette war. Wenn Varkur den Drachen tatsächlich wecken wollte, so konnte ihm dies vielleicht sogar gelingen, aber es wäre immer noch ein schwieriges Unterfangen, ihn zu zähmen und für seine Zwecke zu gebrauchen. Nichts würde den Drachen daran hindern, Varkur mit einem einzigen Feuerstoß in Asche zu verwandeln. Wäre der Dunkle Magier allerdings im Besitz dieses Stundenglases, könnte er sich mit dessen Hilfe die nötige Zeit verschaffen, um das Untier zu bändigen.

Earas Gedanken rasten. Da tat Garz etwas, das alle überraschte. Der Zwerg streckte die Hand aus. »Von mir wird er es nicht kriegen«, sagte er und überreichte Eara das Hadrische Stundenglas.

Die Anspannung in Earas Gesicht wich ehrlicher Verblüffung. »Ich danke dir, Garz«, sagte sie schließlich und nahm das Stundenglas an sich.

Thorn trat ungeduldig zwischen die beiden. »Garz, mir scheint dein Plan der einzige Weg zu sein. Wenn du es tatsächlich schaffst, in die Burg zu gelangen, musst du uns das Ausfalltor öffnen.« Die anderen nickten zustimmend.

»Verlasst euch auf mich. Ich werde tun, was ich kann«, versicherte Garz. Nachdem Thorn ihm beschrieben hatte, wo sich das Ausfalltor befand, verabschiedete sich der Handelszwerg und machte sich auf den Weg zur Rietburg.

EIN WAHRER FREUND

Der Tross von etwa hundert berittenen Kriegern war auf dem Weg zur Rietburg. Sie hatten die Bogenbrücke schon lange hinter sich gelassen, auch die Zwergeneiche hatten sie bereits passiert und waren nun auf dem Weg zur Marktbrücke. Die Spitze des Zuges bildeten König Brandur und Melkart. Der Oberste Priester hatte eine Weile mit sich gerungen, denn schließlich hatte er selbst noch vor Kurzem darauf bestanden, dass nie ein Bewahrer den Wachsamen Wald verlassen dürfe. Doch er spürte, dass etwas Großes und vielleicht Endgültiges bevorstand, und hatte sich als Chronist dem König angeschlossen, um die Geschehnisse aufzuzeichnen und dafür zu sorgen, dass sie nicht in Vergessenheit gerieten. Die Aufgabe der Reiter würde sein, die Menschen in Sicherheit zu bringen, wenn der König sich dem Dunklen Magier ausgeliefert hatte.

Ganz am Ende des Gefolges ritt mit hängendem Kopf Prinz Thorald. Seit dem Erscheinen des Feuergeistes im Wachsamen Wald und seiner furchtbaren Botschaft hatte Brandur kein Wort mehr mit ihm gewechselt.

Immer wieder stießen Kundschafter zu ihnen und berichteten, was sie im Rietland gesehen hatten. Meist waren es zerstörte Höfe und verbrannte Felder, aber nie waren ihnen Menschen begegnet. Hatten die Kreaturen tatsächlich schon alle Überlebenden in die Rietburg gebracht?

Der König hörte sich die Berichte mit versteinerter Miene an. Die Kraft, die er nun aufbringen musste, um sein Volk zu retten, schien ihm übermenschlich, doch stattdessen spürte er in sich nur Mutlosigkeit und Erschöpfung. Wie viele Jahre hatte er diesen Tag gefürchtet? Den Tag, an dem er sterben musste und der Drache das Land heimsuchen würde. Doch nun war es schlimmer gekommen, als er es sich je ausgemalt hatte. Sein Volk zu retten, indem er sich dem Dunklen Magier ausliefern würde, war im Grunde gegen alle Vernunft, denn sie waren nur so lange in Sicherheit, bis der Drache kam, und dieser kannte keine Gnade. Melkart, sein Freund, hatte das gewusst und weise gehandelt, als er die Bewahrer des Wachsamen Waldes aufgefordert hatte, das Land zu verlassen. Sie hatten den Auftrag, alle Pergamente vom Baum der Lieder mitzunehmen und mit Booten nach Sturmtal aufzubrechen. Von dort sollten sie ein Schiff nehmen und weit, weit fortsegeln. Denn Tarok, der Drache, würde auch den Wachsamen Wald nicht verschonen.

›Er ist ein wahrer Freund‹, dachte Brandur, ›denn obwohl auch sein Tod gewiss ist, begleitet er mich.‹ Er beobachtete Melkart, der an seiner Seite ritt und staunend das Rietland betrachtete. Er, der wie alle anderen Bewahrer den Wachsamen Wald niemals verlassen hatte, schien sich jetzt an der Schönheit des Landes nicht sattsehen zu können. Golden wogte das Rietgras und die Weite der Ebene war schier atemberaubend. In der Ferne schienen die Gipfel des Grauen Gebirges bis in den Himmel aufzuragen und fast die Wolken zu berühren. Tiefes Bedauern überkam den alten König, dass Melkart all dies nicht zur Gänze auskosten konnte. Sein Freund ging dem sicheren Tod entgegen und er, Brandur, konnte es nicht verhindern.

Den Gedanken an seinen Sohn versuchte er fortzuschieben, aber es gelang ihm nicht. Immer wieder tauchte Thoralds entsetztes Gesicht vor ihm auf, als der Prinz begriffen hatte, was er angerichtet hatte. Brandur wusste, er würde zusammenbrechen, sobald der Drache kam. Er war zu schwach, um das Land und die Menschen zu verteidigen. Es gab keine Zukunft für Andor, nur Feuer und Tod.

DER PLAN WIRD OFFENBAR

Das Erste, was Chada bemerkte, als ein Schwall Wasser sie aus ihrer Bewusstlosigkeit weckte, war die durchdringende Kälte des Steinbodens, auf dem sie lag. Langsam begann ihr Verstand wieder zu arbeiten. Sie spürte, dass ihre Kleidung zerrissen war und Arme und Hände von Schnittwunden übersät. Sie setzte sich auf und öffnete langsam die Augen. Verschwommen erkannte sie, dass sie sich in der Halle von König Brandur befand. Sie war in der Rietburg! Hatte sich doch noch alles zum Guten gewendet? Doch der kleine

Funke der Zuversicht verlosch, als sie den riesigen Skral erblickte, der sich breitbeinig vor ihr aufgebaut hatte. Schwere Rüstungsteile bedeckten seinen Oberkörper, sein Breitschwert hielt er in der Hand und in seinem Gürtel steckten zahlreiche kleinere Dolche. Chada erkannte ihn sofort. Es war der große Skral, der den Angriff auf den Baum der Lieder angeführt hatte.

Chada zitterte vor Kälte. Langsam stand sie auf, doch als sie nach ihrem Bogen greifen wollte, war dieser verschwunden. Suchend sah sie sich um und bemerkte erst jetzt, dass in der Halle eine merkwürdige Veränderung stattgefunden hatte. Das Licht der Fackeln, die hier einst alles so prächtig hatten glänzen lassen, schien auf seltsame Art verschluckt zu werden. In dem matten Schimmer bemerkte sie plötzlich, dass sich noch jemand im Raum befand. Aus dem grauen Nebel, der den Sitz des Königs umfing, starrten Chada zwei eisige Augen an.

Jetzt löste sich der Nebel von der Gestalt und kam auf Chada zu, gleichzeitig durchschnitt eine Stimme die Stille. Eine Stimme wie die eines geifernden Tieres, das bereit ist, sein Gegenüber zu zerfleischen. »Eine Bewahrerin des Wachsamen Waldes! Was treibt sie hier?«

Als der Nebel Chada fast erreicht hatte, nahm sie all ihren Mut zusammen und rief: »Ich weiß, wer du bist und was du vorhast. Aber du wirst den Drachen niemals erwecken und mit ihm Andor unterwerfen, niemals!« Da schlängelte sich der Nebel an Chadas Beinen empor und kroch unter ihre Kleider. Der Schmerz raubte ihr schier den Atem. Jetzt verstand sie Earas Furcht vor diesem Ungeheuer. Kalter Schweiß trat ihr aus allen Poren, aber kein Schrei löste sich aus ihrer Kehle. Der Dunkle Magier schwieg einen Moment. Dann lachte er leise.

»Niemals ist ein sehr langer Zeitraum. Aber du irrst, Mädchen, denn du hast den Plan nicht ganz durchschaut. Es bedarf keines Drachen, um Andor zu unterwerfen. Dazu reichen schon die Waffen der Schildzwerge, meine Dunklen Kreaturen – und die Dummheit eines Prinzen, der es wahrscheinlich gerade bitter bereut, dass er seine Burg schutzlos zurückgelassen hat.« Ein boshaftes Grinsen zeigte sich auf Varkurs Gesicht. »Ich habe fast alle Rietländer in meiner Gewalt und die Burg ohne viel Aufwand eingenommen. Die Schildzwerge sind alle vergiftet und kommen mir nicht mehr in die Quere. Und die Bewahrer des Wachsamen Waldes kümmern mich nicht besonders. Sie verstecken sich wie Kinder hinter ihren großen Bäumen. Sieh der Wahrheit ins Auge: Andor ist schon längst mein!« Der Nebel hatte sich nun wieder mit Varkur vereint und nur seine Augen und das zur höhnischen Fratze verzerrte Gesicht waren noch zu sehen.

Chadas Wut entlud sich in einem einzigen Schrei. Gleichzeitig streckte sie blitzschnell den Arm aus und riss dem Skral, der neben ihr stand, einen Dolch aus seinem Gürtel. Doch bevor sie sich auf den Dunklen Magier stürzen konnte, hatte die Kreatur sie mit ihrer eisenharten Kralle gepackt und ihr die Klinge mühelos entwunden. Dann schlug der Skral ihr ins Gesicht und sie stürzte zu Boden. Chada schmeckte Blut.

»Dein Einsatz ist kühn, aber leider vergebens«, kommentierte Varkur. »Meine Absichten sind anders, als du glaubst. Hadria, meine einstige Heimat im Norden, ist mein wahres Ziel. Sie haben mich verbannt und dafür werden sie büßen. Ich habe Gors und Skralen und all den anderen Dunklen Kreaturen Andors meinen Willen aufgezwungen, und ist der König erst tot, wird mir auch der Drache gehorchen müssen. Mit seiner Kraft werde ich die Menschen in Hadria leiden lassen für alles, was sie mir angetan haben. Oh, und wie sie leiden werden! Sie werden jammern und klagen, doch ihre Reue wird ihnen nichts mehr nützen im Angesicht des Grauens, das über sie kommen wird!«

Chada spürte die unbändige Wut in der Stimme des Dunklen Magiers. Der Nebel kreiste nun schneller und Varkurs Augen glühten. Die Fackeln an den Wänden begannen zu flackern und selbst der große Skral machte einen Schritt zur Seite, als fürchte er sich vor dem, was gleich geschehen würde.

»Und der Schlüssel zu allem ist Brandur«, stieß Varkur hervor. »Er muss sterben, um den Drachen zu entfesseln!«

»Der König wird sich nicht ergeben!«, schrie Chada und richtete sich auf. »Er ist tapfer und wird dich besiegen!«

Der Dunkle Magier lachte höhnisch auf. »Du Ahnungslose!«, zischte er. »Auch dieses Mal kennst du die Wahrheit nicht. Der König ist bereits auf dem Weg hierher. Aber nicht, um mich zu besiegen, sondern um sich mir zu unterwerfen! Ich habe sein Volk in meiner Gewalt und Brandur weiß, dass ich jeden Einzelnen töten werde, ganz gleich ob Mann, Frau oder Kind, wenn er sich mir nicht ausliefert.« Das boshafte Funkeln in seinen Augen traf Chada bis ins Herz. Wenn das wirklich so war, wie der Dunkle Magier behauptete, dann gab es keine Hoffnung mehr für die Menschen von Andor. Chada sank auf die Knie.

Da klopfte es ans Tor der großen Halle und ein weiterer Skral trat ein. Er schleifte etwas hinter sich her, das Chada zunächst nicht erkennen konnte. »Der hier stand vor dem Burgtor und sagte, Ihr würdet ihn erwarten«, rief der Skral und verbeugte sich.

Mit einer Bewegung, die mehr ein Gleiten als ein Schreiten war, kam der Dunkle Magier auf den Skral zu. Kein Geräusch war zu hören. Der Skral zog sich eilig zurück. Varkur warf einen Blick auf das Etwas am Boden und zischte: »Der Handelszwerg, wie erfreulich. Hast du meinen Auftrag erfüllt?«

Da erhob sich die Gestalt am Boden und plötzlich erkannte Chada, wer es war. »Garz! Du widerlicher Verräter!«, brüllte sie außer sich vor Wut.

Erschrocken starrte Garz einen Augenblick lang Chada

an. Dann warf er sich auf die Knie. »Ja, Dunkler Meister, ich habe alles in Erfahrung gebracht, was Ihr zu wissen begehrt.« Garz' Stimme zitterte und seine Angst war deutlich zu hören, dennoch hasste Chada ihn mit jeder Faser ihres Herzens. Wie hatte er sie alle so schrecklich hintergehen können?

Garz sah unsicher zu Varkur auf und begann seinen Bericht. »Die Befestigungsanlagen von Hadria sind alt und baufällig geworden. Der Meister des Turmes liegt im Sterben und es gibt noch keinen Nachfolger. Die drei Mächte des Meeres wurden besänftigt und die See ist ruhig. Die Bewohner Hadrias wiegen sich in Sicherheit, niemand dort rechnet mit Eurer Rückkehr. Hadria wird Euch gehören, Meister.« Garz verneigte sich unterwürfig. Dann blickte er wieder auf, nahm seinen ganzen Mut zusammen und bemerkte leise: »Ich hoffe, Euch mit meinen Diensten erfreut zu haben. Diese guten Neuigkeiten sind doch sicher eine Belohnung wert, oder?«

»Eine Belohnung?« Varkurs Stimme klang wie das tiefe Grollen eines wilden Tieres. Garz erbleichte. »Die sollst du bekommen«, fuhr der Dunkle Magier fort. »Doch sage mir zuvor: Hast du das bekommen, was du mir bringen solltest?« Die Begierde in Varkurs Augen war offensichtlich und Garz begann zu zittern.

»Äh, nein, Herr, bedauerlicherweise konnte ich es nicht beschaffen.« Garz hatte kaum zu Ende gesprochen, da schnellte der Arm des Dunklen Magiers vor und eine eiskalte Hand packte den Zwerg am Kragen. Der schrie vor Schmerz auf, aber Chada verspürte kein Mitleid mit ihm.

Varkur schleuderte ihn zur Seite und geiferte: »Eine angemessene Belohnung verlangst du? Nun gut, Handelszwerg, die sollst du bekommen!« Er wandte sich dem großen Skral zu. »Sperr die beiden in den Käfig auf dem Burghof. Sie werden die Ersten sein, die morgen hingerichtet werden.«

Chada erstarrte. Dann spürte sie den eisernen Griff des Skrals in ihrem Nacken und sie und der wimmernde Garz wurden hinausgezerrt.

DAS GEHEIME AUSFALLTOR

Nachdem Garz sich zur Burg aufgemacht hatte, blieb Thorn, Eara und Kram nichts anderes übrig, als in ihrem Unterschlupf auf die Nacht zu warten, denn nur im Schutz der Dunkelheit würden sie ungesehen das geheime Ausfalltor der Rietburg erreichen können. Die alte Reka hatte sich entschieden, hier am Findling zu bleiben. Sie sei zu alt, sagte sie, um durch die Nacht zu schleichen, geschweige denn drohende Kämpfe zu überstehen. Sie würde in Sichtweite der Burg bleiben, denn falls es zum Kampf käme, wären ihre Heilkünste sicher vonnöten.

Das untätige Warten fiel Thorn ungeheuer schwer. Unablässig kreisten seine Gedanken um Chada. Wenn ihr etwas zustieße, würde er sich das niemals verzeihen können. Thorn blickte zum Himmel. Er war bedeckt und eine ungekannte Düsternis hatte sich über das Land gelegt. Manchmal, wenn der Wind ein wenig auffrischte, wurden die Wolken beiseitegeschoben und der Mond blitzte auf und tauchte das Land kurz in einen silbrigen Schein – etwas, was sie heute Nacht gar nicht gebrauchen konnten. Immer wieder sahen sie sorgenvoll zum Himmel. Gegen Mitternacht hatte sich die Wolkendecke zum Glück geschlossen und es war endlich vollkommen finster.

»Denkt daran, alles zu verhüllen, was hell ist oder glänzt«, riet Reka ihnen vor dem Aufbruch, »denn diese Dinge verraten euch in der Dunkelheit.« Daraufhin legte Thorn seinen Umhang über sein Schwert und Reka gab Kram ein Tuch für die Axt. Thorn reichte sie eine kleine Phiole. Fragend betrachtete er die schimmernde Flüssigkeit darin.

»Was ist das?«

»Ein besonderer Trank«, entgegnete Reka. »Dem schwachen Gemüt wird er wenig nützen, aber ich spüre große Willenskraft in dir. Trink ihn, wenn du deinem ärgsten Feind gegenüberstehst, und du wirst über dich hinauswachsen.«

»Ich danke dir, Reka. Nicht nur für diese Phiole, sondern für alles, was du in den wenigen Stunden, seit ich dich getroffen habe, für uns getan hast.«

Die alte Frau nickte nur. »Ich wünsche euch allen Glück. Seid vorsichtig, aber erfolgreich. Das Schicksal des Rietlands liegt heute Nacht in eurer Hand.«

Sie verabschiedeten sich von Reka, verließen ihren Unterschlupf und machten sich auf den Weg zum geheimen Ausfalltor der Rietburg. Sie liefen geduckt und hielten die Köpfe gesenkt, denn auch ihre Gesichter zeichneten sich als helle Flecken in der Nacht ab und waren möglicherweise von der Burg aus zu sehen. Da es fast den ganzen Tag geregnet hatte, war die Erde matschig und das Rietgras feucht, aber zumindest Thorn und Kram kümmerte das nicht, sie waren froh, endlich etwas unternehmen zu können. Eara dagegen hielt ihren Stab fest umklammert, denn sie spürte die Nähe des Dunklen Magiers. Konnte es sein, fragte sie sich, dass Varkur ihre Anwesenheit ebenso wahrnahm?

Zumindest schien er sich sehr sicher zu fühlen, denn die Freunde begegneten auf dem Weg zur Burg keiner einzigen Wache und gelangten unbemerkt zum Ausfalltor, das aus groben Holzbalken gezimmert und mit Eisenbeschlägen verstärkt war. Sie blieben reglos stehen und lauschten. Thorn lehnte sich vorsichtig gegen das Tor. Es war verschlossen.

»Wir müssen noch etwas Geduld haben«, flüsterte Eara. Angespannt drückten sich alle drei gegen die Burgmauer und warteten darauf, dass Garz ihnen wie versprochen öffnen würde. Doch je länger sie warteten, desto langsamer schien die Zeit zu vergehen und die Stille dröhnte in ihren Ohren. Es war kalt geworden und Eara hatte sich den Umhang um die Beine geschlungen.

»Und was, wenn er nicht kommt?«, murmelte Kram. »Er ist ein Handelszwerg, vielleicht hat Varkur ihm eine fette Belohnung angeboten und er hat uns verraten?« Keiner sagte etwas dazu, aber Krams Worte ließen auch Thorn nachdenklich werden. Wenn der Handelszwerg sie ans Messer geliefert hatte, würden hier sehr bald die Kreaturen auftauchen. Dann wäre ihr Plan gescheitert und niemand würde Chada und die Bauern aus der Gewalt des Dunklen Magiers befreien. Hatten sie sich so in Garz getäuscht?

Die Kälte wurde immer durchdringender und der Wind hatte aufgefrischt, als sich plötzlich weiße Flocken auf Earas Umhang legten. Es begann zu schneien.

DER KÄFIG

Hark, der große Skralhäuptling, machte sich nicht die Mühe, besonders vorsichtig mit seinen Gefangenen umzugehen. Er schleifte sie aus der großen Halle hinter sich her. Was kümmerte es ihn, wenn sie sich dabei den Kopf an den Wänden stießen oder über scharfe Kanten schrammten? Garz ächzte und winselte wie ein Hund, aber Chada verbot sich, einen Laut von sich zu geben. Als sie im Burghof ankamen, war es fast finster, nur eine einzelne Fackel warf ihr flackerndes Licht in den Hof. Im Schein dieser Fackel sah Chada, was dort mitten im Hof stand: ein Käfig, groß genug, um mehrere Gefangene aufzunehmen. Dicke Eisenstäbe bildeten die Wände, schwere Holzplanken das Dach und den Boden. Hark zog einen Schlüssel hervor, ließ das eiserne Schloss aufschnappen und riss die Käfigtür auf. Mit einer knappen Bewegung stieß er beide hinein. Chada erwartete einen Schlag oder eine andere Bosheit und hob schützend die Hand vors Gesicht, doch der Skral ließ augenblicklich von ihnen ab und warf die Käfigtür zu, verriegelte sie und verschwand in der Dunkelheit.

Chadas Blick fiel auf Garz, der wimmernd auf dem Boden des Käfigs lag. Seine Augen waren weit aufgerissen und er zitterte am ganzen Körper. Die Angst hatte vollständig von ihm Besitz ergriffen, doch Chada hatte alles andere als Mitleid mit ihm. Sie kochte vor Wut, packte den Zwerg und drückte ihn gegen die Gitterstäbe.

»Warum hast du das getan? Du elendes Stück Dreck!« Sie holte aus und war kurz davor, dem Zwerg ins Gesicht zu schlagen. Da erklang aus dem Burghof Gelächter und einer der Skrale rief: »Der kleine Dicke wird die Nacht im Käfig wohl nicht überleben.« Die anderen Skrale stimmten johlend zu.

Als Chada sich wieder Garz zuwandte, hatte dieser schützend die Arme vors Gesicht gehoben. »Es ist nicht so, wie es scheint«, wisperte er. »Lass es mich erklären.«

»Dann beeil dich«, gab Chada kühl zurück, »und wage nicht, mich anzulügen!«

Stockend begann Garz zu erzählen. Er berichtete von Reka, der Hexe, die er im östlichen Rietland getroffen hatte, und wie er beim Anblick der toten Bauernfamilie erkannt hatte, dass es nicht richtig war, dem Dunklen Magier zu dienen. Chada sah ihn zweifelnd an.

»Gerade eben sah es aber so aus, als würdest du ihm sehr wohl dienen. Oder hast du etwa nicht vor ihm gebuckelt und ihm von Hadria berichtet?«

In diesem Moment ließ sie ein harter, metallischer Schlag gegen die Gitterstäbe zusammenzucken. Ein Skral hatte sich unbemerkt dem Käfig genähert. »Haltet endlich das Maul, sonst stopfe ich es euch«, knurrte er. Erschrocken schwiegen Chada und Garz.

Erst als der Skral sich wieder entfernt hatte, fuhr der Zwerg flüsternd fort. Er erzählte, wie Reka und er auf Eara und Kram gestoßen waren und Thorn am Alten Wehrturm gefunden hatten. Als Chada erfuhr, dass Thorn lebte und Reka seine Wunde versorgt hatte, spürte sie, wie ihr ein Stein vom Herzen fiel. Doch im nächsten Augenblick kamen ihr Zweifel. War die Gefahr wirklich vorüber? Und konnte all das wirklich stimmen? Woher sollte sie wissen, dass Garz nicht log und in Wahrheit ganz andere Absichten verfolgte, als er ihr gerade weiszumachen versuchte?

Chada sah dem Zwerg direkt in die Augen: »Ich würde dir gerne glauben. Aber wer sagt mir, dass du nicht der Verräter bist, für den ich dich halten muss?«

Garz sah sie trotzig an. »Thorn hatte so etwas vorausgesehen.« Der Handelszwerg griff unter sein Wams und zog einen glänzenden Gegenstand hervor. »Hier. Er bat mich, dir das hier zu geben.« Chada erkannte es sofort: Es war das Amulett ihrer Mutter, das sie Thorn in der Nacht an der Taverne geschenkt hatte.

Garz zögerte kurz, dann sagte er verlegen: »Er liebt dich sehr.« Chada wandte den Kopf zur Seite, damit er nicht sehen konnte, wie rot sie wurde. Plötzlich war alle Wut auf Garz verflogen und sie empfand für einen kurzen Moment großes Glück.

Chada sah sich, so gut es im flackernden Licht der Fackel möglich war, im Burghof um. In einer Ecke lagen Wardraks und nagten an einem riesigen Stück Fleisch. Es stank fürchterlich. Als die Bogenschützin genauer hinsah, erkannte sie das Fell eines Pferdes. Unweit ihres Käfigs konnte sie Piken, Knüppel und einige Schwerter ausmachen, die achtlos auf einen Haufen geworfen waren. Mitten in dem Durcheinander entdeckte sie auch ihren Bogen Audax, aber er lag unerreichbar weit weg. Als der Wind zunahm und kalt durch die Gitterstäbe des Käfigs blies, rückten Garz und Chada enger aneinander, denn die Wärme des anderen tat gut.

»Garz, was hast du eigentlich wirklich hier in der Burg gewollt?«, fragte Chada mit einem kurzen Seitenblick auf den Zwerg. Da begann Garz vom geheimen Ausfalltor und dem Plan, die anderen heimlich in die Burg zu lassen, zu erzählen. Chada staunte, hatte sie dem Zwerg diesen Mut doch nicht zugetraut, aber der meinte bloß: »Ja, es war ein guter Plan, aber er hat nicht funktioniert. Ich war überzeugt, der Dunkle Magier würde mich gehen lassen, wenn ich ihm genug über Hadria erzählen würde. Aber anscheinend war ihm das Hadrische Stundenglas wichtiger, als ich angenommen hatte.«

Da hörten sie plötzlich Schreie. Zwei Skrale stemmten ächzend den großen Balken zur Seite, der das Burgtor verschloss, und als die beiden Torflügel aufschwangen, sahen sie drei Skrale, die auf Wardraks heranritten und eine große Zahl Menschen in die Burg trieben. Es waren Frauen und Kinder, außer sich vor Angst. Ihre Kleider waren zerrissen, ihre Körper von Schürfwunden und Blutergüssen gezeichnet. Die Kinder drängten sich an ihre Mütter, denn die Kreaturen schwangen zischend ihre Peitschen, wenn es ihnen nicht schnell genug ging. Im Burghof wurden die Menschen von weiteren Skralen erwartet, die sie packten und, soweit Chada sehen konnte, den Burghügel hinauf auf die Rückseite der Burg trieben. Die Kinder weinten und schrien, aber es gab niemanden, der ihnen helfen konnte.

Chada fühlte sich unendlich mutlos und ihre düsteren Gedanken drehten sich wie in einer Spirale, immer und immer weiter, bis sich plötzlich ein Bild dazwischenschob: Lonas, ihr Wolf. Einen kurzen Moment konnte sie seine smaragdgrünen Augen vor sich sehen und die Erinnerung an ihn beruhigte sie ein wenig. Hätte sie ihn doch nur herrufen können! Doch als sie sich im trostlosen Burghof umsah, verschwand das Bild so schnell, wie es gekommen war, und die Kälte und der Kummer nahmen sie wieder vollständig in Besitz. Sie glitt zu Boden und stille Tränen rannen ihr über die Wangen.

DAS KÖNIGSRUDEL

Orfen, der Krieger, und Gilda, die Wirtin, saßen vor der Taverne »Zum Trunkenen Troll«. In der Gaststube war es den ganzen Tag über sehr beengt gewesen und Gilda genoss es, sich einen Moment lang um nichts kümmern zu müssen, sondern einfach die Beine auszustrecken. Orfen dagegen stierte griesgrämig vor sich hin.

Gilda mochte mürrische Menschen nicht besonders. Das Leben war schwer genug, da war es nicht nötig, andere mit herunterhängenden Mundwinkeln zu belästigen. Sie stieß Orfen kräftig den Ellbogen in die Seite.

»Was soll das, Weib?«, rief er erschrocken. »Bist du verrückt geworden?« Doch Gilda sah ihn mit blitzenden Augen an.

»Du gehst mir mit deinem langen Gesicht ganz schön auf die Nerven, weißt du das? Kannst du eigentlich auch lächeln?«, fragte sie spöttisch.

»Ja. Wenn der Anlass dazu da ist«, grunzte Orfen nur.

Gilda lachte auf. »Mein Ururgroßvater war auch so einer wie du, und soll ich dir sagen, wie er gestorben ist? Der Blitz hat ihn auf dem Scheißhaus getroffen. Ja, so war das, und dir wird es auch so ergehen, wenn du nicht aufpasst. Aber vielleicht ziehe ich dir vorher auch eins mit der Pfanne über, weil ich deine Laune nicht mehr ertragen kann! Überleg es dir also lieber noch mal.« Orfen blickte sie verwirrt an und Gilda fragte sich schon, ob so viele Worte auf einmal nicht doch zu viel für ihn gewesen waren, da verzog er das Gesicht und fing laut an zu lachen. Zufrieden lehnte sich Gilda zurück.

Beide beobachteten nun die majestätischen Wölfe, die nach wie vor ihre Kreise um die Taverne zogen. Sie hatten seit gestern mehrere Angriffe der Gors vereitelt und die Menschen, die immer zahlreicher in die Taverne kamen, beschützt. Um ihnen allen eine Unterkunft bieten zu können, hatte man einfache Zelte aus Tierfellen aufgestellt. Zwar war es darin kalt, aber sie schützten immerhin vor dem eisigen Wind.

Schließlich meinte Gilda: »Gerne würde ich mehr über dieses Wolfsrudel erfahren. Weißt du etwas darüber?«

»Das ist eine lange Geschichte ...«, antwortete Orfen und machte keine Anstalten, fortzufahren. Aber Gilda sah ihn nur drohend an und er verstand. »Ich kenne auch nicht alle Einzelheiten«, fing er an, »aber was ich erfahren habe, werde ich dir erzählen. Die Wölfe leben schon seit vielen hundert Jahren in der Ebene von Andor. Sie hatten immer genug zu fressen und es gab genug Platz für jeden. Doch alles änderte sich, als die Gors auftauchten. Sie lauerten den Wölfen auf und rissen sie, wann immer sie konnten.

Eines Tages, vor über zwanzig Jahren, war König Brandur mit einigen seiner Krieger im Grauen Gebirge unterwegs. Die Gors griffen mittlerweile nicht nur die Wölfe, sondern auch die Menschen an, und die Männer wollten das Gebiet erkunden und die Gors zur Strecke bringen. Da stießen sie auf eine große Wölfin. Sie lag schwer verletzt im Gras und ein Gor setzte ihr übel zu. Brandur erkannte, was vor sich ging, und eilte zu ihr. Mit einem Hieb seines Schwertes tötete er den Gor. Die Krieger wollten gerade der Wölfin den Todesstoß versetzen, um sie nicht länger leiden zu lassen, als der König ihnen Einhalt gebot. Er blickte das Tier an und erkannte, dass es trächtig war. Er ließ Reka herbeirufen, die Hexe, die auch kurze Zeit später eintraf und sich um das verletzte Tier kümmerte. Seltsamerweise blieb die Wölfin ruhig und duldete Rekas Behandlung, allerdings nur, wenn der König in der Nähe war. Entfernte er sich, konnte die Heilerin nichts für das Tier tun. Es fletschte die Zähne und schnappte nach der Frau.

Nach einigen Tagen ging es der Wölfin besser und der König fand eine geeignete Höhle für sie. Reka und der König blieben, bis die Wölfin ihre Jungen bekam. Es waren fünf prächtige Welpen. Weil der König in der Wildnis um sie fürchtete, ließ er drei seiner Krieger bei ihr zurück. Sie sollten die Höhle Tag und Nacht bewachen, denn er spürte, dass diese Wölfe etwas Besonderes waren. Es vergingen einige Monate, bis die Wölfe herangewachsen waren, dann aber kehrten zwei der drei Krieger zur Rietburg zurück. Von nun an nannte man diese drei Männer die Wolfskrieger. In der folgenden Zeit tauchte das Wolfsrudel immer wieder in der Nähe des Königs auf und schützte ihn und seinen Sohn Thorald vor Gefahren.«

Schweigend hatte Gilda zugehört. »Und was ist aus dem dritten Wolfskrieger geworden?«, wollte sie schließlich wissen. Doch sie ahnte die Antwort bereits.

»Dieser hatte sich an die Freiheit der Wildnis gewöhnt und sie schätzen gelernt. Außerdem hatte er sich in den Bergen in eine Frau verliebt und sich entschlossen, nicht mehr zur Burg zurückzukehren. Und jetzt sitzt er hier neben dir.«

Still beobachteten sie den schwarzen Leitwolf, der unweit von ihnen stand. »Eines verstehe ich noch immer nicht …«, fing Gilda an.

Orfen zuckte mit den Schultern. »Du fragst dich, warum sie jetzt einer Bewahrerin des Wachsamen Waldes gehorchen? Dafür habe ich auch keine Erklärung.«

Mit einem Mal, als hätte Lonas ihr Gespräch gehört, stellte er die Ohren auf und reckte seine Schnauze witternd in die Luft. Dann begann er zu heulen. Die anderen Wölfe sammelten sich um ihn und taten es ihm gleich. Der Leitwolf sah noch ein letztes Mal zur Taverne, dann wandte er sich ab und lief mit seinem Rudel davon.

»Was hat das jetzt wieder zu bedeuten?« Gilda sah den Krieger neben ihr ratlos an. Orfen nickte bedächtig und sagte: »Er wurde gerufen.«

FLÜCHTLINGE

Es war bitterkalt geworden und noch immer fiel Schnee. Seit Stunden hockten Eara, Kram und Thorn dicht gedrängt an der nördlichen Burgmauer und warteten. Doch Garz war nicht gekommen und das Ausfalltor blieb verschlossen. Die Freunde waren erschöpft und ihre Glieder steif von der Kälte. Als es langsam hell wurde, sahen sie, dass der Schnee sich wie eine weiße Decke über das Land gelegt hatte. Plötzlich vernahmen sie ein Geräusch. Hinter dem Tor bewegte sich etwas.

»Garz?«, flüsterte Eara.

Das Tor öffnete sich knarrend. Rasch erhoben sich die Freunde, duckten sich jedoch vorsichtshalber in den Schutz der Mauer. Das war ihr Glück, denn nicht Garz kam aus dem Tor. Es war ein Skral! Bleich im Licht des anbrechenden Tages, hatte er ihnen den Rücken zugewandt und schleppte einen erschlafften Körper mit sich. Thorn, der ihm am nächsten stand und sein Schwert bereits gezogen hatte, sah, wie der Skral den Körper in den Schnee schleuderte und sich dann umdrehte. In diesem Moment bemerkte er Thorn. Doch bevor der Skral Alarm schlagen konnte, hatte Kram ihn mit einem gewaltigen Hieb seiner Axt niedergestreckt. Schwarz sickerte das Blut der Kreatur in den Schnee.

Eara eilte zu dem reglosen Körper, den der Skral kurz zuvor von sich geschleudert hatte, aber jede Hilfe kam zu spät. »Was haben sie ihm nur angetan?«, flüsterte Eara, als sie die klaffende Wunde in der Brust des Mannes und die Schnitte in seinem Gesicht sah.

»Eara, dafür haben wir jetzt keine Zeit.« Thorn legte ihr sacht die Hand auf den Arm. »Das Ausfalltor steht offen und wir müssen uns beeilen.« Er packte den toten Bauern, zog ihn so behutsam wie möglich ein Stück vom Tor weg und legte ihn in einiger Entfernung an die Mauer. Auch den

Skral hievten sie dorthin und hofften, dass die Leichen nicht entdeckt würden.

Dann schlüpften sie durch das geheime Ausfalltor, Kram mit erhobener Axt vorweg. Doch sofort wurde ihnen klar, dass sie hier, innen an der Burgmauer, völlig ungeschützt und leicht zu entdecken waren. In höchster Alarmbereitschaft schauten sie sich um. Sie befanden sich auf der Rückseite der Burg. Zwischen ihrer Seite der Burgmauer und dem inneren Teil der Burg standen zahlreiche kleinere Hütten. Daneben waren einige Kammern in den Fels gehauen und dienten, wie Thorn wusste, als Vorratsräume für Obst und Gemüse. Die Kammern waren mit dicken Holzbalken gesichert und mit schweren Schlössern abgesperrt, denn in den langen Wintern mussten die Vorräte rationiert werden. Geduckt wechselten sie in den Schatten einer Hütte hinüber. Da hörten sie aus einer der Kammern plötzlich Stimmen.

Vorsichtig schlichen sie näher und spähten durch die Schlitze zwischen den Balken. Im Dunkel konnten sie nicht viel erkennen, aber es waren eindeutig Menschen in der Kammer, und als diese bemerkten, dass man sie beobachtete, wurden sie unruhig. »Wer seid ihr?«, kam eine ängstliche Stimme aus dem Dunkel.

»Habt keine Angst«, wisperte Eara, »wir sind ein Zwerg, ein Rietländer und eine Zauberin aus Hadria, und wir sind hier, um euch zu helfen, aber ihr müsst leise sein!« Kram zog seinen Casamatuc hervor und steckte ihn in das Schloss.

Die Menschen in der Kammer drängten sich an die Tür. Nach einer gefühlten Ewigkeit sprang das Schloss endlich auf. Die Frauen und Kinder drängten durch die Tür und wollten auf der Stelle die Flucht ergreifen. Thorn nahm die erste Frau bei der Hand und hielt sie fest.

»Runter! Hier wimmelt es von Kreaturen, denen ihr sofort in die Arme laufen würdet. Aber wir haben einen Ausgang gefunden. Wir holen euch hier raus, doch ihr müsst Ruhe bewahren!«, raunte er ihr zu. Thorn wartete, bis sich die Menschen ein wenig gefasst hatten, dann rief er leise: »Folgt mir!«

Die Gesichter der Menschen waren voller Furcht, als sie dicht hintereinander an der Mauer entlangschlichen. Zwei Frauen trugen Säuglinge auf dem Arm, die so erschöpft waren, dass sie an den Schultern ihrer Mütter einfach weiterschliefen. Als sie das Ausfalltor erreicht hatten, ohne einer Kreatur begegnet zu sein, flüsterte Thorn: »Lauft in Richtung Westen, bis ihr außer Sichtweite der Burg seid. Dann lauft Richtung Süden bis zur Taverne ›Zum Trunkenen Troll‹. Die Wirtin heißt Gilda und wird euch Obdach geben. Aber seid auf der Hut, denn es kann sein, dass noch immer Kreaturen im Rietland herumstreunen und nach Menschen Ausschau halten.«

»Wir danken euch von ganzem Herzen«, sagte eine der Mütter zum Abschied, dann brachen die Frauen und Kinder auf in die Richtung, die Thorn ihnen beschrieben hatte.

»Kommt«, sagte Kram zu Eara und Thorn, »es sind noch mehr Menschen in den Kammern. Eile ist geboten!« Die beiden folgten ihm. Sie entdeckten noch zwei weitere Kammern, in denen Frauen und Kinder gefangen gehalten wurden. Die Kreaturen in der Burg schienen sich sehr sicher zu fühlen, denn auch hier hatten sie keine Wachen zurückgelassen. Und so konnten auch diese Menschen befreit werden.

Das zunehmende Tageslicht und unvermeidliche Missgeschicke machten es allerdings immer schwerer, unbemerkt zu bleiben. Ein kleiner Junge, der auf dem Weg gestürzt war und sich das Knie aufgeschlagen hatte, wollte gerade anfangen zu weinen, doch Eara nahm sich seiner an. Sie legte ihm die Hand auf die Schulter. Der Junge hielt erstaunt inne. Kurze Zeit später stand er auf und lief weiter, als hätte es den Schmerz in seinem Knie nie gegeben.

Thorn dachte kurz an Gilda, die sich über die Befreiung der Flüchtlinge zwar sicher freuen würde. Aber wie sollte sie all diese Leute versorgen? Es waren so viele! Eine der Bäuerinnen hatte Thorn auf dem Weg zum Ausfalltor flüsternd beschrieben, wo sich die Männer befanden, und nachdem auch die Frauen und Kinder aus der letzten Kammer die Burg verlassen hatten, machten sich die drei sofort auf den Weg.

Die Männer hatte man nicht in Kammern gesperrt, sondern in eine Kaverne, die tief in den Hügel geschlagen worden war. Thorn kannte diesen großen unterirdischen Raum.

Hier wurden die Weinfässer der Burg gelagert, und nur der Keltermeister besaß den Schlüssel zu dem schmiedeeisernen Tor, mit dem die Höhle gesichert war.

Doch als sie in die Nähe der Kaverne kamen, sahen sie fünf gepanzerte Skrale, die vor dem Tor Wache hielten. Versteckt hinter einem Mauervorsprung wollten Eara und Kram gerade besprechen, wie sie weiter vorgehen sollten, als Thorn plötzlich die Deckung verließ, auf die fünf Skrale zulief und lauthals brüllte: »Hey, ihr da! Habt ihr nichts Besseres zu tun, als vor einer verschlossenen Tür herumzustehen?« Die Skrale starrten ihn einen Moment lang sprachlos an, dann kam plötzlich Leben in sie. Mit ungeheurer Geschwindigkeit setzten sie Thorn nach. Der rannte an den Hütten vorbei, die Kreaturen immer hinter ihm her. Eara und Kram indes sahen sich an und begriffen mit einem Mal Thorns Plan. Vor dem Tor stand nur noch ein einziger Skral. Kram lächelte Eara an und hob seine Axt.

DIE HINRICHTUNG

Chada hatte die ganze Nacht keinen Schlaf gefunden. Es war bitterkalt im Käfig. Garz war zwar irgendwann eingeschlafen, hatte sich aber im Schlaf unruhig hin und her gewälzt und ein ums andere Mal aufgeschluchzt. Mitleid überkam Chada, denn wenn er die Wahrheit sprach, hatte der Zwerg großen Mut bewiesen. Wäre sein Plan aufgegangen, so hätte sie ihm sogar ihre Rettung zu verdanken gehabt. Sie beobachtete die Skrale auf dem Burghof und fragte sich, wie es der Dunkle Magier schaffte, sie alle unter Kontrolle zu haben. Chada erinnerte sich an das, was Eara ihr über den Magier erzählt hatte. Er hatte sich geweigert, auf Reisen zu gehen, sein Mentor hatte daraufhin entschieden, den Schüler für viele Jahre Dienst als niederer Zauberer tun zu lassen. Danach waren schreckliche Dinge geschehen und Varkur hatte in seiner unbändigen Wut sogar seine eigene Schwester getötet. Und jetzt war er in Andor und marterte die Andori.

Chada dachte an Thorn. Sie vermisste ihn sehr. Irgendwann hatte es zu schneien begonnen und der Schnee legte sich wie eine weiße Decke auf den Burghof. Die Kälte wurde schier unerträglich.

Die Skrale hatten in der Nähe der Burgmauer ein Feuer entfacht, dort war es windgeschützt und warm. Chada erinnerte sich an den Wachsamen Wald und die wunderbaren Abende am Feuer, wenn Melkart ihr Geschichten erzählt und sie in die Flammen geblickt hatte und irgendwann wohlig eingeschlafen war. Wie viel war seither geschehen! Und jetzt sollte alles damit enden, dass Varkur sie hinrichten ließ? Dann waren dies die letzten Stunden ihres Lebens. Sie ertrug es nicht, darüber nachzugrübeln. Stattdessen dachte sie an Eara, Thorn und Kram. Ihre Freunde würden nicht tatenlos sein.

Es wurde gerade hell, als plötzlich eine kalte Stimme über den Platz hallte: »Ein neuer Tag ist angebrochen und Brandur ist nicht hier. Er zieht es weiterhin vor, sein Volk für sich sterben zu lassen.« Varkur war vor die große Königshalle getreten und schritt nun hinab auf den Burghof. »So lasst die Hinrichtungen beginnen. Schafft die Gefangenen zum Richtblock!« Chada konnte ihn vom Käfig aus genau beobachten. Er war ganz in Schwarz gekleidet und sah aus wie eine große, bösartige Krähe. Vor dem Weiß des Schnees wirkte er inmitten des grauen Nebels, der ihn umhüllte, noch finsterer. Der Blick seiner rot unterlaufenen Augen glitt über den Burghof. Hark, der große Skral neben ihm, wich nicht von seiner Seite.

Sie schritten auf eine Art Podest zu, das die Skrale für Varkur gezimmert hatten. Es war ein alter, umgedrehter Holzkarren, an dessen Seite sie schwere Holzpfosten angebracht hatten, um das Podest zu erhöhen. Auf den Pfosten steckten, wie ein makabrer Schmuck, bluttriefende Pferdeköpfe. Varkur nahm auf einem großen hölzernen Stuhl Platz. Die Kreaturen duckten sich unter seinem Blick und stellten sich in einigem Abstand vor das Podest.

Garz war bei Varkurs grausamer Ankündigung aus dem Schlaf hochgeschreckt. Mit weit aufgerissenen Augen verfolgte er die Szene, die seinen nahen Tod ankündigte. Als ein Skral die Tür des Käfigs öffnen wollte, klammerte sich der Zwerg an die Gitterstäbe.

Plötzlich rief eine Kreatur von der anderen Seite des Hofes: »Den hier haben wir an der Kaverne entdeckt.« Sie stieß einen Mann vor sich her, der mit groben Stricken gefesselt war und sich kaum bewegen konnte. Aus einer Verletzung am Kopf floss Blut. Chadas Herz krampfte sich zusammen und der letzte Funke Hoffnung erstarb, denn auch wenn sie sein Gesicht auf die Entfernung nicht genau erkennen konnte, wusste sie auch so, dass der Mann Thorn war.

»Ah, noch mehr Futter für die Wardraks«, rief Varkur voller Spott. »Ein weiteres Opfer zu Ehren eures tapferen Königs. Du wirst der Erste sein, der heute hingerichtet wird!«

Thorns Augen brannten vor Zorn. Chada sah, wie er sich mit aller Kraft gegen den mächtigen Skral aufbäumte, aber ohne Erfolg. Der Skral packte Thorn und zerrte ihn zu dem hölzernen Richtblock, der vor dem Podest des Dunklen Magiers stand. Chadas Verzweiflung schmerzte tief in ihrer Brust. Thorn so sehen zu müssen, war schlimm genug. Aber ihm nicht helfen zu können, gefangen in diesem Käfig, raubte ihr beinahe den Verstand. Sollte das das Ende sein?

In diesem Moment kam ein weiterer Ruf, diesmal vom Torhaus, und sein Echo hallte über den Hof: »Meister, der König!«

Varkur hatte sich augenblicklich erhoben und starrte angespannt auf das Burgtor, ebenso wie Thorn, den der Skral mit eisernem Griff gepackt hatte. Merkwürdig, dachte Chada, dass ihr jetzt gerade die Schneeflocken auffielen, die wie gefrorene Tränen vom Himmel fielen. Dann öffnete sich das Tor und der Schnee wurde knirschend zur Seite geschoben. Morgenlicht flutete in den von Schatten durchzogenen Burghof.

Und da kam der König, das Haupt hoch erhoben und den Blick fest auf den Dunklen Magier gerichtet. Seine Schritte waren langsam, aber ohne jedes Zögern. Er trug die einfache Rietgraskrone von Andor, deren Schlichtheit ihn noch größer erscheinen ließ. Auf seinem Waffenrock prangte das Wappen von Andor, die Sternblume, und der purpurrote Umhang über seinen Schultern leuchtete im Schnee. Sein graues Haar jedoch war zerzaust und sein Gesicht blass und eingefallen. Auch der alte Krieger an seiner rechten Seite, der wie der König den Blick fest auf Varkur gerichtet hatte, trug das Wappen von Andor. An Brandurs anderer Seite erblickte Chada einen Mann, den sie hier, fernab vom Wachsamen Wald, niemals erwartet hätte. Melkart! Wie war das möglich? Chada umklammerte die Gitterstäbe. ›Die Bewahrer verlassen den Wachsamen Wald niemals!‹ Jahrelang hatte Melkart ihr diese Worte gepredigt – und jetzt schritt er hier, fern vom Baum der Lieder, durch das Tor der Rietburg. Sollte dieser Albtraum denn gar kein Ende nehmen? Melkarts sonst so strahlendes bodenlanges Gewand trug die Spuren der Reise, und das lange braune Haar war mit grauen Strähnen durchzogen. Die Falten in seinem Gesicht waren tiefer, als Chada sie in Erinnerung hatte, aber der Ausdruck darauf war entschlossen.

Plötzlich wandte er den Kopf und sah ihr direkt in die Augen. Als die Erkenntnis über ihn kam, dass es Chada war, die in diesem Käfig saß, verschwand für einen Augenblick die Entschlossenheit in seinem Gesicht. Chada bemerkte sein Entsetzen und rüttelte mit aller Kraft an den Stäben ihres Käfigs. Doch Melkart lächelte und schüttelte kaum merklich den Kopf. Dann schritt er weiter an Brandurs Seite auf Varkur zu. Das Tor wurde wieder zugezogen, aber bevor es sich endgültig schloss, konnte Chada im letzten Moment noch die Krieger des Königs vor der Burgmauer sehen.

Da glitt der Nebel, der Varkur immer umgab, auf den König zu und kreiste drohend um ihn. Hark hatte sich in der Nähe postiert und wartete auf die Anweisungen seines Meisters. Als der Nebel Melkart und Harthalt erreichte, die sich schützend neben Brandur drängten, sanken sie unter Schmerzen auf die Knie. Eine unnatürliche Stille breitete sich über dem Burghof aus. Chada sah wieder zu Varkur. Seine Miene war voller bösartiger Zufriedenheit.

»Brandur! Von einem König hätte ich mehr erwartet. Deine Burg einzunehmen war nicht gerade eine Herausforderung!«, rief er von seinem Podest herab und seine Stimme triefte vor Spott. »Deine Rietländer haben wir von den Feldern gepflückt wie reife Früchte. Nichts, aber auch gar nichts haben sie gegen mich ausrichten können. Jetzt wird mir deine Burg für eine Weile ein guter Stützpunkt sein.«

»Wir haben eine Vereinbarung«, rief Brandur mit lauter Stimme. »Lass die Menschen des Rietlandes frei.«

»Das werde ich. Wie versprochen werden die Frauen und Kinder gehen dürfen. Die Männer allerdings ... Sagen wir so, sie werden mich und meine Kreaturen über den Winter bringen. Die Skrale haben die Rietländer zum Fressen gern.« Diese lachten widerwärtig und leckten sich ihre Mäuler. »Mit dem Frühling werden wir nach Norden ziehen und Hadria unterwerfen.«

Brandur wurde aschfahl bei diesen Worten. Hark packte ihn brutal im Nacken und zerrte ihn von Harthalt und Melkart fort. Unbarmherzig stieß er den König vor den Richtblock und drückte seinen Kopf auf das Holz. Die Krone von Andor fiel in den Schnee. Langsam erhob Hark seine Klinge. Brandur drehte seinen Kopf zur Seite und sein Blick traf Chadas. Chada fragte sich, ob er sie erkannte. Voller Zuneigung für den alten Mann dachte sie an die letzten Zeilen des Liedes, das Gilda in der Taverne gesungen hatte:

Denn mögest du auch verzweifeln
und deine Drachen übermächtig schein',
denk an den jungen Brandur
und sein Mut wird der deine sein.

»Jetzt wirst du sterben!«, zischte Varkur und seine Augen glühten begehrlich auf. An Chadas Seite stand Garz und schluchzte bitterlich, aber Chada konnte die Augen nicht von dem König wenden. Thorn zerrte an den Stricken, mit denen er gefesselt war. »Töte ihn!«, befahl der Dunkle Magier. Da senkte sich die Klinge …

Eine geisterhafte Stille lag über dem Burghof. Alle hielten den Atem an, aber irgendetwas stimmte nicht. Für einen Moment dachte Chada, dass Hark zögerte. Doch dann erkannte sie die Anstrengung im Gesicht des Skrals. Die Bewegung des breiten Schwertes war unnatürlich langsam. Um den Skral herum hingen die Schneeflocken bewegungslos in der Luft.

Da erklang eine volltönende Frauenstimme vom Hügel hinter Varkur. Chada wusste, wem diese Stimme gehörte. Eara! Mit der einen Hand hatte sie ihren glühenden Stab umfasst, in der anderen hielt sie eine große Sanduhr und fixierte Hark, dessen Schwert immer noch in der Luft hing.

»Die Bauern sind befreit, bringt den König in Sicherheit!«, rief sie.

Chada sah zum König. Melkart hatte sich aus seiner Starre gelöst und sprang zu Brandur hinüber. Blitzschnell zog er ihn vom Richtblock weg. Nur eine Sekunde später donnerte Harks Schwert ins Holz.

DIE SCHLACHT BEGINNT

Varkur riss die rot unterlaufenen Augen auf. Da stand sie, die Zauberin aus Hadria. Er hatte ihre Anwesenheit bereits in der Mine der Schildzwerge gespürt. Dort hatte sie mit den Zwergen in den Tod gehen sollen, doch nun stand sie hier, in ihrer Hand das Hadrische Stundenglas. Sein Stundenglas! Wie konnte sie es wagen, ihn schon wieder um seine Beute zu bringen! Schon einmal hatte sie seine Pläne durchkreuzt, als sie an der Taubrücke Brandurs Leben gerettet hatte. Dieses verdammte Weibsstück! Lodernder Hass überkam ihn. Doch halt – er musste seine Gedanken ordnen, denn jetzt stürmte die Zauberin an der Seite eines Zwerges mit einer Horde Bauern den Burghügel herunter.

»Wo bleiben deine Gors?«, brüllte Varkur Koram, den Gor-Häuptling, an. »Haltet das Weib und diese Bauernmeute auf. Tötet jeden Einzelnen von ihnen!« Der Gor erwachte aus seiner Starre und bellte einen Befehl. Eine Gruppe von Gors, die das Podest umringt hatte, scharte sich um ihren Anführer und folgte ihm den Hügel hinauf, den Bauern entgegen. Wie Ratten krochen weitere Gors aus allen Ecken des Burghofes. Es war ein ungleicher Kampf, denn die meisten Bauern waren nur mit Knüppeln oder Steinen bewaffnet.

›Die Gors werden sie zerfleischen‹, dachte Varkur voller Befriedigung. Er fixierte Hark, der sich noch immer vergeblich damit abmühte, sein Schwert aus dem Richtblock zu ziehen. Mit einer Bewegung seines Zauberstabs löste der Dunkle Magier die große Waffe aus dem Holz. Dann drang Varkur in Harks Geist ein und der Skral wurde von einem einzigen Gedanken erfasst: »Töte den König! Er darf nicht entkommen!«

Kaum eine der Kreaturen hatte bisher auf den König geachtet, der die Gelegenheit genutzt hatte und, geschützt von einem Bewahrer und einem Krieger, in Richtung Burgtor geflohen war. Doch nun marschierte der Skral mit großen Schritten hinter ihnen her. Hark würde sie zur Strecke bringen, dessen war sich Varkur sicher. Und danach, beschloss der Dunkle Magier, würde er auch Hark töten müssen, denn er hatte am Richtblock kläglich versagt.

Während seine Blicke Hark folgten, streckte Varkur die Tentakel seiner Gedanken bereits nach den Trollen vor der Burg aus. Sie mussten die Kämpfer des Königs, die auf der Ebene vor dem Burgtor warteten, vernichten, bevor sie zu einer Gefahr werden konnten.

Fast wäre ihm das Herannahen der Zauberin entgangen. Ihr Stab glühte hell, als sie ihn schwang, und Varkur musste sich blitzschnell drehen, um ihren Schlag mit seinem eigenen Stab zu parieren. In einem mächtigen Knall stoben die Funken, als die beiden Zauberstäbe aufeinanderprallten. Mit Wucht wurde die Zauberin durch die Luft geschleudert und schlug hart auf dem Boden auf. Varkur betrachtete sie einen Augenblick. Überrascht hielt er inne, als er den einfachen braunen Umhangstoff erkannte, wie ihn die Zauberer der Feste von Yra in der Ausbildung trugen. Sie war nur eine Schülerin! Vermutlich im letzten Abschnitt der Ausbildung, und nun sollte sie ihre Zauberkräfte in Demut erproben. Nun, Demut würde er sie schon noch lehren!

Auf dem Boden neben ihr erblickte er das zerbrochene Stundenglas. Wo war dieser verfluchte Handelszwerg, der ihn verraten und das Glas seinen Feinden überlassen hatte? Jetzt war es für beide Seiten verloren! Varkurs Blick schweifte durch das Schneegestöber. Mit Genugtuung bemerkte er, dass der Handelszwerg zusammengekrümmt auf dem Boden des Käfigs lag. Einer seiner Skrale war gerade dabei, mit einer Lanze nach der anderen Person in dem Käfig zu stechen. Doch das Mädchen, die Bewahrerin, wand sich geschickt unter der Lanze hindurch. Mit einer leichten Bewegung seines Stabes entzündete der Dunkle Magier den vorderen Teil der Lanze. Zuerst erschrak der Skral, doch einen Augenblick später erkannte er, dass er nun eine fürchterliche Waffe in den Händen hielt. Varkur grinste gierig. Der Tod dieses widerspenstigen Mädchens war längst überfällig.

Doch noch wichtiger war der König. Er war, wie Varkur feststellte, fast beim Torhaus angelangt, Hark dicht auf seinen Fersen. Unter keinen Umständen durfte Brandur entkommen! Varkur konzentrierte sich auf das Burgtor. Es war nach dem Eintreffen des Königs nicht verschlossen, sondern nur zugeschoben worden. Der Dunkle Magier richtete seinen Zauberstab auf das Burgtor, und mit einem lauten Krachen donnerte der wuchtige Balken davor und verschloss es wieder. Der König saß in der Falle.

Doch kaum war dies geschehen, hörte Varkur einen Kampfruf – so laut, dass er den Tumult im Burghof übertönte. Ein hünenhafter Krieger hatte sich vor den heranstürmenden Kreaturen aufgebaut, schwang seinen Zweihänder und köpfte mit einem Schlag einen Wardrak. Schwarzes Blut spritzte in den Schnee. Dann machte der Krieger eine Drehung, dass sein blauer Umhang um ihn wirbelte, durchschlug die Panzerung eines Skrals und teilte ihn glatt in zwei Teile. Ein Ring von Kreaturen bildete sich um den Krieger, aber seine enorme Kraft ließ Varkurs Diener Abstand halten. Da sandte der Dunkle Meister seinen Nebel aus, der nun schwarz und bissig wie ein Tier auf den Krieger zuglitt. Noch ehe der Mann wusste, wie ihm geschah, hatte der Nebel ihn umfangen und zu Boden gedrückt. Laut schrie er auf, doch nun zogen die Kreaturen den Kreis enger um ihn. Sie hoben ihre Klauen und Schwerter.

Zufrieden wandte sich Varkur ab und stieg gemessenen Schrittes vom Podest. Die Zauberin war verschwunden, aber das kümmerte ihn nicht. Viel zu lange hatte er sich mit

Bauern, Kriegern und Handelszwergen beschäftigt. Es waren der König und natürlich der Drache, die seine Aufmerksamkeit verdienten. Die Schlacht tobte, doch Varkur wandelte unbeeindruckt und wie ein Geist durch den knöcheltiefen Schnee. Teilnahmslos betrachtete er die Bauern und Kreaturen, die um ihn herum kämpften, verwundet wurden und starben, bis plötzlich ein Bauer mit einer erbeuteten Klinge in seinen Weg sprang.

Es war ein Jüngling, kaum älter als 18 Jahre, doch in seinem Blick war etwas Kraftvolles. Wille! »Für König Brandur!«, schrie der Junge mit einer viel zu hohen Stimme. Varkur lächelte, doch nur für einen Augenblick. Denn im nächsten hatte der Knabe sein Schwert gegen ihn erhoben und zog es ihm kraftvoll quer über den Oberkörper. Es war, als würde in diesem Moment die ganze Schlacht innehalten. Alle Blicke ruhten auf dem Dunklen Meister. Blut schimmerte auf seiner Brust, schwarz und dampfend in der kalten, klaren Morgenluft. Er taumelte.

Mit großen Augen musterte er erst den Jungen, dann die klaffende Wunde in seiner eigenen Brust. Durch eine leichte Bewegung seines Zauberstabes verebbte der Blutstrom. Dann holte er aus und schlug den Bauernjungen mit so entsetzlicher Wucht, dass dieser mehrere Schritte weit weggeschleudert wurde. Noch in der Luft umfingen ihn lodernde Flammen und zischend krachte der tote Körper in den Schnee.

Der Schlachtenlärm setzte wieder ein, doch nun gingen die Kreaturen heftiger als zuvor auf die Bauern los und die meisten der Andori verließ der Mut. Sie wichen vor den Kreaturen zurück und versuchten sich in den vielen Winkeln und Gebäudevorsprüngen der Burg zu verbergen. ›Die Schlacht ist gewonnen‹, dachte Varkur befriedigt, und nun konnte er sich auch endlich dem König zuwenden. Hark hatte ihn in der Nähe des Burgtors erreicht und hieb mit mächtigen Schlägen auf den alten Krieger ein, der sich schützend vor den König gestellt hatte. Brandur selbst schien sich kaum noch auf den Beinen halten zu können und lag hustend in den Armen des Bewahrers, der versuchte, ihn fortzuzerren.

Als Varkur einen Moment die Lider schloss, sah er die großen, glutroten Augen des Drachen. In den Tiefen des Grauen Gebirges, tiefer, als je ein Schildzwerg vorgedrungen war, breitete Tarok seine schwarzen Schwingen aus und giftiger Rauch drang aus seinen Nüstern. Spürte er, dass sein einstiger Widersacher dem Tode nahe war? Varkur dachte daran, wie schwierig es sein würde, den Drachen zu zähmen, jetzt, da das Hadrische Stundenglas zerbrochen war. Doch gleichzeitig fühlte er eine große Erregung aufkommen. Es war endlich an der Zeit, sich dieser Herausforderung zu stellen.

DER WELPE DES KÖNIGS

Es war kalt auf der Ebene zwischen dem Alten Wehrturm und der Rietburg. Die Männer um Prinz Thorald in ihren scharlachroten Umhängen froren. Seit der König, begleitet von Melkart und Harthalt, zur Burg aufgebrochen war, war unablässig der Schnee gefallen, hatte die Spuren der drei verwischt und die Krieger langsam eingehüllt. Thorald hatte seither das Burgtor nicht aus den Augen gelassen.

Sein Vater, der König, lieferte sich ans Messer, um die gefangenen Andori zu befreien. Dieses Opfer würde sein

Volk retten. Er, Prinz Thorald, wäre nach dem Tod seines Vaters König von Andor. Er und seine Krieger würden die freigelassenen Andori in Empfang nehmen, um sie in Sicherheit zu bringen. Doch was dann? Wohin sollten sie alle gehen? Er wusste es nicht. Ein einziger Albtraum war das. Und wenn sich der Dunkle Magier nicht an sein Versprechen halten würde? Dann müsste er, Thorald, eine Schlacht gegen ihn führen. Was für eine grauenhafte Vorstellung!

Schon die ganze Zeit hatte Thorald die Trolle vor der Burgmauer beobachtet. Riesig waren sie. Eine ungeheure Angst ergriff ihn und nur mit sehr viel Mühe konnte er ein Schluchzen unterdrücken. Der Prinz sah die Feuerschale vor dem Burgtor, in der, seit er denken konnte, das Ewige Feuer brannte – das Symbol für die Stärke der Menschen. Nun aber hatte es sich verändert. Die Flammen leuchteten violett und jeder auf der Burg wusste, was das bedeutete: Gefahr!

Thorald spürte die missbilligenden Blicke der Krieger auf sich und wandte sich ab, wusste er doch, dass die Verantwortung für dieses Unheil ganz allein bei ihm lag. Selbstmitleid überkam ihn, doch da drangen plötzlich Schreie zu ihnen herüber. Die Krieger sahen gebannt zur Burg.

»Das ist keine Hinrichtung«, rief schließlich einer von ihnen, »da wird gekämpft!« Unruhe packte die Männer. Ein großer Krieger mit stahlblauen Augen ritt an Thoralds Seite und fragte: »Mein Prinz, sollten wir nicht versuchen zu helfen?«

»Aber wie, Armond?«, jammerte Thorald und sah angstvoll zur Burg hinüber. »Wie sollen wir das anstellen?«

»Wir sind die Krieger des Königs und können unmöglich hier warten und zusehen, wie dort oben gekämpft wird. Uns bindet ein Eid. Eher sterben wir, als ihn zu brechen.« Bei diesen Worten zuckte Prinz Thorald zusammen. Irgendwas musste er tun, da hatte Armond recht, aber was? Wie sollte er wissen, ob er sich nicht falsch entschied? Aber die Entscheidung wurde ihm abgenommen. Als die Schreie auf der Burg immer lauter wurden, erhoben sich die Trolle vor der Burgmauer und stapften mit erhobenen Keulen auf die Krieger zu. Jemand – oder etwas – hatte ihnen das Signal zum Angriff gegeben.

»In Schlachtformation!«, brüllte Armond neben Thorald, ohne den Befehl seines Prinzen abzuwarten. »Auf die Pferde, Männer!«

Die Männer griffen nach den Zügeln ihrer Pferde, saßen auf und brachten sich in Stellung. Die Kreaturen ihrerseits bewegten sich in einer Art Halbkreis auf die Hundertschaft der Krieger zu. Die Pferde wieherten und Armond lenkte die Männer mit knappen Befehlen. Thorald saß ebenfalls auf und sah sich um. Ohne sich selbst bewegt zu haben, war er unversehens mitten in die Schlachtreihe geraten.

»Schwerter!«, rief Armond neben ihm und Thorald ergab sich in sein Schicksal. Er zerrte an seinem Schwert, doch das hatte sich im Gurt verhakt. Als er es endlich in der

Hand hielt, zitterte er am ganzen Leib. Noch nie zuvor hatte er an einer Schlacht teilgenommen. Da preschten die Pferde neben ihm auch schon los. Schnee wirbelte auf und sein Pferd galoppierte hinter den anderen her. Armond führte sie Richtung Nordosten. Hier waren größere Lücken in den Reihen der Trolle. ›Ein guter Einfall‹, dachte Thorald, ›so werden wir nicht eingekesselt. Und wenn der Durchbruch gelingt, dann haben wir vielleicht doch noch eine –‹ Weiter kam er nicht. Sein Pferd war ins Straucheln geraten. Thorald verlor den Halt, rutschte aus den Steigbügeln und kippte aus dem Sattel. Nach dem Aufprall überschlug er sich einige Male, aber das hohe Gras und der Schnee federten den Sturz ab. Er rappelte sich auf und erkannte nun mit Schrecken, was sein Pferd aus dem Tritt gebracht hatte. Gors! Wie monströse Pilze schossen sie aus dem schneebedeckten Rietgras. Sie hatten sich hier wohl schon vor einiger Zeit auf die Lauer gelegt, wahrscheinlich sogar vor dem ersten Schneefall.

Viele Pferde scheuten vor den plötzlich auftauchenden Kreaturen und rissen ihre Vorderläufe in die Höhe. Thorald sah, wie ein Reiter nach dem anderen stürzte, während die Trolle unaufhaltsam auf sie zustampften. Dann hörte er ein Geräusch unmittelbar hinter sich, und noch bevor er sich umgedreht hatte, wusste er, dass es ein Gor war. Panisch griff er an seinen Schwertgurt und musste erkennen, dass er sein Schwert wohl bei dem Sturz verloren hatte. Die Kreatur schüttelte den Schnee ab, blickte ihm in die Augen und leckte sich über das Maul. ›Er wird mich fressen‹, war das Letzte, was Thorald durch den Kopf ging. Dann verlor er das Bewusstsein. Der Gor setzte zum Sprung an und landete auf Thorald, der rücklings ins Gras gekippt war.

Aber noch ehe die Kreatur ihrem Opfer die Zähne ins Fleisch schlagen konnte, war ein großer schwarzer Wolf über ihr, zerrte sie von dem Prinzen weg und tötete sie mit einem Biss in die Kehle. Der Wolf kehrte zum Prinzen zurück und schnupperte kurz an ihm, dann reckte er die Schnauze in die Höhe und heulte. Es war Lonas, der Königswolf. Er hatte den Welpen des Königs gerettet, wie dieser einst ihn vor dem sicheren Tod bewahrt hatte.

Jetzt witterte er Chada und den König. Wie ein Pfeil jagte er über das Schlachtfeld und vier weitere Wölfe folgten ihm.

GRIMMIGE ENTSCHLOSSENHEIT

Chada sah durch die Gitterstäbe, wie Eara und Kram an der Spitze der Bauern den Burghügel hinunterstürmten. Hell leuchtete der Stab der Zauberin auf, als sie auf Varkur zuhielt. Die beiden Zauberstäbe prallten aufeinander und in einer Explosion aus Farben und Licht wurde Eara zurückgeschleudert. Im selben Moment hörte Chada Garz schreien. Die Lanze eines Skrals hatte ihn an der Schulter getroffen und er sank zu Boden. Nun versuchte der Skral, Chada zu treffen. Doch sie fand Halt an der Decke des Käfigs und hob die Beine an. Die Lanze sauste unter ihr hinweg. Dann trat Chada durch das Gitter und traf den Skral an der Brust. Der ließ sich nicht beirren und stach erneut zu. Chada ließ los, packte blitzschnell die Lanze und zog mit einem Ruck daran. Die Kreatur hielt ihre Waffe umklammert und prallte hart gegen die Gitterstäbe. Da aber entzündete sich mit einem Mal die Spitze der Lanze. Der Skral hielt kurz inne, dann grinste er höhnisch und stieß wieder zu. Die Flamme loderte heiß und versengte Chadas Arm, als plötzlich Kram hinter dem Skral auftauchte. Mit einem Hieb seiner Axt hackte er ihm die Pranke ab, die die Lanze umklammerte. In der Drehung stieß er die Kreatur vom Käfig weg und zog die brennende Lanze zwischen den Stäben heraus.

»Entschuldige, Kleine, wenn meine Beine nicht so kurz wären, wäre ich schon früher hier gewesen.«

»Kram! Ich bin so froh, dich zu sehen«, sagte Chada voller Dankbarkeit. Unterdessen hatte Kram den Casamatuc hervorgeholt und begann, das Schloss zu öffnen. Als Chada hörte, dass Garz aufstöhnte, legte sie ihm die Hand auf die Schulter und sprach leise in sein Ohr: »Bleib du hier liegen und sieh zu, dass du eine Hand auf die Wunde presst. Dann hört die Blutung auf. Wenn du dich nicht bewegst, wird dich niemand bemerken.« Sie griff an ihren Gürtel und nahm das letzte Blatt des Heilkrautes, das Reka ihr gegeben hatte, aus dem Beutel. Dabei bemerkte sie das Säckchen mit Cantharis, das sie in der Mine der Schildzwerge eingesteckt hatte. Sie legte Garz das Heilkraut unter die Zunge und sagte: »Dies wird dir Kraft geben.« Garz nickte schwach.

In diesem Moment hörte sie Thorns Schlachtruf über den Burghof schallen, gleichzeitig sah sie, wie er mehrere Kreaturen in Schach hielt. Wie ein Wirbelwind fegte er in seinem blauen Umhang durch Gors und Skrale und köpfte sogar einen Wardrak. Er schien fast übermenschliche Kräfte zu besitzen. Aber bevor sie Hoffnung schöpfen konnte, bemerkte sie, wie der verhasste dunkle Nebel auf ihn zuglitt. Chada schrie und versuchte Thorn zu warnen, doch ihre Stimme ging im Kampfeslärm unter. Dann war der Nebel über ihm.

»Endlich!«, rief Kram, als das Schloss aufsprang. Gerade

als er die Kette am Käfig löste, galoppierte ein Wardrak von hinten heran.

»Vorsicht!«, schrie Chada und Kram sprang gerade noch rechtzeitig zur Seite. Das Biest donnerte gegen die Käfigtür und ließ ihr Gefängnis erzittern. Ohne lange nachzudenken, hängte sie sich erneut an die Decke des Käfigs, trat zu und stieß die Tür mit ihren Füßen auf. Der Wardrak jaulte auf und stürzte zurück. Bevor er wieder bei Sinnen war, hatte der Zwerg seine Axt in den Schädel der Bestie getrieben.

Das Durcheinander im Burghof war schrecklich, und die allgegenwärtige Gefahr, im nächsten Moment getötet zu werden, raubte Chada schier den Verstand. Während Kram ihr Rückendeckung gab, lief sie geduckt hinüber zu dem Haufen Waffen, den die Skrale unweit des Käfigs aufgetürmt hatten, und zog Audax und ihren Köcher unter dem Stapel hervor. Suchend blickte sie sich nach Eara und Thorn um, konnte aber keinen von beiden entdecken. Einen Moment lang war ihr, als hörte sie Wolfsgeheul in der Ferne.

Doch plötzlich war da dieser Junge, der sich mitten auf dem Hof Varkur in den Weg stellte. Er war so mutig und tapfer. Als er rief: »Für König Brandur!«, fühlte Chada neue Kraft in sich. Doch dann starb der Junge auf so grausige Weise und sie sah die Verzweiflung in den Gesichtern der Menschen. Die Bauern begannen zu fliehen. Kram blickte sie traurig an.

»Es tut mir leid, Kleine. Ich fürchte, der Sieg ist nicht unser. Geh, versuche zu entkommen!«

»Und du?«, fragte Chada.

»Ich bleibe hier. Man sieht es mir vielleicht nicht an, aber ich habe schon einige Jahre auf dem Buckel. Ich bin zufrieden, so wie es ist. Geh jetzt!« Doch Chada wollte nicht aufgeben. Sie eilte zurück zum Käfig und kletterte auf das Dach.

Varkur war leicht zu entdecken. Alle schienen ihm auszuweichen. Sie zog einen Pfeil und stieß die Spitze in den Beutel an ihrem Gürtel. Grünes Cantharispulver stob hervor. Chada legte den Pfeil auf die Sehne und wurde ganz ruhig, atmete tief ein und ließ los. Der Pfeil schnellte davon und traf sein Ziel.

Varkur schrie auf. Das Geschoss hatte sich in seine Schulter gebohrt. Fast im gleichen Augenblick fuhr er herum und der Nebel, der ihn umgab, stob auf. Mit einer fließenden Bewegung riss er den Pfeil heraus, doch dieses Mal blutete er nicht einmal. Er erkannte Chada auf dem Käfig. »Närrin!«, brüllte er. »Weißt du nicht, dass du schon längst verloren bist? Der Schatten der schwarzen Schwingen liegt längst auf dir und allen anderen hier. Tarok naht – und mit ihm euer aller Tod!«

»Vielleicht stimmt es sogar, was du sagst«, rief Chada, »aber sei gewiss, wir werden nicht aufgeben. Drei Mal hast du schon versucht, mich zu töten.« Alle im Burghof starrten jetzt auf die junge Bewahrerin. »Beinahe wäre ich an der Taubrücke in die Tiefe gestürzt, beinahe wäre ich in der Mine der Schildzwerge an deinem Gift erstickt – und heute Morgen sollte ich geköpft werden«, rief sie, und ihre Stimme war nach der Eiseskälte der Nacht kaum mehr als ein Krächzen. »Aber du siehst, ich bin noch hier. Du säst nur Angst und Schrecken, wir aber tragen im Herzen das Vermächtnis unseres Königs.«

In diesem Moment schoss ein Speer auf sie zu und verfehlte sie nur knapp. Doch Chada hatte sich nicht gerührt. »Dies war der vierte Versuch«, spottete sie. »Und noch immer bin ich hier.« Aus Chada sprach in diesem Augenblick, als sie auf dem Käfig stand und Varkur die Stirn bot, eine Kraft und grimmige Entschlossenheit, die viele der Menschen im Burghof an den König erinnerte. An die Bauern gewandt rief sie: »Hört mich an, tapfere Andori. Wir sind noch hier! Solange noch Blut in unseren Adern fließt, werden wir kämpfen.« Ihre Stimme war dem Zerreißen nahe.

Die Bauern reckten die Hände in die Höhe und brüllten: »Für Andor! Für den König!« Die Kreaturen wichen einen Schritt zurück.

»Varkur!«, rief Chada mit heiserer Stimme und steckte dabei eine weitere Pfeilspitze in das Cantharis-Säckchen. »Wenn du das nächste Mal jemanden vergiften willst, dann solltest du das Zeug hinterher nicht herumliegen lassen.« Varkur erkannte die Substanz, verzog das Gesicht und schien mit einem Mal wie von einem Krampf geschüttelt. Cantharis pulsierte in seinen Adern!

»Kämpft!«, schrie Chada. »Kämpft für euren König!« Dann schoss sie den Pfeil ab und der getroffene Skral starb an dem Gift in seinem Blut, noch ehe er in den Schnee gesunken war.

HARTHALTS KLINGE

Sobald der schwarze Nebel Thorn erreicht hatte, durchflutete ihn ein ungeheurer Schmerz. Es war, als würden Flammenfinger nach ihm greifen. Die Kreaturen schlossen Schritt für Schritt den Kreis um ihn. Thorn sank zu Boden, unfähig, sich zu bewegen.

Da plötzlich sprangen drei junge Männer an seine Seite. Es waren Malin, der Sohn des Schwertmeisters, und zwei seiner Vettern. Sie waren Krieger des Königs und gehörten zu den wenigen Wachen, die Prinz Thorald an der Burg zurückgelassen hatte. Nachdem der Dunkle Magier die Burg eingenommen hatte, waren sie gemeinsam mit den Bauern in die Kaverne gesperrt worden. Als dann Eara und Kram die Rietländer befreiten, konnten auch Malin und seine Vettern sich mit Schwertern bewaffnen und sich den Kreaturen entgegenstellen. Anders als die Bauern waren sie kampferfahren, und überall, wo sie auftauchten, konnten die Kreaturen zurückgeschlagen werden.

Gemeinsam gelang es ihnen, den Ring, den die Bestien um Thorn geschlossen hatten, zu durchbrechen. Während seine Vettern mit überraschenden Attacken für Verwirrung sorgten, machte Malin mehrere Gors mit dem Schwert nieder, und nachdem der Nebel verblasst war, konnte auch Thorn sein Schwert erheben und die Kreaturen weiter zurückdrängen. Schließlich wies er mit der Schwertspitze auf eine Treppe, die hinauf zum Wehrgang führte, und rief: »Los, rauf da, schnell!«

Als sie auf dem Wehrgang ankamen, bot sich ihnen ein schreckliches Bild. Überall lagen die geschundenen Körper der Bauern, der Schnee im Burghof war von Blut getränkt. Manche schrien unter Qualen, andere lagen mit aufgerissenen Augen am Boden und starrten ins Leere. Malins Blick war ausdruckslos. Auch Thorn war erschüttert, dann aber erinnerte er sich an die Phiole, die Reka ihm bei seinem Aufbruch gegeben hatte.

Er reichte Malin das Fläschchen und sagte: »Nehmt jeder einen Schluck davon. Ich hatte schon die halbe Flasche. Es schmeckt furchtbar, aber es wird euch Kraft geben, den Kreaturen den Garaus zu machen.« Sie sahen Thorn fragend an, tranken aber jeder davon, bis die Phiole geleert war. »Stellt jetzt keine Fragen«, sagte Thorn knapp. »Ihr werdet die Veränderung sofort bemerken. Geht wieder runter und schnappt euch die Skrale! Mit den Gors können es die Bauern selbst aufnehmen.« Die Männer nickten, denn niemand zweifelte daran, dass Thorn wusste, was zu tun war. »Ich nehme mir diesen Riesenskral vor«, sagte Thorn. »Wird Zeit, dass ihn jemand von seinem hässlichen Kopf befreit. Los!«

Sie trennten sich und Thorn eilte den Wehrgang entlang, dabei warf er einen Blick über die Burgmauer. In dem Schneegestöber konnte er nicht viel erkennen, doch auch vor der Burg wurde gekämpft. Er sah, dass die Reiterei des Königs gegen die Trolle anstürmte, und hoffte, dass der Prinz dabei war. Vielleicht würde er einen ehrenvollen Tod finden und damit der Schmach entgehen, die Schuld am Untergang seines eigenen Volkes ertragen zu müssen.

Er hatte beinahe das Torhaus erreicht, da hörte er Chadas Stimme. Sie stand auf dem Käfig, ihre Kleidung war zerrissen und ihre Haut schimmerte bläulich vor Kälte. Dennoch stand sie fast schon majestätisch da und klang so furchtlos, dass er sie fasziniert anschaute. Beinahe hätte er nicht bemerkt, wie ein Skral aus dem Torhaus trat und einen Wurfspeer anlegte. Thorn sprang vor und stieß den Skral gegen die Mauer, doch der Speer hatte die Pranke der Bestie bereits verlassen und sauste lautlos durch die Luft.

Er verfehlte Chada nur knapp und Thorn atmete auf. »Da hast du aber Glück gehabt«, flüsterte er dem verdutzten Skral zu. Dann warf er ihn über die Mauer in die Tiefe.

Der Kampf war neu entflammt. Thorn kletterte mit gezücktem Schwert auf den Vorsprung des Tores. Unter sich sah er den großen Skralhäuptling. Dieser kämpfte unerbittlich gegen einen Gegner in der roten Tracht der Königskrieger. Es war Harthalt, sein alter Lehrmeister. Dieser hatte die bessere Technik, aber der Skral die größere Kraft. Gerade parierte der Schwertmeister gekonnt einen Hieb und stieß die Klinge mit einer geschmeidigen Bewegung in den Arm des Skrals. Dieser fauchte und riss seinen Arm zurück, wodurch Harthalt das Heft seines Schwertes aus den Fingern glitt. Nun stand er unbewaffnet vor dem Skral – und im nächsten Augenblick geschah das Unfassbare. Thorn sah, wie der Skral sein Schwert über den Kopf hob und mit enormer Wucht auf den Schwertmeister einschlug. Dieser sah das Schwert kommen und hielt zum Schutz die Arme hoch, doch das Schwert sauste nieder und Harthalts Körper fiel blutüberströmt zur Seite. Thorn schwankte einen Moment, dann verlor er den Halt und stürzte in die Tiefe, genau neben den gespaltenen Körper seines alten Freundes.

Der Skral, der einige Schritte entfernt stand, blickte ihn durchdringend an. Dann stieß die Bestie ihre Klinge in den Schnee und zog mit der freien Hand Harthalts Schwert aus ihrem Arm. Mit beiden Klingen bewaffnet, machte sie einen Schritt auf Thorn zu. Als dieser sich aufrichtete, durchzuckte ein stechender Schmerz seinen Fuß. Er sah an sich hinunter. Er hatte sich beim Sturz vom Torhaus den Knöchel verletzt. In dem Moment holte Hark aus. Das breite Schwert sauste mit ungeheurer Wucht auf ihn herab. Mit der zweiten Klinge stach Hark zu.

Thorn parierte den Hieb, aber der Schweiß rann ihm in die Augen und er konnte kaum noch etwas sehen. Sein Fuß schmerzte höllisch, aber er versuchte, standhaft zu bleiben. Da drehte sich Hark plötzlich um die eigene Achse. Harthalts Klinge traf Thorn oberhalb des Knies. Sofort schoss Blut hervor. Grinsend beobachtete Hark das schmerzverzerrte Gesicht des Kriegers, holte erneut aus und schlug zu. Es gelang Thorn zwar, die Hiebe der Kreatur abzuwehren, aber seine Paraden wurden unkontrolliert und kraftlos. Er wusste, dass er nicht mehr lange durchhalten würde.

DUNKLE MAGIE

Eara taumelte durch das Schlachtgetümmel, die Schreie der Bauern gellten in ihren Ohren. Sie war Varkur entkommen, zumindest für den Moment. Doch er würde nicht eher ruhen, bevor sie nicht alle tot waren, das wurde ihr voller Entsetzen bewusst. Ihr Körper schmerzte und ihr Herz war dem Bersten nahe. ›Ich bin doch nur eine Schülerin‹, dachte sie. ›Was kann ich gegen ihn schon ausrichten?‹ Nicht nur hatte sich alles bewahrheitet, was sie über den Dunklen Magier gehört hatte, sie hatte auch gerade am eigenen Leib erfahren, dass seine Macht der ihren weit überlegen war. Besorgt schaute sie sich um, ob der grässliche Nebel ihr gefolgt war. Weder hatte sie je von solcher Magie gehört noch gelernt, wie man ihr begegnete.

Während sie sich zwischen kämpfenden Bauern und schreienden Gors einen Weg bahnte, überlegte sie verzweifelt, ob ihr je irgendetwas beigebracht worden war – ein Zauber oder ein Spruch –, das hier von Nutzen sein könnte. Aber die Dunkle Magie Varkurs schien übermächtig. Allerdings, das war ihr nicht entgangen, forderte sie auch ihren Tribut. Seine Stimme klang kaum noch menschlich, eher wie die einer der Kreaturen, die er befehligte. Seine Haut wirkte schuppig und die Augen hatten etwas Lebloses und Echsenartiges. Welche Abscheulichkeiten er sonst noch unter seinem schwarzen Umhang verbarg, mochte sie sich nicht vorstellen.

Nun war sie bis zum Torhaus vorgedrungen. Hier hatte sie den König zuletzt gesehen, und zweifellos würde Varkur ebenfalls bald hier sein. Ohne zu wissen, was sie gegen ihn ausrichten könnte, ahnte sie, dass dies das Ende ihrer Ausbildung sein würde, die letzte Prüfung. Sie bedauerte den Verlust des Hadrischen Stundenglases, jetzt hätte es ihr große Dienste leisten können. Es war nur ein schwacher

Trost, dass es nun auch Varkur nicht mehr in die Hände fallen konnte.

Da erblickte sie den König und an seiner Seite den Bewahrer des Wachsamen Waldes. Sie schleppten sich mit schweren Schritten zum Burgtor und erreichten den Torbogen. Dort brannten zwei Fackeln an jeder Seite und erhellten den fensterlosen Durchgang. Mit vereinten Kräften versuchten die beiden Männer, den Balken hochzustemmen, mit dem das Tor verriegelt war. Brandurs Gesicht war von Schmutz bedeckt und seine Augen wirkten fiebrig. Der zerrissene Waffenrock hing nur noch über einer Schulter, auf der anderen Seite hatte sich ein großer Blutfleck gebildet. Auch die Hände des Bewahrers waren blutig, so sehr mühte er sich, den Balken anzuheben. Eara wartete einen günstigen Moment ab und eilte zu ihnen. Als sie die beiden erreichte, legten sie gemeinsam Hand an den Balken, aber er bewegte sich keinen Fingerbreit.

Plötzlich wurde es im Torbogen dunkel. Die beiden Fackeln flackerten ein letztes Mal auf, dann erloschen sie in einem kräftigen Windzug. Dunkler Nebel, der im Schnee eine schwarze Spur hinterließ, schob sich zwischen den Kämpfenden hindurch. Der Kampfeslärm verstummte.

Und da stand er, dunkel, bedrohlich und so groß, dass er das gesamte Torhaus auszufüllen schien. Brandur, Melkart und Eara stolperten rückwärts, bis ihnen das Burgtor den Weg versperrte. Jetzt gab es kein Entkommen mehr.

Varkur sah grauenhaft aus. Seine Kapuze hatte der Wind zurückgeschlagen und an seinem Kopf waren deutlich zwei Hörner zu erkennen, spitz und leicht geschwungen. Die Augen des Dunklen Magiers waren nicht mehr die eines Menschen, sondern vielmehr die einer großen Echse. Mit bewegungslosen Lidern fixierte er den König. Earas Knie zitterten. Melkart hatte sich ein Schwert gegriffen, das am Boden lag, und stürzte mit einem Aufschrei auf den Dunklen Magier zu. Doch mit einer Handbewegung, die ihn nicht die geringste Mühe zu kosten schien, fegte Varkur den Angreifer zur Seite. Der Oberste Priester schlug hart auf dem Boden auf und blieb reglos liegen.

Der König hatte wie versteinert auf das Geschehen geblickt. Lautlos bewegte sich der Nebel auf ihn zu und wand sich um ihn wie eine Schlange um ihr Opfer. Das Schlachtgetümmel, die Schreie und das Brüllen waren verebbt. Als Eara den lauernden Tod schon deutlich spürte, erklang mit einem Mal eine Stimme in ihrem Kopf, voll Dunkler Magie, aber gleichzeitig verführerisch und Hoffnung verheißend: ›Tu es. Nur dieses eine Mal. Du hast keine andere Wahl!‹

Schon erhob die Zauberin ihren Stab, als sich tief in ihr etwas anderes regte, eine leise, klare Stimme, die nur einen Satz sagte: ›Dunkle Magie führt immer zu …‹ Aber Eara schenkte ihr kein Gehör. Eine solche Bedrohung musste mit einer ebensolchen Kraft bekämpft werden. Dunkle Magie war die einzige Lösung.

Eara nahm ihren Stab und umklammerte ihn mit großer Entschlossenheit. Ihre Augen wurden dunkel, fast schwarz, und ihr Gesicht verfinsterte sich und verlor jeglichen weichen Zug. Sie legte ihre Hand gegen das Tor und endlich verging das Gefühl der Schwäche. Eine dunkle Kraft löste sich in ihr, durchdrang jede Faser ihres Körpers und schlug wie eine gigantische Feuerwalze in das Holz ein. Grüne Flammen leckten darüber. Das Tor begann zu vibrieren und die Energie entlud sich in einer gewaltigen Explosion.

Die Umstehenden wurden zu Boden geschleudert, Balken barsten und Eisenbeschläge flogen durch die Luft. Das Burgtor war gesprengt! Das war die Rettung!

Doch das Gefühl der Erleichterung währte nur einen Augenblick, denn im gleißenden Sonnenlicht erkannte sie plötzlich die Silhouette eines riesigen Trolls genau vor sich. Er holte mit seiner Keule aus, schlug zu und schmetterte Eara mit unglaublicher Wucht gegen die Burgmauer. In ihrem Kopf explodierte der Schmerz. Gleichzeitig flüsterte eine Stimme, die wie die ihres alten Lehrmeisters klang: ›Dunkle Magie führt immer zu Qual und Tod.‹ Wie betäubt dachte sie daran, dass gerade Varkur der lebende Beweis dafür war. Er hatte durch die Magie alles verloren, seine Stellung, seine Heimat und sogar seine …

Und jetzt, da es zu spät war, fiel ihr der Spruch ein, mit dem sie Varkur hätte Einhalt gebieten können. Jetzt wusste sie den Zauber. Dann verlor sie das Bewusstsein.

DER TRANK DER HEXE

Die Explosion hatte Thorn und seinen Widersacher in den Burghof geschleudert. Thorn schlug hart auf und für einen kurzen Moment war ihm durch eine Wolke aus Staub und Schnee die Sicht genommen. Auch Hark hatte die Explosion zu Boden gerissen, aber er ließ sich nicht beirren und stand sofort wieder auf den Beinen.

Thorn spürte die brennende Wunde an seinem Bein, dort, wo ihn der Skral mit dem Schwert erwischt hatte. Er verlor viel Blut und Schwindel überkam ihn. Thorn wusste, dass dieser Kampf nicht mehr lange dauern würde, wenn er es nicht schaffte, auf die Beine zu kommen. Wo war sein Schwert? Er sah sich suchend um und bemerkte, dass es, von seinem Umhang verborgen, neben ihm am Boden lag. Da hob Hark seine Klinge und kam auf den jungen Krieger zu.

›Rekas Trank!‹, schoss es Thorn durch den Kopf. Es war schon eine geraume Zeit vergangen, seit er aus der Phiole getrunken hatte, aber vielleicht hielt die Wirkung ja noch an? Bis jetzt hatte er seine übernatürliche Fähigkeit vor Hark verborgen, hatte seine Schläge nur abgelenkt und nie wirklich dagegengehalten. Ganz so, wie Harthalt es tapfer versucht hatte. Inständig hoffte Thorn, dass die Kraft des Trankes noch nicht verflogen war, denn für seine letzte List benötigte er dessen Wirkung unbedingt.

Hark schritt im Bewusstsein seiner Überlegenheit ohne jede Deckung auf den am Boden liegenden Krieger zu.

»Jetzt stirbst du, Menschenkrieger«, zischte die Kreatur.

Der Skralhäuptling erhob den Zweihänder und ließ ihn erbarmungslos niedersausen. Erst im letzten Moment riss Thorn sein Schwert unter seinem Umhang hervor und erhob sich. Aber diesmal lenkte er den Schlag nicht ab, sondern hielt mit aller Macht dagegen. Rekas Trank hatte ihn nicht im Stich gelassen! Die Klinge des Skrals donnerte klirrend auf Thorns Waffe und die Erschütterung hätte ihn beinahe wieder zu Boden geworfen. Doch es war der Skral, der sein Schwert durch den Zusammenprall verlor. Jetzt, wusste Thorn, war die Zeit gekommen. Blitzschnell schwang er die Klinge und schlug Hark mit einem Streich den Kopf ab.

Ein Aufschrei entfuhr Gors und Skralen gleichermaßen,

als der Kopf der Kreatur im Schnee landete. Hark, der Skralhäuptling, war tot. Voller Erleichterung wollte Thorn gerade sein Schwert in die Scheide stecken, als ihn der kopflose Körper am Hals packte. Die riesigen Pranken der Kreatur drückten zu. Einen Moment lang war Thorn wie gelähmt, dann rang er nach Luft und versuchte gleichzeitig, die Hände von seinem Hals zu lösen, als plötzlich zwei graue Schemen an ihm vorbeischossen und den riesigen Skralkörper mit sich rissen. Die Wölfe waren gekommen! Als Thorn zu Boden sank, stellte sich ein weiteres Tier an seine Seite.

»Lonas!«, keuchte Thorn. Matt legte er ihm die Hand aufs Fell. »Geh! Geh und such Chada. Sie muss hier irgendwo sein. Schnell, beschütze sie!«

Und schon schoss Lonas davon und verschwand in dem Getümmel. Rund um ihn wurde noch immer gekämpft, aber niemand schien den in den Schnee gesunkenen Krieger zu beachten. Erst jetzt bemerkte Thorn, dass die Kreaturen zurückwichen und die Andori die Oberhand gewannen. Er konnte zwar weder Eara noch Kram oder Chada ausmachen, doch eine große Gruppe von Skralen und Gors hastete fluchtartig zum Torhaus. Andere sprangen von der Burgmauer ins Freie. Würde der Schnee ihren Sturz abfedern? Thorn wusste es nicht. Er spürte nur, dass er immer noch viel Blut verlor. Sonnenlicht brach jetzt durch die Wolkendecke und golden schimmerten die Türme der Burg. Er dachte an Chada. ›Wenn Lonas sie findet, dann ist sie in Sicherheit‹, sagte er zu sich und lächelte. Jetzt sah er nur noch die Schneeflocken direkt vor seinen Augen – oder waren es kleine Sterne? –, und ehe er ganz das Bewusstsein verlor, hörte er in der Ferne Flötenklänge. ›Die Melodie der Schildzwerge, die Lebin für uns gespielt hatte‹, dachte er und starb.

EINE STIMME AUS DER VERGANGENHEIT

Als Brandur wieder zu sich kam, lag er am Boden. Durch die Wucht der Explosion war sein Kopf gegen etwas Hartes gestoßen und Blut rann ihm den Nacken hinunter. Er wollte danach tasten, aber seine Hand gehorchte ihm nicht. Er schüttelte leicht den Kopf in der Hoffnung, schneller wieder klaren Blickes zu sein. Als er die Augen aufschlug, sah er eine Gestalt auf sich zuschreiten. Blutrote Augen starrten ihn an und mit einem Mal meinte Brandur den Drachen vor sich zu sehen, die gewaltigen Schwingen erhoben und das Maul zum todbringenden Feuerstoß aufgerissen.

Doch nein, es war nicht Tarok, es war Varkur, der in dunklen Nebel gehüllt vor ihm stand. Die Verwüstung, das Blut und die Toten um ihn herum, all dies beachtete der Dunkle Magier nicht. Sein bohrender Blick war allein auf ihn, den König, gerichtet. Brandur nahm all seine Kräfte zusammen und erhob sich schwankend. Nein, er würde sich nicht wie ein Hase ducken, er würde hocherhobenen Hauptes dem Tod entgegengehen. Zischend umzüngelte ihn der schwarze Nebel. Der Schmerz, der Brandur durchfuhr, war schier unerträglich.

Varkur lächelte und schritt näher auf Brandur zu. Der König konnte nichts dagegen tun, dass der Nebel ihn ergriff und vom Boden hob. Seine Füße schwebten in der Luft, seine Arme hingen gefühllos und schlaff herunter. Er war vollkommen wehrlos. Schwindel überkam ihn. Varkurs Hand legte sich fast zärtlich um seinen Hals, doch die Berührung brannte sich tief in sein Fleisch. Wie ein gespensterhafter Singsang drang die Stimme des Dunklen Magiers an sein Ohr: »Zeit hatte dein Volk, doch Ruhe mitnichten, denn jetzt, da du stirbst, wird Tarok sie richten.«

Die Hand drückte zu. Langsam, aber hart und unerbittlich. Varkur fixierte sein Opfer mit stechendem Blick. Das Land Andor war verloren.

Eine unnatürliche Stille breitete sich aus. Brandur schloss die Augen und ergab sich dem nahenden Tod. Da hörte er plötzlich Earas Stimme. Oder war es gar nicht ihre? Sie klang wie die eines jungen, verängstigten Mädchens. Als sie sprach, schien eine warme Brise die kalte Luft zu erwärmen.

»Lass ihn gehen, Varkur.«

Täuschte er sich oder lockerte sich tatsächlich der Griff um seinen Hals? Brandur schlug die Augen auf. Er blickte direkt in das Antlitz des Dunklen Magiers. Doch wo er eine höhnische, kalte Fratze erwartet hatte, stand blanke Fassungslosigkeit geschrieben.

Erneut hörte er die mädchenhafte Stimme: »Lass ihn gehen, Bruder. Du weißt, was beim letzten Mal geschehen ist. Tu es für mich, tu es für deine Nika.«

Der Schrei aus Varkurs Kehle schien die Rietburg in ihren Grundfesten zu erschüttern. Gors und Skrale hielten im Kampf inne und blickten sich verwirrt um. Wie vom Blitz getroffen ließ Varkur Brandur los. Der Dunkle Magier taumelte zurück und der Nebel um ihn verblasste. Blut trat aus seiner Brust hervor, da, wo der Junge ihn getroffen hatte. Es war, als wären all seine Schutzwälle gebrochen. Cantharis dampfte grünlich schimmernd aus der Wunde hervor, die Chadas Pfeil ihm beigebracht hatte. Von Grauen gepackt, wankte Varkur in den Burghof.

FLÖTENKLÄNGE

Vor der Burg war ein ungleicher Kampf entbrannt. Schnee wehte den Kriegern ins Gesicht. Aber die Kälte war das kleinere Übel, die Trolle dagegen schienen unüberwindbar. Mit Keulen schlugen sie auf die Krieger des Königs ein, immer wieder trafen die Hiebe ihr Ziel und schweißüberströmte, reiterlose Tiere stoben in blinder Panik davon.

Doch die Männer fochten tapfer. Armond und drei weitere Krieger hatten, wie so viele, ihre Pferde verloren, machten nun jedoch am Boden Jagd auf die Trolle. Doch wo sollten sie ansetzen? Die Haut der Ungetüme war hart wie Stein und nahezu undurchdringlich. Doch wann immer es den Kriegern gelang, einen Troll mit Pfeilen und gezielten Hieben gegen die Beine zum Schwanken zu bringen, bestand die Hoffnung, dass er stürzte. Dann kamen die ungeschützten Teile des Trolls in Reichweite und er wurde niedergemacht. Dennoch war es ein verlustreicher Kampf, ein Krieger nach dem anderen verlor sein Leben. Die Kreaturen schienen von einer enormen Willenskraft getrieben, fast so, als befehligte sie eine unsichtbare Hand.

Gerade wurde Armond von einem Troll ins Auge gefasst, der sich nicht hatte beirren lassen und noch immer fest auf seinen massigen Beinen stand, als das Unfassbare geschah. Über den Schlachtenlärm legte sich ein anderes Geräusch, kein Waffenklirren, kein Gebrüll einer Bestie oder der Angstschrei eines sterbenden Kriegers. Es waren die Klänge von Flöten und Trommeln. Und dann erbebte die Erde unter einer herannahenden Streitmacht. Armond traute seinen Augen kaum. Die Schildzwerge!

Ein Stück entfernt hörte auch Thorald die Musik und spürte das Beben hunderter stampfender Füße. Eben noch hatte er Schlachtenlärm vernommen, die Schreie der Sterbenden und die Schläge der Keulen, und schon da hatte er es nicht für ratsam gehalten, sich einzumischen. Er war liegen geblieben, auf dem Rücken im Schnee, und hatte seinen Körper wie eine fremde Hülle gespürt. Vielleicht war er ja tot und alles war vorbei? Nein. Die Flöten, das Trommeln und Stampfen sprachen eindeutig dagegen. ›Das sind Schildzwerge!‹, erkannte er plötzlich. Merkwürdig, wie hatte der Dunkle Magier es nur geschafft, sie auf seine Seite zu ziehen? Vielleicht hatte er ihnen die Burg versprochen? Hatten die Zwerge seinen Vater nicht immer einen Dieb genannt, einen Landräuber? Nun, es war einerlei, denn es war ohnehin alles verloren. Was kümmerten ihn noch die Burg, die Zwerge oder sein –

»Was soll das denn werden?«, unterbrach plötzlich eine raue Frauenstimme seine trüben Gedanken. Er erschrak noch mehr, als sich in den hellgrauen Ausschnitt des Himmels über ihm das Gesicht einer alten Frau schob. Sie trug einen einfachen Umhang und sah ihn forschend an.

Thorald starrte sie an und antwortete zögernd: »Ich ... ich bin verletzt.«

»Ach ja? Das sieht aber gar nicht danach aus. Steh auf, du Nichtsnutz, und kämpfe, wie es sich für einen Prinzen geziemt.« Thoralds Gesichtsfarbe wechselte von Blass zu Puterrot. »Wir bekommen Hilfe!«, sagte die alte Frau und wies auf die heranrückende Streitmacht der Schildzwerge. Thorald erkannte das Banner des Fürsten Hallgard aus Cavern an ihrer Spitze. Die Zwerge stürmten mit Kriegsgebrüll über die Ebene auf die Rietburg zu, die Äxte erhoben und bereit, sich auf Trolle und Gors zu stürzen.

Die alte Frau sagte nur: »Das wurde aber auch Zeit!«

Fünf Zwerge blieben auf der Ebene zurück und reckten ihre Banner in die Höhe. Staunend bemerkte Thorald, dass die Fahnenträger mit ihren Bannern den angreifenden Kampfgenossen Signale gaben, um sie beim Sturm auf die Burgmauer in verschiedene Richtungen zu lenken. Fürst Hallgard, das Oberhaupt der Schildzwerge, führte mit grimmiger Entschlossenheit das Heer der Zwerge an. Thorald erkannte ihn an seinem reich verzierten Kettenhemd, auf dem das Zeichen des Fürsten prangte, die vier mächtigen Schilde.

Plötzlich strauchelte der erste Troll und eine Handvoll Zwerge machte ihn nieder. Nun begriff Thorald auch den Zweck der dicken Seile, die die Zwerge mit sich führten. Es waren Fallstricke! Im Laufen spannten die Zwerge die Seile und liefen auf die Trolle zu, umrundeten sie geschickt und zogen dann mit vereinten Kräften. Bevor die Trolle verstanden, was mit ihnen geschah, kippten sie um wie gefällte Bäume. Und einmal gefällt, bekamen sie sogleich die Äxte der Schildzwerge zu spüren.

Ein Troll nach dem anderen wurde von den Zwergen überwältigt. Angesichts dieser überraschenden Wendung im Kampfgeschehen schöpften die überlebenden Krieger wieder Mut und erhoben mit neuer Kraft ihre Schwerter.

»Wie du siehst, mein Prinz, ist die Welt dunkel, aber doch nicht ganz so schwarz, wie du dachtest. Und jetzt bringe mich zur Burg. Ich spüre, dass es einige Wunden zu flicken gibt, und wenn ich mich nicht irre, lebt auch dein Vater noch.«

»Ihr könnt das fühlen?«

»Ja. Und das ist ein großes Glück für dieses Land. Er und ich sind alte Freunde, aber er wäre kaum ein so alter Freund geworden, wenn ich ihm nicht immer mal wieder den Hals gerettet hätte. Ich und das Königsrudel natürlich, das, soweit ich weiß, auch deinen Holzkopf des Öfteren aus der Schlinge gezogen hat. Und jetzt genug geschwafelt. Bring mich zur Burg. Die Schlacht ist noch nicht vorbei, also schwinge dein Schwert und halte mir die Bestien vom Leib.«

»Ich habe kein Schwert.«

»Ein prächtiger Krieger bist du mir. Na, dann wirst du mir eben als Schild dienen. Los!« Thorald erbleichte aufs Neue, aber er folgte gehorsam.

DIE ERKENNTNIS

Der Dunkle Magier wankte rückwärts in den Burghof. Sein schwarzes Gewand war schmutzig und zerrissen, und ohne den Zauberstab in seiner Hand, auf den er sich stützte, wäre er unweigerlich zu Boden gesunken. Seine echsenartigen Augen rollten in den Höhlen, als wären sie auf der Suche nach einem unsichtbaren Gegner. Er wollte weg, nur weg von dieser Stimme. Varkur rieb sich die Stirn, um so den unerträglichen Schmerz fernzuhalten. Ein Teil von ihm wusste, dass es nicht Nikas Stimme gewesen war, die er soeben gehört hatte. Doch sein Verstand schien ausgesetzt zu haben und eine Welle widersprüchlichster Gefühle erfasste ihn. Alles, was an jenem letzten Tag in Hadria, seiner Heimat, geschehen war, drang mit Macht auf ihn ein. Dieser einfache Zauber der Schülerin hatte etwas aufgebrochen, das lange Zeit vergessen gewesen war. Verdrängte Bilder von seiner Verbannung, vom Kampf mit den anderen Zauberern, den vielen Toten und vor allem von Nika, seiner Schwester. Die Erinnerungen waren mit einem Mal zurückgekehrt und er, Varkur, der Dunkle Magier, hatte die Kontrolle verloren. Selbst der schwarze Nebel, der richtungslos um ihn herumwaberte, schien ihm nicht mehr zu gehorchen.

Die Dunkle Magie loderte in ihm. Wenn er sie heraufbeschwor, brannte sie und nahm sich, was ihres war. Dabei konnte es geschehen, dass sie, dieses zweischneidige Schwert, sich gegen die Hand wendete, die es führte. Erneut wünschte er das Hadrische Stundenglas herbei, um Zeit zu gewinnen und sich zu besinnen. Langsam kam er wieder zu sich.

Doch dann, gerade als es schien, als gewänne er die Kontrolle wieder, durchbohrte ein heißer Stich sein schwarzes

Herz. Hark, der Skralhäuptling und sein wertvollster Streiter, war gefallen! Der Dunkle Magier stolperte und kroch weiter auf allen vieren über den schneebedeckten Boden. Hark war seine rechte Hand und der Kopf der Dunklen Armee gewesen. Wie sollte es ohne ihn weitergehen?

Er wandte den Kopf und erhaschte einen Blick durch das Burgtor hinaus auf die Ebene. Alles in ihm schien zu erstarren. Was er dort erblickte, war einfach ausgeschlossen, es war undenkbar. Und doch sah er es nur zu deutlich: Ein Heer von Schildzwergen brach durch die Reihen seiner Trolle und stürmte geradewegs auf das Burgtor los.

Als Varkur den Kopf wieder wandte, stand die Zauberin vor ihm und hielt ihren Zauberstab auf ihn gerichtet. Der Stab flammte auf und trieb den schwarzen Nebel zurück. Hoch aufgerichtet stand sie über ihm, doch er sah, dass sie zögerte, den letzten Schlag zu führen. Fürchtete sie ihn immer noch? Er hätte ihr nichts entgegenzusetzen. Das musste sie doch sehen. Nein, es war keine Furcht, es war etwas anderes in ihrem Blick, das er nicht ergründen konnte.

»Geh jetzt, Varkur, Sohn des Varkmar«, sagte sie mit klarer Stimme, »und komm niemals wieder! Hier erwartet dich nur der Tod.«

Da erkannte Varkur, was in ihren Augen stand, und Abscheu erfasste ihn. Das Weibsstück hatte Mitleid mit ihm! Voll blanken Hasses starrte er sie an, dann wurde sein Blick leer und richtete sich in die Ferne. In diesem Moment schloss sich der schwarze Nebel um ihn, ballte sich zusammen und stob als schwarze Wolke über die schneebedeckte Erde des Rietlandes. Varkur, der Dunkle Magier, halb Mensch, halb Nebel, floh Richtung Süden, gehetzt wie ein Tier.

Er erreichte die Spitze des Grauen Gebirges und langsam schälte sich sein Körper aus dem Nebel. Als er an sich hinuntersah, waren seine Hände nicht mehr die seinen, sondern schwarze und schuppige Krallen. Es interessierte ihn nicht. Mit geschlossenen Augen stand er da, der eisige Wind schlug ihm ins Gesicht und der Schnee hüllte ihn mehr und mehr ein. Er spürte die Wunde an seiner Schulter, wo der Pfeil ihn getroffen hatte. In seinen Adern ätzte Cantharis. Er würde es überstehen, doch warum die Schildzwerge die giftigen Dämpfe überlebt hatten, wusste er nicht. Und wenn sie schon überlebt hatten, warum hatten sie sich dann mit Brandur verbündet? Sie verabscheuten den König. Irgendetwas hatte er übersehen, aber was? Seine Augen glühten vor Zorn. Seine Krallen bohrten sich in die schuppige Haut seiner Arme, dann öffnete er seinen Umhang und der große, klaffende Schnitt auf seiner Brust dampfte in der Kälte. Eine ganze Armee von Skralen, Gors und Wardraks hatte er befehligt, und doch waren sie von dummen Bauerntölpeln überwunden worden. Sie hatten zwar viele Rietländer niedergemacht, aber letztlich doch zu wenige. Und das Schlimmste war, dass der König überlebt hatte.

Schwarzes Blut tropfte in den Schnee. Varkur spürte einen unerträglichen Schmerz. Die Magie war noch hungrig und er spürte, dass sie ihn Stück für Stück verzehrte. Wann immer dies geschah, hatte er etwas mehr von seiner Menschlichkeit eingebüßt. Aber es kümmerte ihn nicht. Er hasste es, ein Mensch zu sein. Niemals zuvor hatte er eine solche Niederlage erlebt. Wie hatte es nur dazu kommen können?

Und dann stand ihm die Antwort klar vor Augen. Er sah sie vor sich, wie sie in zerrissenen Kleidern vor ihm im Thronsaal lag. Er hörte ihre Stimme in seinem Kopf: ›Ich weiß, wer du bist, und ich weiß auch, was du vorhast. Aber du wirst den Drachen niemals erwecken und mit ihm Andor unterwerfen, niemals!‹ Da hätte er es schon ahnen müssen. Und anstatt sich über ihre Widerborstigkeit zu amüsieren, hätte er Hark auf der Stelle befehlen sollen, sie zu töten. Er hatte das Feuer in ihr gespürt und die falschen Schlüsse daraus gezogen. Die Erkenntnis traf ihn unvorbereitet. Dieses Mädchen konnte Berge zum Einsturz bringen und Flüsse mit ihrem Blick versiegen lassen. Ihr Wille war wie eine Sturmflut und er zweifelte keinen Augenblick mehr daran, dass sie das Feuer seines Verderbens entfacht hatte.

Varkur hüllte sich erneut in schwarzen Nebel. Er hatte seit Jahren seinen Hass gegen das ferne Hadria gepflegt und dabei ganz vergessen, wie heiß der frische Zorn schmeckte. Er würde wiederkehren und das Mädchen und ihre Freunde vernichten.

DER VERLUST

Mit erhobener Axt stand Kram am Eingang zur Kaverne. Hinter ihm, im Schutz des bitterkalten Gewölbes, saßen die Männer, die sich hierher hatten retten können, viele von ihnen verwundet. Kram staunte über die Menschen. Einige hatten sich – obwohl sie als Bauern keinerlei Kampferfahrung hatten – mit Knüppeln und Sensen bewaffnet und gemeinsam war es ihnen gelungen, die Gors am Eindringen in die Kaverne zu hindern. Sie waren wenige, und doch hatten sie es geschafft, den Eingang gegen eine Vielzahl von Gegnern zu halten. Es war schon ein erstaunliches Volk, dachte Kram, und einmal mehr fühlte er sich diesen Menschen tief verbunden. Doch wie lange würden sie wohl noch durchhalten?

Plötzlich aber geschah etwas Seltsames. Der Kampfeslärm verebbte, nur noch einzelne Schreie waren zu hören – und es schienen nicht die von Menschen zu sein. Vorsichtig streckte Kram den Kopf aus der Kaverne und drückte sich an der Wand entlang Richtung Burghof. Einige Bauern folgen ihm.

Der Burghof war verwüstet. Leichen lagen mit verrenkten Gliedmaßen im blutgetränkten Schnee. Tote Kreaturen, die mit aufgerissenen Mäulern ins Nichts starrten. Einige Gors rannten wie vom Wahn gepackt im Burghof umher, und erst jetzt erkannte Kram, dass das Burgtor zerstört war. Er blickte durch den Torbogen und traute seinen Augen kaum. Da draußen war eine Armee von Schildzwergen, die, angeführt von Fürst Hallgard und Mart, den fliehenden Kreaturen nachsetzte! ›Ich träume!‹, dachte Kram und die Axt glitt aus seinen Händen.

Da blieb sein Blick an einem Mann hängen, der leblos am Boden lag und über den sich eine alte Frau in einem unscheinbaren Umhang beugte. Kram erkannte sie sofort. Es war Reka, die Hexe. Eilig lief er zu den beiden, aber als er sie erreichte, stockte sein Atem. Der Mann dort am Boden war Thorn. Seine Augen waren geschlossen. Als Kram die schweren Verwundungen seines Freundes sah, wusste er, dass es für ihn keine Rettung gab.

Umso überraschter war er, als Reka das Hosenbein des Kriegers aufriss. Eine klaffende Wunde an der Innenseite seines Oberschenkels wurde sichtbar. Blut quoll aus der Wunde und sickerte in den Schnee. Reka griff in ihren Beutel und holte verschiedene Kräuter heraus. Ein Blatt davon legte sie unter Thorns Zunge, die anderen auf die Wunde.

Kram sah sich um. Unweit lag der abgeschlagene Kopf des Skralhäuptlings. Thorn hatte es also geschafft und Kram mochte gar nicht daran denken, wie viele Zwerge und Bauern diese Bestie sonst wohl noch in den Tod gerissen hätte. All diese Leben hatte Thorn gerettet, auch wenn es ihn sein eigenes gekostet hatte.

Reka kniete sich vor Thorn hin, schloss ihre knochigen Hände zu einer großen Faust und schlug sie dem Krieger auf die Brust. Kram beobachtete sie erstaunt, wusste er doch, dass hier jegliche Hilfe zu spät kam. Leise summte er eine Trauermelodie der Schildzwerge für seinen toten Freund.

In diesem Augenblick hörte Kram eine heisere Stimme hinter sich fragen: »Kram, wer ist das?« Er wandte sich um und blickte in das fahle Gesicht von Chada, die am ganzen Leib zitterte, als er zur Seite wich und ihr die Sicht auf den am Boden liegenden Körper freigab.

Ein markerschütternder Schrei löste sich aus ihrer Kehle. Sie stürzte vor Thorn auf die Knie. Dann sah sie, wie Reka auf Thorns Oberkörper eindrosch. Blind vor Angst packte Chada die alte Frau und stieß sie zur Seite.

»Nimm deine Hände von ihm!«, brüllte sie. Reka sah Chada in die Augen und erkannte hinter ihrer Wut die Liebe, die diese beiden Menschen verband. Langsam erhob sie sich. Chadas Entschlossenheit war Furcht einflößend und Reka wusste, dass es in diesem Moment besser war, schweigend Platz zu machen. Das Mädchen warf sich an die Brust des Kriegers und schluchzte auf. Keiner der Umstehenden sprach ein Wort.

Da hörten sie ein leises Stöhnen. Chada löste sich von Thorn und sah in sein Gesicht. Schweißnass lag er da, die Augen geschlossen. Plötzlich machte er einen tiefen, gierigen Atemzug, wie jemand, der zu lange unter Wasser war, und öffnete langsam die Augen. Sein Blick war glasig. Aber er lebte! Chada drückte ihn an sich und bedeckte ihn mit Küssen.

Nach einem kurzen Augenblick sagte Thorn mit zittriger Stimme: »Ich bin so froh, dich zu sehen.« Chada lachte auf und ihre Augen sprühten vor Glück.

Reka beobachtete schmunzelnd die beiden. »Mädchen, sachte, sonst ist meine ganze Arbeit gleich wieder dahin. Lass ihm noch etwas Luft zum Atmen.« Chada stand auf und schloss die alte Frau fest in die Arme. »Reka, ich danke dir für das Wunder, das du vollbracht hast. Bitte verzeih, dass ich eben so grob zu dir war.« Reka nickte gutmütig.

Die Anwesenden klatschten in die Hände und erst da sah Chada, wie viele Menschen und Zwerge zusammenstanden und sie beobachteten. Auch Lonas hatte sich zu ihnen gesellt und schleckte Thorn einmal über das Gesicht. Thorn griff ins Fell des großen Wolfes und streichelte ihn liebevoll.

Kram kniete sich neben seinen Freund. »Du bist immer für eine Überraschung gut, Thorn. Ich bin sehr froh, dich unter den Lebenden zu sehen.« Der Zwerg half dem Krieger, sich aufzurichten. In diesem Moment sah Chada König Brandur, Eara und Melkart auf sie zukommen. Die Menschen im Burghof brachen in Jubel aus und das Wolfsrudel ließ ein vielstimmiges Heulen ertönen.

DAS TRAURIGE WERK

Einige Stunden später waren vom Burghof her rhythmische Hammerschläge zu hören. Es war Abend geworden und Chada saß mit Lonas auf dem Wehrgang. Von hier aus konnte sie den ganzen Hof überblicken. In weiße Tücher geschlagen, lagen dort unten in langen Reihen die Leichen der Bauern, Krieger und Zwerge, und immer wieder kamen Menschen und Zwerge in den Burghof, um von den Toten Abschied zu nehmen.

Verwundert bemerkte sie Prinz Thorald. In seinen Armen trug er eine kleine Gestalt in den Hof, vermutlich einen toten Zwerg, den er vorsichtig neben den anderen Toten ablegte. In seinem Gesicht stand schreckliche Qual und Pein geschrieben. ›Was mag ihm nur zugestoßen sein?‹, dachte Chada. Er hatte kaum noch Ähnlichkeit mit dem Menschen, den sie damals auf der Burg getroffen hatte.

Ihr Blick glitt wieder hinüber zum Steinmetz der Rietburg. Er und drei Zwerge hatten es sich zur Aufgabe gemacht, die Namen der Gefallenen in einen großen Findling zu meißeln. Wunderschöne Ornamente und Ranken entstanden, an deren geschwungenen Zweigen jeweils ein Name in den Stein geschlagen wurde. Die Ranken wuchsen immer weiter und Chada kam es so vor, als hallten die Hammerschläge wie ein Echo aus dem Jenseits über den Burghof. ›Vergesst mich nicht!‹, schienen sie zu rufen. Viele Stunden schon dauerte das Hämmern und es würde noch viele weitere Stunden in Anspruch nehmen, bis alle, die ihr Leben gelassen hatten, auf dem Findling verewigt sein würden.

Chada streichelte Lonas. Die letzten Strahlen der Abendsonne verliehen seinem schwarzen Fell einen fast goldenen Glanz, und auch wenn hier oben auf dem Wehrgang der kalte Herbstwind ungehindert blies, spendete das weiche Fell ihres Wolfs ein wenig Wärme. Jetzt hatte sie endlich Zeit und Ruhe, um zu verstehen, was in den letzten Stunden, nach dem Ende der Schlacht, geschehen war.

Thorn und Garz waren mit vielen anderen in die große Halle gebracht worden, wo Reka allen Helfern Anweisungen gegeben und die Lage bestens im Griff gehabt hatte. Chada überlegte, wie alt die Hexe wohl sein mochte. Wenn sie damals mit Brandur das Graue Gebirge überschritten hatte, musste sie mindestens siebzig Jahre alt sein. Doch die Alte wirkte gesund und kräftig und würde vermutlich noch weitere siebzig Jahre leben. Da fiel ihr ein, dass Thorn in der Mine Reka einen dicken Kuss versprochen hatte als Dank für ihre Rettung durch das Heilkraut. Chada musste grinsen und fragte sich, wem von beiden dies wohl weniger gefallen würde. Wie auch immer – Thorn würde wieder gesund werden, und allein das zählte. Ihr Herz hatte sich dem Krieger geöffnet und sie würde ihn niemals wieder loslassen.

Plötzlich stellte Lonas die Ohren auf und reckte den Hals. Einige Neuankömmlinge betraten den Burghof. Vorsichtig kletterten sie über Geröll und geborstenes Holz. Chada erkannte Frauen und Kinder. Ihre Kleider waren zerrissen und sie wirkten erschöpft und verängstigt. Aber dank der heimlichen Befreiung aus der Burg hatten sie überlebt und wurden voller Freude in Empfang genommen. Thorn, Eara und Kram hatten erreicht, dass keine Frau und kein Kind in dieser Schlacht ihr Leben gelassen hatten.

Jetzt rief jemand etwas und augenblicklich war der Burghof erfüllt von Stimmengewirr. Einige Frauen begannen zu weinen und wurden zu den in Tücher gehüllten Leichen auf dem Hof geführt. Sie knieten vor den Toten nieder, schlugen die Tücher zurück und sahen in die Gesichter, um Gewissheit zu haben. Manche schluchzten auf, andere blieben stumm und blickten wie versteinert auf das tote Gesicht vor sich. Nur zu gut konnte Chada die Trauer dieser Frauen nachfühlen, denn beinahe wäre sie selbst dort unten gewesen und hätte den Verlust eines geliebten Menschen ertragen müssen. Andere rannten mit ihren Kindern voller Erwartung und Freude in die große Halle zu den Verletzten, froh darüber, nicht in den Hof geleitet worden zu sein.

Da riss Kram Chada aus ihren Gedanken. »Na, Kleine, das ist noch mal gut gegangen«, sagte er und setzte sich neben sie.

Chada sah ihn an. »Ja, das ist es«, erwiderte sie, »und wir haben das auch den Schildzwergen zu verdanken. Wie kam es dazu, dass sie sich entschlossen haben, uns Menschen zu helfen?«

»Nun, das soll dir lieber Mart erzählen, er weiß darüber mehr als ich«, sagte Kram und wies in Richtung der Treppe, wo gerade Mart und Eara auf den Wehrgang traten. Chada schloss Eara in die Arme. Die Zauberin war noch sehr blass.

»Geht es dir gut?«, fragte Chada und legte sanft ihre Hand auf Earas Arm. Diese nickte und sah auf Mart, der einen dicken Verband um die Brust trug und ächzte, als er sich auf den Wehrgang setzte.

»Reka hat ganze Arbeit geleistet, wie es scheint«, bemerkte Kram freundlich.

»Oh ja, das hat sie«, stöhnte Mart. »Zwischendurch dachte ich, jetzt gibt sie mir den Rest.«

Kram lachte. »Ich bin dennoch froh, dass ihr zu Hilfe gekommen seid. Chada wollte gerade wissen, wie es dazu kam.«

Etwas verlegen blickte Mart drein, dann begann er zu erzählen. »Als Radan und die beiden anderen Zwerge Roteisenstein erreicht hatten, waren wir alle in heller Aufregung. Die Verletzten wurden versorgt und Radan berichtete uns, was in der Mine geschehen war, von dem Dunklen Magier und seiner Armee. Merkwürdig wurde es, als er sagte, dass die Dunkle Armee die Mine verlassen hatte und den Schildzwergen nun keine Gefahr mehr drohte. Er schien zu glauben, dass dies eine gute Nachricht für den Fürsten sei. Doch zu seiner großen Enttäuschung erhob sich der Fürst und rief voller Zorn, dass die Rettung des Zwergenvolkes allein den Menschen zu verdanken sei und dass die Zwerge sie jetzt auf keinen Fall im Stich lassen dürften. Wir alle waren über diese Worte sehr erstaunt, aber der Fürst hatte ja recht, ohne euch wären wir nicht mehr.«

Mart blickte Chada, Eara und Kram an. »Dass Radan seine Abneigung gegen die Menschen nicht ablegte, seht ihr ja. Er weigerte sich, dem Fürsten zu folgen.« Beschämt fügte er hinzu: »Der Kahlkopf ist stur und zuweilen auch bösartig, aber wie ihr seht, sind wir nicht alle so.« Mart sah Kram an. »Du hast von Anfang das Richtige getan und ich bin froh, dass es dir gut geht.«

Kram reichte Mart die Hand. »Ich danke dir, Bruder.«

»Nie zuvor habe ich erlebt, dass die Schildzwerge in so kurzer Zeit, mitsamt Äxten und Schilden, abmarschbereit waren«, fuhr Mart fort. »Der Fürst gab das Signal zum Aufbruch und wir verließen die Mine. Wir marschierten Tag und Nacht und überquerten gestern Abend die Marktbrücke. In der Nacht kam der Schnee und erschwerte unseren Marsch. Der Nordwind blies so bitterkalt und trieb uns so ungestüm die Schneeflocken ins Gesicht, dass es fast schien, als wollte uns irgendetwas von der Rietburg fernhalten. Aber wir ließen uns nicht beirren und Fürst Hallgard sandte Späher aus, denn er war sicher, dass sich noch Kreaturen im Rietland aufhielten. Sie durften auf gar keinen Fall zur Rietburg gelangen und den Dunklen Magier warnen. Dank der Späher wurden sie aufgespürt und unschädlich gemacht, einer nach dem anderen. Und als wir die Rietburg heute Morgen erreichten, war die Überraschung auf unserer Seite. Den Rest kennt ihr.«

Chada blickte Mart an und sagte: »Es steht mir vermutlich nicht zu, aber ich danke euch, dass ihr diese Strapazen auf euch genommen habt. Ohne die Schildzwerge wäre diese Schlacht anders ausgegangen.«

Alle blickten hinunter in den Burghof, wo sich gerade das Wolfsrudel versammelte. Es waren nur noch drei Wölfe, denn einer von ihnen war in der Schlacht von einem Wardrak getötet worden. Die Wölfe schauten zu Lonas auf. Dieser hatte sich aufgesetzt und stupste Chada mit der Schnauze an.

»Du musst gehen, nicht wahr?«, fragte Chada traurig. Der Wolf senkte sein Haupt und sie streichelte ihm über die Ohren. »Wir sind einen weiten Weg zusammen gegangen und ich bin froh, dich kennengelernt zu haben. Als ich dich damals unter dem Baum gefunden habe, da glaubte ich, Lonas, der Gezähmte sei der richtige Name für dich. Jetzt aber weiß ich, wer du bist, und es scheint mir seltsam, dich weiter so zu nennen. Aber für mich wirst du immer Lonas sein. Lebe wohl, mein Freund.« Bei diesen Worten reckten die Wölfe ihre Schnauzen in die Höhe und begannen zu heulen. Dann verließen die vier Tiere die Rietburg. Chada sah ihnen nach. Würde sie Lonas jemals wiedersehen?

In diesem Moment wurde die Glocke zum Nachtmahl geläutet und Menschen und Zwerge begaben sich nun in die große Halle. Nur die Steinmetze blieben im Burghof, um ihr trauriges Werk zu verrichten, was vermutlich noch bis tief in die Nacht dauern würde.

DIE STERNBLUME

Viele hatten schon an den Tischen Platz genommen, als Chada und Eara mit Kram und Mart in die große Halle traten. Der Raum schwirrte von einem Gewirr aus Stimmen und war bis in den letzten Winkel mit Menschen und Zwergen gefüllt. Auf der linken Seite lagen die Verletzten auf Decken. Stroh war auf dem Boden verteilt worden, um die Kälte fernzuhalten. Rekas Stimme schallte immer wieder durch den Raum. Einige Frauen hatten sich zu ihr gesellt, um den Verletzten Wasser zu reichen und beim Anlegen der Verbände zu helfen. Die Hexe gab Anweisungen für die Heiltränke, die über einem kleinen Feuer in einem Seitenkamin köchelten. Unermüdlich eilten die Frauen durch den Raum. Manche blieben an einem Lager stehen, hielten die Hand eines Verletzten und sprachen mit ihm, wenn die Schmerzen zu heftig waren. Doch Rekas Tränke halfen meist sehr schnell. Die eine oder andere Bäuerin versuchte sich zu merken, aus welchen Zutaten die Mixturen hergestellt wurden, aber sie waren so vielfältig, dass sie es bald aufgaben.

Im großen Kamin brannte knisternd ein Feuer und an den Wänden loderten Fackeln und erhellten den Raum. Ein Wandteppich mit dem Wappen von Andor prangte über den Köpfen der Anwesenden in einem herrlichen kräftigen Rot. Daneben hatte man die Fahnen der Schildzwerge gehängt, deren Wappen im Fackelschein leuchtete. Die Behaglichkeit der Halle ließ die Kälte aus den Knochen weichen. Große Holztische waren zusammengeschoben worden, um für alle einen Sitzplatz zu schaffen. Der König hatte befohlen, aus den Speisekammern alles hervorzuholen, was essbar war, denn die Menschen und Zwerge litten seit Tagen unter den Strapazen der Schlacht und hatten ein anständiges Mahl mehr als verdient. Pökelfleisch und heißer Met mit Brot und Wein standen auf den Tischen. Die Mägde taten ihr Bestes, um alle zu bewirten.

Ein solch geschäftiges Treiben hatte es in der großen Halle wohl noch nie gegeben. Die Kinder hatten sich nah ans Kaminfeuer gesetzt und genossen die Wärme. Auch Peta war darunter, wie Chada erleichtert feststellte, der Junge, der ihr den Weg zur Rietburg gezeigt hatte. Die Kleineren hatten sich auf ihren Decken zusammengerollt. Garz hatte sich zu ihnen gesetzt und erzählte ihnen Geschichten. Die Kinder lauschten und lachten immer wieder hell auf, was umso bemerkenswerter war nach allem, was sie in den letzten Tagen erlebt hatten. Chada war froh, Garz wieder auf den Beinen zu sehen. Erst im Nachhinein war ihr klar geworden, welchen Mut er bewiesen hatte, als er dem Dunklen Magier das Hadrische Stundenglas vorenthalten hatte. Jetzt, bemerkte sie, sah der Handelszwerg zum ersten Mal glücklich aus.

Am Kopf der Tafel sah Chada den König sitzen. Brandur trug ein neues Wams und die Rietgraskrone schimmerte wieder auf seinem Haupt. An seiner einen Seite saß Fürst Hallgard, an seiner anderen Melkart. Die Veränderung des Obersten Priesters hätte nicht deutlicher sein können. Sein sonst so sorgfältig gebürstetes Haar stand in Büscheln ab und seine normalerweise gepflegte Robe war zerrissen. Ein derbes Fell lag über seinen Schultern. Trotz seines wirren Äußeren leuchteten seine Augen voller Neugier. Angeregt unterhielt er sich mit dem Fürsten der Schildzwerge, den er noch vor einiger Zeit einen finsteren Despoten genannt und verdächtigt hatte, mit den Kreaturen gemeinsame Sache zu machen. Chada freute sich für den Obersten Priester, wirkte er doch um Jahre verjüngt. Zu ihrer größten Überraschung hatte Melkart auch noch einen sehr, sehr großen Krug Met vor sich. ›Die Bewahrer verlassen den Wachsamen Wald niemals‹, hatte Melkart immer und immer wieder gepredigt. ›Aber wenn sie es doch tun‹, dachte Chada den Satz zu Ende, ›tut es ihnen ausgesprochen gut.‹

Thorn saß etwas weiter links an der Tafel und unterhielt sich mit einem Krieger des Königs. Chada lächelte, als sie ihn betrachtete. Seine Verletzung hatte Reka verbunden und sein Gesicht hatte wieder Farbe bekommen. Auch er bemerkte Chada sofort und winkte sie zu sich herüber. Mart, Kram und Eara setzten sich ebenfalls dazu. Nur kurz berührten sich ihre Hände, aber Chada erschauerte bei der Berührung. Wenn dieser lange Tag endlich zur Neige gehen würde, hätten sie vielleicht mehr Zeit füreinander. Bald darauf würden sich ihre Wege wohl wieder trennen müssen, denn er war ein Krieger des Königs und sie eine Bewahrerin vom Baum der Lieder. Beide hatten sie Pflichten zu erfüllen. Überhaupt fragte sie sich, wie es mit ihr und ihren Freunden weitergehen würde. Würde Kram in die schrecklichen Tiefminen zurückkehren müssen? Und würde Eara bald wieder nach Hadria aufbrechen, jetzt, da sie ihre Ausbildung abgeschlossen hatte? Chada wusste es nicht und entschied, all diese Gedanken erst einmal beiseitezuschieben. Das Hier und Jetzt erforderte ihre ganze Aufmerksamkeit.

Nachdem nun jeder einen Platz gefunden hatte, kehrte langsam etwas Ruhe ein. Da erhob sich der König mit einem großen Kelch Wein in der Hand.

»Für uns alle, die wir hier versammelt sind, ist dies ein denkwürdiger Tag«, begann er. »Wir wurden vom Bösen heimgesucht. Die Kreaturen aus der Finsternis sind nur zu einem Zwecke gerufen worden, nämlich um uns zu nehmen, was uns am wichtigsten ist. Das, was dieses Land ausmacht und wofür ich mein ganzes Leben gekämpft habe. Die Freiheit. Wir, die wir einst aus Krahd geflohen sind, haben die Sklaverei hinter uns gelassen und werden niemals wieder erlauben, dass sich irgendjemand oder irgendetwas erhebt, um andere zu unterjochen.«

Chada blickte zu Eara und las in ihrem Gesicht, an wen die Zauberin bei diesen Worten dachte. Ein dunkler Schatten lag über ihren Augen. Es war offensichtlich, dass der Kampf mit Varkur tiefe Wunden in Eara hinterlassen hatte, und Chada fürchtete um das Gleichgewicht ihrer Kräfte. Earas Gesichtszüge waren schärfer geworden und strahlten eine unbekannte Härte aus. Noch immer wusste Chada nicht, wie es Eara gelungen war, den Dunklen Magier zu überwinden, aber sie hoffte inständig, dass sie keine Dunkle Magie angewandt hatte.

»Der Sieg ist unser«, fuhr der König fort. »Dennoch haben wir schreckliche Verluste erlitten. Viele Menschen und Zwerge haben im Kampf gegen das Böse ihr Leben gegeben. Wir werden sie dankbar in Erinnerung behalten. Und jedes Jahr zu ihrem Todestag werden wir dieser Schlacht gedenken und uns am Stein der Erinnerung versammeln.« Viele hoben ihre Becher und flüsterten leise Gebete für die Opfer.

»Ich habe in den letzten Stunden viele Helden gesehen«, sagte der König nach einer Weile. »Sie trugen Schwerter und Äxte, aber auch einfache Sensen und Mistgabeln.« Chada musste an den Jungen denken, der sich Varkur so tapfer in den Weg gestellt hatte, und sie fühlte, wie sich etwas Schweres auf ihren Magen legte. Dann sagte Brandur: »Sie alle haben ihr Leben riskiert, um das Land Andor vor dem Untergang zu bewahren, und keiner stand dem anderen in Tapferkeit nach. Sie alle sind Helden, denn wir sind im Leben wie im Tode gleich.«

Kram, der zur Linken von Chada saß, stupste sie mit dem Ellbogen an: »Alle gleich?«, flüsterte er. »Das wird meinem Fürsten aber ganz und gar nicht gefallen.« Und tatsächlich sah Chada, dass Fürst Hallgard ein säuerliches Gesicht aufgesetzt hatte. Sicher hatte er erwartet, für seine Taten besonders hervorgehoben zu werden. Doch aus ihrer Sicht hatte der König recht. Selbstverständlich hatte ein erfahrener Krieger wie Fürst Hallgard mehr Kreaturen besiegt und sein Heer hatte allein an diesem Tag hunderte Heldentaten begangen. Aber hatte ein Bauer, der noch nie in seinem Leben gegen einen Gor gekämpft hatte, nicht mindestens genauso viel Mut bewiesen? Vielleicht sogar noch mehr? So schien es zumindest der König zu sehen, und Chada begriff, warum das Volk der Andori ihn so sehr liebte. Er hatte nie aufgehört, einer von ihnen zu sein. Wie hieß es noch in Gildas Lied: ›Und sein Mut wird der deine sein.‹

»Allerdings«, sprach der König weiter, »gibt es vier unter uns, ohne die wir alle jetzt nicht hier wären. Sie haben nie verzagt, nie aufgegeben, und mochte die Lage noch so aussichtslos scheinen. Immer haben sie das Wohl aller Andori im Sinn gehabt. Deshalb möchte ich nun Kram, den Zwerg aus den Tiefminen, Eara, die Zauberin aus Hadria, Thorn, den Krieger aus dem Rietland, und Chada, die Bogenschützin des Wachsamen Waldes, zu mir bitten.«

Die vier Freunde sahen sich etwas verlegen an, standen auf und bahnten sich einen Weg zwischen den Tischreihen hindurch bis zum König. Sie verbeugten sich vor ihm und er reichte jedem von ihnen die Hand. Neben dem König stand ein junger Mann mit einem glänzenden Tablett. Darauf lagen vier fein gearbeitete Broschen in Form der Sternblume von Andor. Der König griff danach und steckte jedem eine Brosche an den Umhang.

»Dies sind diejenigen, die einen Sieg über das Böse überhaupt möglich gemacht haben.« Er blickte in die große Halle und fuhr fort: »Ohne Furcht und ohne Zögern haben sie die Kreaturen verfolgt. Bitte kniet nieder«, bat der König Chada, Eara, Thorn und Kram. Er nahm sein Schwert, legte es einem nach dem anderen erst auf die rechte, dann auf die linke Schulter und sprach dazu: »Von heute an und für immer seist du ein Held von Andor, im Kampf für ein Leben in Freiheit und gleiche Rechte aller, die in diesem Land leben.«

Die Halle brach in einen tosenden Jubel aus. Menschen und Zwerge sprangen von ihren Stühlen und Bänken auf und umarmten sich. Endlich war die Anspannung von allen abgefallen und hatte einer überwältigenden Freude Platz gemacht. Es war wunderbar.

Es wurde getanzt und gefeiert und die Sorgen und Ängste waren vergessen. Zumindest für diese Nacht …

In den Tiefen des Grauen Gebirges hatte der Drache die mächtigen Schwingen um seinen Körper gelegt. Er stieß noch einmal heißen Atem aus den Nüstern, senkte sein Haupt und schloss die glutroten Augen.

»Zeit hat dein Volk, doch Ruhe mitnichten,
denn wenn du stirbst, werde ich sie richten!«

Das Hadrische Meer
Die Rietburg
Der Alte Wehrturm
Die T
Der Freie Markt
Die Taverne
"Zum Trunkenen Troll"
Die Mark
Der Südliche Wald
Das Rietland
Die Narne
Thorns Dorf
Der Krallenfels
Das